谢持日记未刊稿

第一册

◎ 谢持 著

广西师范大学出版社
GUANGXI NORMAL UNIVERSITY PRESS
· 桂林 ·

责任编辑：宾长初　陈锦春
整体设计：姚明聚

图书在版编目（CIP）数据

谢持日记未刊稿 / 谢持著．—影印本．—桂林：广西师范大学出版社，2007.12
ISBN 978-7-5633-6334-6

Ⅰ．谢…　Ⅱ．谢…　Ⅲ．谢持—日记　Ⅳ．K827=6

中国版本图书馆 CIP 数据核字（2006）第 145289 号

广西师范大学出版社出版发行
（广西桂林市中华路 22 号　邮政编码：541001
网址：http://www.bbtpress.com）
出版人：肖启明
全国新华书店经销
广西师范大学印刷厂印刷
（广西桂林市临桂县金山路 168 号　邮政编码：541100）
开本：787 mm ×1 092 mm　1/16
印张：163.5　　字数：1180 千字
2007 年 12 月第 1 版　　2007 年 12 月第 1 次印刷
定价：3000.00 元（全 6 册）

一九一五年谢持摄于东京

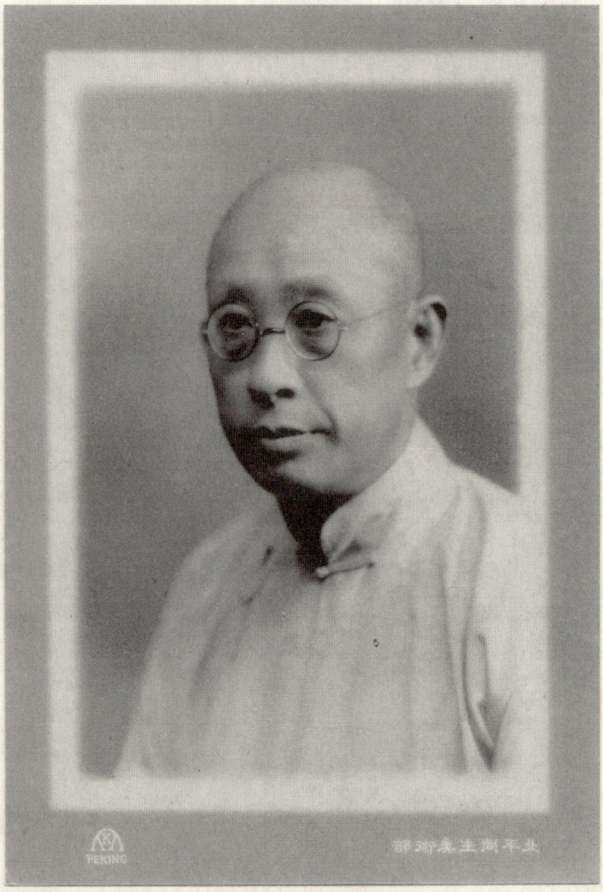

一九三〇年谢持摄于北平

秘史幽径（代序）

谢体先　谢继先

我们的祖父慧生（谢持）先生（以下以先生称之）的日记和少量个人档案资料终于问世了。

在暴风雨中，在上海召开的中国国民党第二次全国代表大会等有关档案被抄走不知下落，但是先生的日记和少量个人档案却躺在上海故居亭子间的尘垢之中，躲过了几次被毁灭的命运。这是留给史学界的礼物。我们作为保存人，有权利和义务把它们献出来。

这些日记是从一九一三年五月十七日开始记录的。这一天下午二时，先生从袁世凯的监狱中被释放出来，在特务的公开监视下生活。先生被逮捕的原因，是他参与暗杀袁世凯的『血光团』。在参议院议员的责问下，军警又查无证据，不得不暂时释放有豁免权的参议员。于是，先生巧妙地摆脱『侦探钱某』，跳上火车离开北京，经过武汉、南京，抵达上海。然后发表宣言，奔赴日本东京。国会的有关质询文件也保存下来了，可以佐证。

先生从此开始了在中华民国国父孙中山先生身边的政治生涯，并很快成为了最核心最亲近的干部。日记显示，在开始的时候，并不如此。作为中华革命党第二号人物的陈其美多次偕同其他领导人访问先生，请先生加入该组织。可是因为众所周知的『手印』问题，慧生先生不愿意填写『孙氏愿书』。加入以后，虽然先生在中华革命党的最核心部门总务部担任副部长（部长陈其美），可是因为受不了孙中山的『专决』作风而又不想干下去。不过日记中显示先生很快对于孙中山先生变得服服帖帖，并且兢兢业业地投入极其艰难的革命工作。这是因为孙中山先生的伟大人格和革命理想的感召力，把中国社会许多的精英汇聚在他的身旁。

日记记载，由于日本官方与袁世凯勾结，中华革命党的处境非常困难，大家的生活靠借贷维持，以至于孙中山先生要先生把各种重要的文件一一销毁。正因为如此，虽然国民党在台湾出版了洋洋数十卷的『革命文献』，中华革命党的史料却不多，陈其美的资料也缺乏。先生主持总务部（陈其美在国内居多，后来又牺牲），先生的日记，再加上数十封书信和电报，当然是研究中华革命党不可多得的最基本的史料。比如日本情报机关在二十年前可能别有用心地透露，孙中山此时对于日本人有大的妥协退让，历史学家已经做了若干有力的驳斥。作为机要核心人物的慧生先生，其日记也可以证明这是无稽之谈。而且那时候，如果有此妥协出卖，孙中山先生立即会成为孤家寡人，因为先生等所有追随孙中山先生的人，都是具有强烈民族精神的。

袁世凯死前两月，孙中山先生即已经秘密抵达上海。国民党中央出版的权威的《国父年谱》和『国史馆』编印的巨著《中华民国史实纪要》都错成四月二十四日。根据先生的日记，应当是四月二十七日。再考证孙中山先生此时的电报，先生的记载正确。

先生在一九一六年八月回国后，继续到北京担任参议员，以为中国政治可以走上民主正途。国民党经历辛亥革命成功和袁世凯的迫害，奋斗目标不清楚，组织极其涣散。所以先生给孙中山先生的信件中谓『京中只有总统、总理等事之议论，国家二字久不闻矣』。日记中显示先生对于国会中的活动最初采取消极态度，以至引起好友的批评。后来参加活动，主要从事团结振奋国民党人的工作。

由于段琪瑞毁法，孙中山先生赴广东护法，成为非常大总统。先生不仅是谋划性质的参议，更是代理军政府秘书长。孙中山先生受政学系排挤降为七总裁之一而离粤，先生担任代理总裁留粤奋斗。这段时期先生的日记完整而详尽，是研究护法时期的重要史料。

中华革命党在一九一九年改组成立中国国民党，先生从此长期担任掌管组织大权的党务部长。但是，因为有一九二二年的总统府火灾和陈炯明叛变，当时先生担任总统府秘书长，办公家居都在总统府大院，所以日记也付之一炬。日记虽然缺乏，但是幸亏有若干未发表过的电报可以补充此不足。

一九二四年，联俄『容共』时期开始，是中国国民党划时代的大事。这时召开中国国民党第一次代表大会，先生是大会五人主席团成员之一。在此之前的十年，是先生作为孙中山先生主要助手的时期。从此之后的六年，则是先生独立在中国政治舞台上发挥作用和影响的时期。从一九二四年一月十六日起共六年，先生的日记得以保存。因为『文化大革命』中惧祸，大多数有关中国共产党的记载都不得不焚毁。不过，这时期有其他的文件保存下来，包括在中国国民党第一届中央委员会第二次全体会议上先生的发言残稿和为弹劾准备的文件，这次会议的中心议题是讨论包括先生三人提出的弹劾案。这些准备文件还搜集了一些关于早期中国共产党的情报资料。

影响到民国历史进程的著名的西山会议，先生是推动者和领导者。残存的日记仍然记载了在北京筹备西山会议的全过程和会议期间发生的各种事件。一九二七年秋，国民党出现沪、宁、汉三个党部，和宁、汉两个国民政府，于是三派合并成立特别委员会。特别委员会不设主席，最高权力机关是中央常务委员会，由三人组成，先生作为元老派的代表担任常委，还兼任组织部长。该委员会主要由于汪兆铭和蒋介石为了夺取权力反对而失败。日记保留了这时期从上海到南京的文字。一九二八年，先生主要在观察蒋介石执政的成败，日记记载了其广州之行。

「九一八」日本侵华战争爆发，次日先生就仓惶离开天津日本租界，迅速南下寻求全国御敌之策，首先谋求国民党内部和解。就在和平会议召开前夕，一九三一年五月，先生中风瘫痪。

孙中山先生去世以后，因为反共和反蒋，国民党有两次分裂，先生两次都是中央常委。由于各种原因，先生他们的活动不入海峡两岸的官史。但不能说是野史，因为分裂出去的国民党中央委员是多数，只是没有兵权，而在党统、成员资历和孙文主义方面却是公认的正宗。可是这些重要的历史发展被掩盖，几成秘史。只有居正编印的《清党实录》最近重见天日，而《扩大会议实录》仍然尘封。

也许，先生的日记和残存史料的出版，可以为历史学者更方便踏上秘史探幽路径之借鉴，这是我们的心愿。我们高兴地看到，近年以来，史学界日益以实事求是的精神研究近代历史，若干编造史实的现象开始得到纠正。感谢广西师范大学出版社出版慧生先生的日记和有关史料，让我们有机会把给史学界的礼物呈献出来。

二〇〇五年秋于春城

出版说明

谢持（一八七六——一九三九），原名振心，改名振新，字铭三、愚守，后改今名，字慧生，四川省富顺县人。

谢持于一八九九年中秀才。一九〇七年三月加入同盟会，任富顺县分部长。与熊克武等同盟会员密谋成都起义，事泄，逃往河南、陕西等处。一九〇九年，出任上海『新中国公学』学监。一九一一年春，他回到重庆，与党人杨庶堪等共谋武装起义。重庆独立后，任蜀军政府总务处长。

一九一三年初，被选为参议院议员。与黄复生等在北京秘密筹划刺杀袁世凯，因谋事不周，谢持等人以参加『血光团』谋杀总统的罪名被逮捕入狱。

谢持获释后，袁世凯又欲派人将其暗杀。谢持遂遁身日本，在孙中山先生身边工作。一九一四年七月，孙中山先生将国民党改组为中华革命党，谢持被任命为中华革命党总务部副部长兼四川主盟人。

一九一六年张勋复辟，一九一七年九月广州成立护法军政府，孙中山先生任大元帅，谢持被委任为大元帅府参议、代理秘书长等职。

一九一八年，谢持以司法部副部长代理主持部务，并兼代孙中山总裁事务，成为孙中山先生的重要助手之一。

一九一九年，孙中山先生将中华革命党改组为中国国民党，谢持被任命为中国国民党党务部长，主持全党日常党务工作。

一九二一年四月，广东召开非常国会，孙中山就任广东政府非常大总统，谢持改任秘书长，协助孙中山先生工作。

一九二二年六月，陈炯明叛变，国民党中央党部避迁上海。叛乱平定后，孙中山先生重返广州主持全局。谢持深受孙中山先生器重，被特地留在上海国民党中央党部主持工作，并获得孙中山先生『孙文』印信。

一九二四年一月，中国国民党第一次全国代表大会召开，标志着国共第一次合作正式形成，谢持为大会五人主席团成员之一。谢持虽然反对国共合作的形式，仍被当选为中国国民党中央监察委员。但此后不久，他就与张继、邓泽如等以中国国民党中央监察委员会之名向中国国民党中央提出『弹劾共产党案』，又致书中国国民党中央执行委员会，反对中国共产党加入中国国民党并在国民党内从事组织活动，要求从组织上将中国共产党清除出中国国民党。由于孙中山先生的威望，这些提案未能通过。

一九二五年三月十二日，孙中山先生因病在北京逝世。同年十一月，谢持与邹鲁等发起在北京西山碧云寺召开所谓『中国国民党一届四中全会』，即『西山会议』。会议通过了《取消共产派在本党党籍宣言》和《取消共产派在本党党籍案》等一系列文件文告。他们抛开广州国民党中央党部，在上海另立国民党中央党部，全面反对共产党，并反对汪精卫和蒋介石。

一九二六年一月，广州国民党中央党部召开第二次全国代表大会。大会决定继续执行孙中山先生提出的『三大政策』，通过了谴责国民党右派集团的《弹劾西山会议决议案》，将谢持与邹鲁等人永远开除出党。谢持与邹鲁等『西山会议』派随即在上海召开所谓的国民党『二大』，与广州国民党中央党部相抗，并各自在全国各省市建立地方党部，国民党从此分为左右两派。

一九二七年，沪、宁、汉三派合并，在南京成立特别委员会，谢持当选为国民党中央特别委员会常务委员与国民政府委员。

一九三〇年，阎锡山、汪精卫、冯玉祥等在北平召开国民党中央党部扩大会议，反对蒋介石。谢持代表『西山会议』派参加会议，被选为国民党中央常务委员。

一九三一年，震惊中外的『九一八事变』发生，日本大举增兵中国。在国家面临外敌入侵，民族危亡的关键时刻，谢持抛开个人政见，以国家民族计，星夜从天津南下，呼吁国民党内各派及行政各系，相互消除派别恩怨，值此国家民族存亡续绝之时，团结一致，共同抗击日寇侵略。在此后召开的中国国民党第四次全国代表大会上，谢持再次当选为国民党中央监察委员和国民政府委员。

谢持多年患病，其一九二四年相片跋即云自己患有糖尿病。一九三一年五月，他忽然中风瘫痪，只好寓居上海养病。

一九三五年，中国国民党第五次全国代表大会在南京召开，谢持抱病与会。他说服西南政务委员会成员自行解散组织，服从南京国民党中央政府领导，并冀望国民党人消除政治隔阂，增强党内团结，全力抗击日寇侵略。在这次大会上，他再次当选为中国国民党中央监察委员和国民政府委员。

一九三七年，『八一三事变』前夕，谢持由上海乘轮船回四川养病。经过南京下关时，蒋介石亲自登船与谢持话别，以示殊遇。谢持抵川后，在重庆发表谈话，力主坚决抗御日寇，申明议和形同卖国，吾国必以倾国之力而战，民族方有希望。不久，谢持迁居成都。

一九三九年四月十六日，谢持因病辞世，终年六十四岁。蒋介石闻报，以中华民国政府名义下令国葬，国民党元老邹鲁为谢持墓撰写墓表。

谢持一生深受儒家思想影响，其自追随孙中山先生，因老成持重，深为孙中山先生倚重，是孙中山先生最得力的助手之一。孙中山先生逝世后，他全面反共反汪，一则局限于时势，一则庶几于政见。日寇侵华，欲使我亡国灭种，谢持始终倡议坚决抗击日军，于国家民族则可谓有幸。

本书收录谢持一九一三年至一九一八年、一九二四年至一九二八年、一九三一年共计十二年的亲笔日记，附录有自一九一三年至一九三五年与谢持有关的《谢持残存史料》和谢持后人所作《谢持先生年谱资料》。囿于时代和政见，其行文议论对国共两党皆有贬抑之词。为保持文献的真实性和完整性，本书未加处理，一仍其旧，读者鉴之。

本书由谢持孙辈谢体先、谢继先、谢幼田诸先生整理，承蒙他们授权交由我社出版，对此，我们表示衷心的感谢。

广西师范大学出版社

二〇〇七年八月十七日

凡例

一、本书以谢持日记为正文，《谢持残存史料》与《谢持先生年谱资料》为附录。谢持日记按照写作的时间先后编排，《谢持残存史料》也大致以时间先后为序。不能确定具体时间者，则谨依整理者所编。

二、本书以影印方式刊行，由于原稿开本大小各异，为方便读者阅读，并照顾全书体例，对原稿基本上都做了缩放处理。

三、由于谢持日记和《谢持残存史料》的原稿本来就不完整，其中日记部分有多年缺失者，亦有多月或多日缺失者。谢持书信或电报文告等则更难搜罗，本书所刊行之与谢持有关的资料，是目前为止最为齐整完备的，但其中也难免有原稿文字割裂或漫漶者。本书一依其旧，以时间为序编排。其中《天风海涛馆六十自述》为谢持口述，秘书代录，并经谢持修改。原稿有部分残缺，整理者作了配补。

四、《谢持先生年谱资料》主体为采访记录，因被采访者接受采访时皆已至耄耋之年，其语句有难于理解或易引发歧义者，即由整理者用圆括号加注若干文字以疏理。文句无法疏通者，则一仍其旧，存真而已。其中观点仅代表被采访者的看法，本书一般也不作文字上的改动。

五、因谢持书法大都秀丽工整，文句通顺，且全书原稿均属首次刊行，故本书不附释读。

六、因原稿大部分是竖排书写，故本书采用竖排方式。

七、本书非影印部分皆使用简化字。

总目

第六册

附录一　谢持残存史料…………一七一

目录

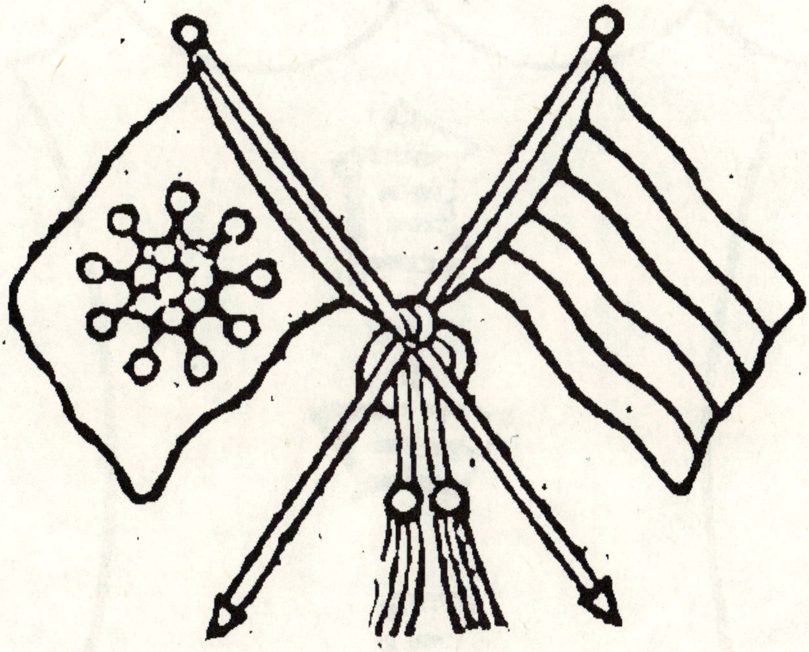

癸丑年

自由日記

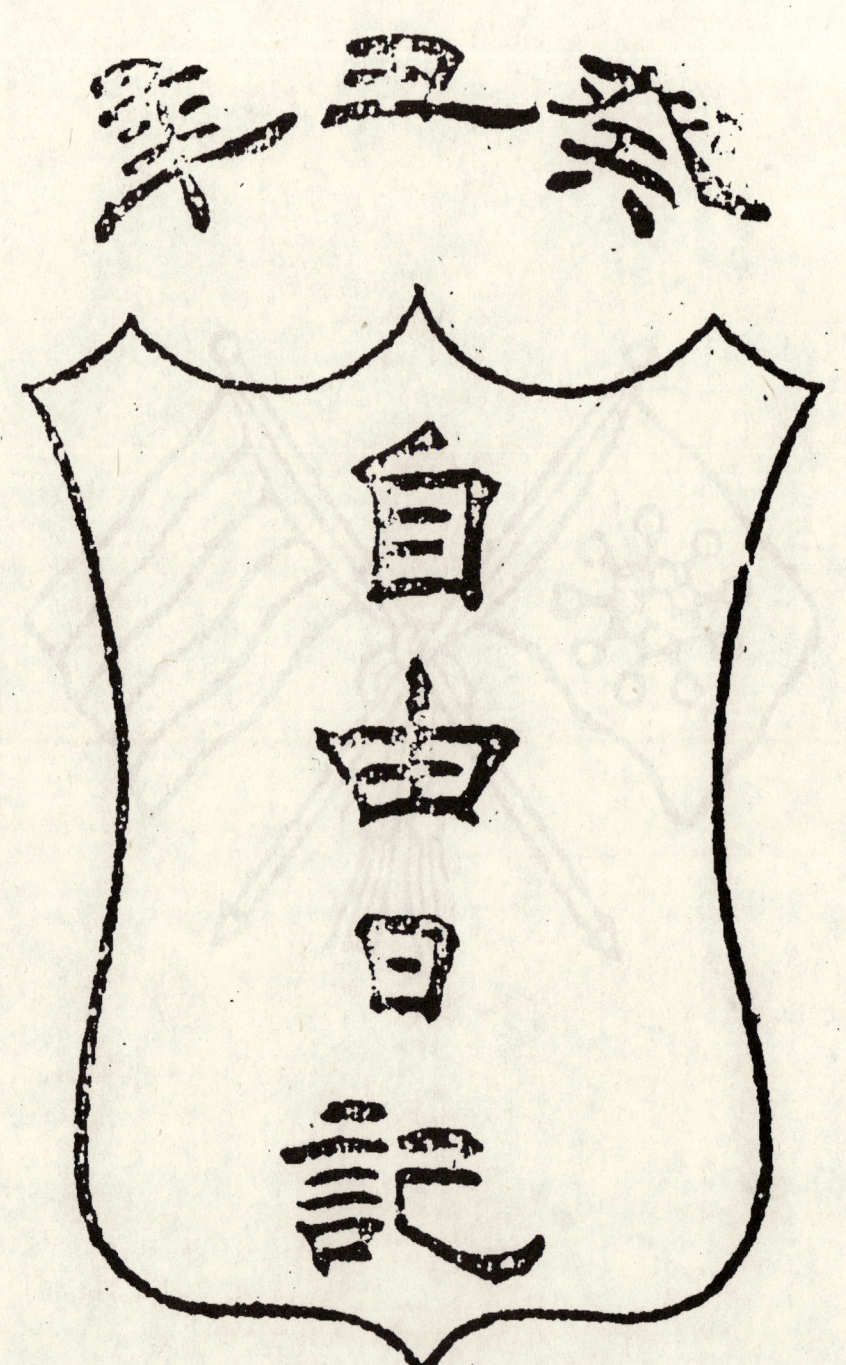

滬杭火車

開行時刻表

由上海開至閘口			
上海	松江	杭州	閘口
上午八點三十分（慢車） 九點五十分（貨車） 下午一點正（快車） 三點廿分區間車嘉興止	上午九點四十一分（慢車） 十一點十五分（貨車） 下午一點五十四分（快車） 四點四十一分（區間車）	上午十一點廿五分區間車） 下午二點三十五分（慢車） 五點二十五分（貨車） 五點四十分（快車）	上午十一點五十分區間車到 下午三點正（慢車到） 六點正（貨車到） 六點零五分（快車到）

由閘口開至上海			
閘口	杭州	松江	上海
上午七點五十分（慢車） 八點三十分（貨車） 下午十二點廿五分（快車） 二點四十分區間車嘉興止	上午八點三十分（慢車） 九點二十分（貨車） 下午一點正（快車） 三點十五分（區間車）	上午九點四十五分區間車 下午一點十三分（慢車） 三點二十三分（貨車） 四點三十九分（快車）	十點五十六分（區間車止） 下午二點二十分（慢車到） 四點四十六分（貨車到） 五點三十分（快車到）

五月十七日上午五时被逮入獄下午二时還寓
廿五日 自被逮後報告議院商請律師連日忙碌即
感耗亦日劇今日遂赴交民巷避之
三十日 晚張國殷彭來商力主赴京允之
三十一日上午十一时水野三科同車赴普濟醫院南横街
趙紳來送託叟出持不肯函及醫生診治証書赴法
庭請訂日投訊後出訴狀另函比京傳六月二日十一时

世斐然反（赴法庭報告）遂知會泌子無何泌子佩年來佩年欲因我故而來今日方到京也力言投案非計堅主出京與斐然辯駁到晚十時遂赴子靜處決去矣

六月一日晨六時寒友先來以路費付我以料理事託之佩年泌子繼至遂別子靜寒友偕佩泌出西便門游白雲觀待石家莊火車之時刻也而偵探錢某乃於叔齋偕遂步於野席地而譚十時赴跑馬場上車

泌子送至保定別去，遂偕佩年而南，午後六时到石家莊。

二日下午三时搭京漢南下車，而南車~~站~~石家莊而不見可疑，比登車啟輪者是處處無定矣。

三日夜一时達漢口，止漢商旅館。車至花園而路為大雨所壞，後車易車，遂遲至夜半始到。

四日下午一时，發家中及京滬各電，所以聽訊与师友也。

搭大貞丸赴上海晚九时解缆东下

六日午前十一时舟泊南京遂改由铁道下午七时廿五分車發南京八时達上海九时後到師家相見悲喜而佩年瘁矣

七日 午前十二时電四弟以到上海慰家人也 寄家書 晚寄友遁一

天一立章风石亞依及倩文来

八日　發交三娄文於倩丈　發来儋役法措款益被稿，三百元也

九日　發寒友伯康及程伯高

十日　發虞照又發少乃少安少乃照之　知之　電實友交蔡公祿

兰亭叶千元三不予倩丈三百我所得人則七百也

十一日　發鄭西林　任其从之百金之数去年三稿香在此部昨借其值

西林直接發

陵我伯其

發聖祥渡生蔡泰　世和候之

孫和甫到，自北京由天津航海，以八日解纜

十二日　得泌子書天津　卯樹華來晤，言理去修墓歟也　發雲臣請纖江三峽叙倫、裕商公託雲臣代表查商業也　發四弟議還詭　發張循五

十三日　得四弟五月廿三發第十七號　寒友十日發及謝安伯灤州人　游發

發寒友，匯一藩川原以三千五百元給賣三原存四千

則我負責三千七百一十五元零（合左丞及四百元存款兩錄）嘱勞
通一以二百十元之款（存家）已全匯，內除付六十五元外，餘
匯湘
吾母在五妹家，小子被害四弟未以稟吾母，此
舉正四弟有熟酌也
十六日，晤謝子佩，年亦為援，更晤謝公宣言書
晤蕭英洪，十九日行赴日本也

六月十七日陰五月十三　收玉章十六日收四弟·告渡海日期　易日備購船票日本郵船會社之筑前丸非明日開乃廿一日開也　往復票以四月爲限屆時不用可換票神戶之往反四十七元所省已十五六元也　今日日幣金元一百三元九角國票一百三元四角口　佩年和甫皆爲我籌感之·紹尊偕玉·章來不遇渠赴京開辦模栓也

十九日　晚过一斐然智　晚看十言两千借款我必用
凤石绍尊来久谭　雪屋晋赠以砚盒交绍
尊寄之　润泉来别　绍尊言江香国之友
霞人固不易知也
廿日　阅西林氏帖如前也　借衣
廿一日大雨　叔惠学棻送我邦　怀吾佩年信
廿二日午后一时三十分在校

廿二日 微風 飲食如常 舟左時見海山 又一號船之翻伴也 夜泊長崎 亦就也

廿三日 雲 五時醫生來驗病 乃假渡登岸 稅關行李檢查 場內左不敬 武有華商店 可換日幣 可探道也

錢佩卿寒汝四勿子馭 皆明片告慰之也

游公園 殊無趣 飲四海樓 不能一飽 隨購菓

陵云怡董君道欧以将彼露影暑悟之并予陆建
章书记云怡题之
今日之游以余景炎永宁人早稻田大学政治
经济科 樸質
君偕译而余及[redacted]当登山时人か
来矣以揽富夜从登指炮台测候台以示吓其
尚有可游者否乃答曰有彼处有专作烧饼者
到此野堡系可笑然亦足自怡

長崎市屋規模狹小概矣一般人民頗表示
貧困之象惟整潔非吾國人所能望其肩背也
快然强　由船登岸渡舟人十二錢
午~~九時~~后四時二十分開船風作浪
興而我乃占泰然
廿四日午前五時抵下關即馬關也大雨
午後十二時開船有風而內海之浪細

矣

廿五日　午前七時抵神戶　嘗小便處解

一元住佐野旅館午后六时半搭車北行

廿六日午前九时到京橋子驳來接与偕北

劉壽朋劉慶廣祖章兩堪遂赴子驳住

處代代木山谷一三二夏座痛飲

壽朋為印刷北來所印刷

廿七日游淺艸公園游國技館觀菖蒲花其中假人酷肖如生也
偕重民訪其居而重民適偕伯唐來顧我猶未歸也。夜雨

廿八日陵佩年寒友泌子四夕
寄四弟書掛号　訪重民伯唐還寓
夜深十二時矣。夜大風

廿九日 印刷三舍稿以原書來校對

余祥輝 字建輝來 過楊劍秋 名尚荃 盦寧

劉壽朋偕遊上野 岑僕生偕歸已夜矣

三十日 訂洋服可用於三季共一套

七月一日 三秀合將宣告書四十份送來遂

逐分派之役 伯康偕許君來

二日 得四勿自名古屋來書謂佩年有二豎

在彼邀後之速其將來
今日將國會及各行省議会与國民黨本部
支部及富順議会及四弟及曹歷之處寄
報告書等皆寄去
嶠帆聖祥佩年風石寒友各寄四十冊
寄神戶國民黨交通部百廿份託其佈
之歐美　橫濱支部寄廿份

兩院寄宣告書外各别寄一函號華也

悦佩年

三日繼發報告書凡北京行政司法官界及項城段芝泉陸閏瑢及各省之友黨皆寄去

[illegible]虞書來

四日得四月勿號內轉上海國會中有張子感友書

歆月十九 十九

及田兒兩京 給六弟七弟 五月廿六日發 遂電訟子

五日 晴 寒 友訟子 示田兒 上海竹帥書

訪士俊 資撤 民仲 於千駄谷 八五 八卿居 相見 忽

道往事 遂步游 前後偕來我居 至夜別去

六日 晴 聖祥 以電文問山將之東巡聖祥也

晴 四弟 示大女 晴 雪壁 發李頤章 巴黎

訪伯康 重民 遂飲啖 及夜 伯康又送我歸

七答以寫真學家六月三十一日所捌和服也

八日賤玉章邀其游學 過士俊

川人學於此地幾演嬉委鶴肄詹被誅之

劇彈所知非徒所學之

縣人張用五名之雄黃鎮鏞字五來略譯而識我矣遂

歷錄一切告之　錢永頒

九日　過士俊見伍應奎君誠敏人也與湘屏

斂秋書說賃屋事

重民与徐女士結婚今日成礼往賀之精養軒進餐而歸　上野勝於淺艸

方明遠君以牋詢住處於子駁四勿何疏耶竟不能迅得一織如懷然而後得也

十日　早飯後蹤躡受涼而豈遣游遠不適也亟出散步　因遇士俊与應垣圍碁

君明遠來書　壽朋召飲　士俊遷居

十一日　過黃湘屏楊劍秋士俊

四弟自名古屋來東京

發列子泌子寒衣

十二日　晤佩年　以納妾之議告士俊　聞叔寶亦納之

也　午後訪叔兄談政業既而即欲辭去

晚得佩年書　渠到漢口迎眷屬　以四日返滬

函中又轉四弟六日電母與伯君皆不來也
媛媛事佩年以此子函付我主張以入濟良所我
甚真偽其說甚是但半年稍遲久耳
十二日又轉敬身一函成都共和黨新聞日造謠
言謂已判罪又謂常涉某某故來書求其
詳也
十三日陳佩忍沈子敬身

今日東京外電內揭載德國否認山東權利亡國之兆也。又揭江西督軍已與北軍開戰。楊叙秋來，謂民立報揭胡景伊逃居歐美，李尹昌衡入成都。

十四日 訪徐康重民不遇。氣候異常，陰陰冷冷也。

昨日手教及黃湘屏（光禹隆昌）、劉賡唐（祖章）、何紹夏（江津）、邱儒、余祥炘（永寧）諸君名，欲民榮團客則

李榮昭 廷楷 趙化鎮 楊熙秋 尚荃 嵩寀 徐志尹 任約 谿金 承 存厚 成鄉 洪楷 澤壞 承鄉 彭幼竹 國瑞 淩承度

我國也 民樂園寧波人所設 然潔不及日人遠矣

今日寄和兒還芝村出來

十五日 偕伯康赴正金銀行支店（神田橋）取匯款 又往服部時計店購時計四枚 淤子託也 以是而急后二時乃歸 遂誤課 邵知紀展督

功也耶 張子遠 朋巴再 孫少荊 鍾源沅 成都之領袖

偕子馭赴民樂園則已值期三時三十分矣遂飲之歸

茶叙而余則出飯秋帆國遇事之艱時毋灰心也

十六日 東報閱於吾國戰爭之紀載頗重視然殊不

明江西南京之间消息如審究何如也南京今日宣布

討袁之檄 遇李廷宗裕楠而後某識余 遇蘇芷軒

而曾某盧某識余 晚遇湘屏飯秋士假寐

垣無一不重念國中也　得四月書
十七日晨得斐然北京書十日發　法庭竟將
斐然入於保人之列由地方廳傳訊也無論結
局若何法庭之為芻狗豈是司法掃地以盡
矣斐然又屢被辭職皆以除名為說此與令
兄稍稍不同
寄佩年咸友書　寬佩手

候伯康
十八日 得柏康書臥病
十九日 賤報若春、涕子、由佩年、持兩君書來
也，並賤寄友嫂々事付之流水矣
得佩年書 十一月廿六日發 内附若春函并書 係九月其十日發
又得佩年書 十四日發 促歸國也
又得波子書 十二日北京發 内持由兒家紙八字 六月十六 及林伯

如由巴黎寄来小照内附法庭寺识院合照
全人照相也

廿日晚谈子刘子　示因见大袁某俊志外務

晚佩年来　不能乘近江丸出也

廿一日　遇惠民　遇晚佩年

廿二日　遇伯康　偕赴四谷[illegible]院治病

神田青年会館開留学生総会

廿三日　遇伯康、叁民，又赴医院

下取湘西壮行

士俊、湘西昆仲来，促二次以壮行色，行

廿四日　晴，晨微雨，六时四十分起，行李取送及寄橋四

勿遂高君、张君用五光后至，待至九时，杨钦秋至，遂

搭车赴横滨，下取湘屏、只德及张至远、朋皆到横

滨，与鉴□橋向此处稍有陈君、　叶君、江偶

英商オリンタル船午后一时開駛
廿五日
廿六日
廿七日晴 午后四时三十分到上海登岸已落泊之游也 此行求過風日極處物事忘過風不消即後生病 待行李不至返社歸寓寺懷和和尚来家 晚人皆出游此清懷

归来知阶已二鼓矣　得四弟及仲言书

廿八日　暑热燥燥竟日见宽对奕如吉甫

又任季彭之兄润生　贲之到

晚过钦甫兄去　先君子实砥砺我以此

廿九日　访过有识会联合会佳所竟日不能得

三十日　赴有识会联合会途遇中山大道丰汤

假履康诸友

二十一日 訪吉石偕不遇 過鈞橋
趙太長石同 向船開行期
玉章公飲而得漢陽九江克民軍之消
息大快而飲亦豪矣
先是夷三偕友人赴吳淞歸述情狀不
勝駭然也足精神為振
蕭德明敬軒來自京師 詳京師事頗悉

昨日阅悉斐然被捕萧君亦拘一夜也前者三来而知易倩文被捕今故再来而知斐然被捕悲夫以人不平而罹此厄者何处之

八月一日 探汉江汉阳之消息，在後一日竟不知其消息也 过微庄 访刘青朋 晚十二时得湘子书偕列五来阅

二日 过半偈假 旋出锦江春 遂偕列五湘子过枢司班而归 吴临今日定秋

三日 过凤石岩 旋过吴五遂返 帅湘酒公过五

一九一三年

夜過白克登飯店

四日

五日

六日 得四弟書 談循不順而過我共又知之矣 總理與照殷之丹國亦是性習之然不免論觸諸 吾大兄乃發揮排拼三分之議不亦異乎 又得海瀾謝郵為收鏡樓有客訪過

七日 寄未六三一定偿谢霍子材款一日

八日 赴湘国书信假取回先信件

盖以溺于今也前不当备责之矣

归帆后於异伊强有钱事

九日 袁三误断顿决心於生死之念也

浙都督变迁北京 南京又独立

十日 得云溪书 内附裕商公牍及报告书

及服息仁息清军其帐结至阴历去年十
二月廿五日　正月　止
得仲凯书拳拳于吾党至矣而尤以吾党
毋为戚属之累深也
十一日访伯康云民士俊
寄田儿书　谈甫先生召饮
十二日邵正之诸人撤同学返蜀而赞之不适

錦帆所度之境盡之也　常熟之度待後生不來

十三日　赴張園相宅　訪劍秋　今日持趙

後生間來稱秀到自春陵後生病容度漸

哲夫銖秀相見而張益聞其祕描之耗

當在所仍之人道也　晚謁閣中

吳湘歸於北洋

谢子赴汉此行若能达其志国家之福也

十四日

十五日 匯一匯款出计有四十二元

十六日 酬客

十七日 病热 晚上赴南京

十八日 病除而疲苶矣

十九日　陰　晨休到寓　病倚

探報永康起事

廿日　陰　四男　李毅宇君到滬上

廿一日　得四弟及大女書　七月三十日發　嘆其身

之多病　而乃使其妻女日夜為歡不寧

記一

付匯法國學款　飲於錦江春

陈子驭还国访之
廿二日大雨酷热已久一雨便深秋也
亮工归自金陵 电四万
德湛以本年所汇之款至休另止尚余四百五十
协佛郎交韩理千三百廿佛郎之款在外计另支用百数十
佛郎九十二之三个月又约百佛郎是数年之
用已足今特交李显章君汇去以备一半

元數千二百五十佛郎中除五百元係孫和甫昌
二五更換也
雨勛我心實感之　亞休寄郵電來

廿三日　晴　涼爽極矣　復生朝來
遇潘君元沛字勵紳共其人頗有閱歷其
女公子習於英國語言而專修國文共八閱
寒暑得著善彈鋼琴兼書未通人行年

二十餘歲小女子潘君鍾愛之使交孝若而以

女弟閨範自來也」

溫泉浦行五時北行 望屯直出滋北今日作

淞國還地之

寄四弟及田畏屬欠書 文陵陳文定賜

中國言稿陳氏兵多觀之五款書

鄧孟碩以卜華民國報繳五百元之罰

金六個月之物枝大不當也然奈何

昔日　偕和甫相宅訪楊俞氏之舊居　租

金月廿四元第一月附納小租金十四元小租其上

海之陋習也　過交通處

王採真　卓山深譯人与汪女士偕赴此議員

收未知公贊成如儀　並見小鬟且及郎次青

陳家昆諸人

晤錢竺先及莘甫 祝度生函

赴恩施郵局取田兒書 廿二日訂五號發 發字第十

詞甚悔吝兒誰笑

去後書來 十六號發 謂當以春間還國

晚閱文匯報四川消息將糜爛也

廿六日

廿七日

廿八日

廿九日

三十日

三十一日 還法租界敏體尼蔭路楊家橋三百四

十二 鸿之新居 师、钦甫先生佩年九弟和甫来

九月一日 阴历八月一日 在新居 铁樵后生列三亮工立

吉甫来 渝电台风石归

二日 和甫来 黎孙妹病

三日 阅鹭友如京师 佩来

四日 南京入于北军队以后 确时实九月一节也而张

勋兵大肆劫掠居民有因抵而被杀者此不可不记

為也張勳之兵拖長辮其文告署民國宣統四年—
吾國之大可怪獨袁氏利用之而勿誅焉時民國乃若
是耶—　鐵橋夫婦來南僑居
和甫來伴譯竟日　聞而病趨說
五日　顥年來別將之滬而欲不當之所以寄語於吾兒
謂顥年深情而行摯力學而有經緯送之門不

膝悵惘 帥未至東渡欲南先生尤力促得津函也

六日 過列五鐵齋遇祝復繇病 天雨

七日 竟工部飲 雨

八日 祝復繇病 玉章召飲錢宮崎民藏仲也

民藏者宮崎氏之兄也嘗與余相見京師共食

屢六日不及別而南今忽相遇多饒之民藏

九日 寓北京藝妓貞姬亦來此而乃峯范史

正值日本書以我謂為民黨路士令人報紙

九日偕羊朝全暨吳袁世凱將以起訴之法

困我等遂於八赴虹口乘船已行乃返通英公

館了レハル未日行遂留此日

夜仲愷佩軍來訪留崎不得旅邸遂止

予叔別之楊叙秋李內炎在焉

十日晨七時出館八時小舟離岸九時發松空佩

年和甫子敦叙秋送我舟中 贱四弟回见
入黄海风浪作矣，舟未开浪入衾裯皆水
因晕而头旋不能支，至夜晚稍定也
十一日 稍稍欲书李武成君根云即泉小执苑元李弟
发书予秋 似病剧
十二日 遲下闭治约八镜
十三日 晨八时达神户，八时行，张介皆香山侧

函通一重民士俊 午后五时三十八分由火车
赴东京
十四日车中大泻 九时达东京偕寓神田锦
町三丁目九番地义丰馆三十六番
识吴磐明三君 士俊往所南来
十五日重民来 函通士俊昆仲湘屏余氏昆
仲函谢裕芳

十六日，佐久间贞来。赓唐来，並過寿朋，邀參楼，後過赓唐，見叶江楫、冯襄夏、明儒诸君，縱谭良久，以君民之說、從政治論者一派人皆赞成也。稗村（馀光）来，久谭计学，窃之组织士從资，微及酒井美一来。

上帖呈佩公年譜。

昨日見中央新闻，锦帆败逃出贵州，而官军

入俄大騎兵操以如刺也湘綺文为宜當
隆之間皆戰場今我念先母家人矣
十七日 過重民坐談生之至甚切而竟寂然當
無意外何不先寄一書來耶
作書以士俊之撫帽宜有以慰所親者 四弟佩
泉兼諒仲執習之致君金山仲玄敬數仁和錦丑
伯各一紙士俊代致之

上海留中赤狐托士俊携归并托屋工继册

进吾母之

士俊路费仗我佩韦从中为通融八十元合

前此欲百元三元五角矣

特迟士俊寝于其居　译家常事未尽而

实难舍之　访李廷楷不遇

饯道一　饯雪屋访松渝友之行踪与诸

友家之被擄情狀，未審此書能達否，蓋不知吾雲盤尚能安居故處否乎。大勢既傾頹，憂心傷之事也。

十八日　士俊買棹還國。士俊由橫濱上船，約黄湘屏（光寰）送之，返東京午后五時矣。

壽朋來，印將子叔所寄十元付之。

《廣唐》（裎六字十）《明儒》未評已久，以壽朋收所

譯從無次　武成今日還入校

十九日　李紫暇來　錢雲從鄂渡

二十日　只純湘屏來　午後遂過只純因見孫少

荊夜偕只純訪張朋譚吾川之局制胡景伊通

電歸獄於滄伯一人　只純又言昔之吾獄係四川

軍人任其也凱敢問若所持以謂除去不肖一人者

川使要隘多事故袁之群狗用全力搏除此人

亟胡忠竟而誰耶首若胡景伊就鎮撫總長
之任遁出滇州甚憂尹碩權之父與此一律命
任得志忘我乃如是乎
廿一日赴目白訪武啟巖中字崇傳姓吳氏武成不在
遂偕崇傳月波觀同文書院游芝公園
騰子取竟功風石玉章及溫欽甫
上香草師書

只純子遠來。葉江楫留字促我赴留學生總會館，俾最要事。見其字，則諭附且三鐘達，來後而只純乃謂將滿今日之會，以歡迎我也。余之素來，江楫未知吾志，欲以尋常之應酬履之，已相左矣。且其臨時見告，不先明告，更兒戲矣也。

廿二日。大掠。午前不勝倦息，午後作牋寄伯玉、敬軒。夜

孝春倩恩兩丈

昨還大寶館 大塚窪町廿四番地（小石川） 館主名國虞東人汪鄉氏此還只純主持之而照料之間由徒以氣誼之投耳荷儀眷心切感之 只汎偕孫少荊譯至十一時乃還廟去其居停與大寶館門相對也

雪民來書內附像出函十四日發 稱心精勵書中謂潤泉將到長崎

廿三日　健裕來　告遷於壬民湘屏景炎壽朋諸
友　許閔記黔軍與川軍戰於重慶又閔城
不納成都軍警廳四川多事何累繼矣吁
廿四日　張子孟及李靖湘之來訪只純霞只純來公譯
一見　一夏爲斯來
廿五日　訪慕周後　滇騰越人　不遇　檢上海時事新報
廿六日　寄田畀書　詳言南北戰爭之故及其

鈞鑒九日

昨夜遊水道町早稻田江戶川神樂坂人物繁華

活方新之氣東京實非吾國北京之所能及其交通

与街道整理不如日本之故而殷實不可見也

孫少荊號燭章語定寄從

廿七日　細田來據也覓日得黃湘屏牋

從只忠見諭函之言八月三日獨立事諾

廿八日　閱伯康後遊日本已到東京兩日時事新報揭載何海鳴宣言多發憤言之有條痛也讀之不勝悵感南北爭戰之結局諸偉人乾急餘雖死不蔽其辜國家與人民皆受其禍愛錢畏死四字中於天性而已甚乎至於民黨之流亡固無所悔而更不能無憾憾諸偉愛錢畏死之貽誤大局也

廿九日　遺血今日較甚午后二次出遊既而頭暈。腹右部尤甚兩脇微痛又疲遂偕少荊游植物園

伍應垣來遂得士俊海上書　廿二日發　於廿一日到上海今日見佩年而理君尚滯於此不能成行也錫贊困人如是　狐皮二阿膠佩年已代交士俊吾　母今年或不凍也

三十日　遺血　午前赴亘氏旅居，伯康暫憩甚屬也。相見細譚，我聖祥幸得到亘處，今出在避逃之務矣。伯康告董特生已西太和鎮被迫囚，死於成都，何其義旅運熾張。伯籌之殺報网以之贈此。賤佩年寄田見嘉然日燦恩之悉甚以為不足，而殊荒誕之精神

十月一日 旧曆九月二日 疲極矣 今日得漢譯日本文典。夜游水道町 觀活動寫真 江戶川意大利与土耳其巴爾幹之劇也 還寓十一時 擬習拳以練鍛身體 未果

二日 張孝箱 重民之弟來 今日乃其初度二十之週歲 略治酒飲之 李武成晚來 有所討論 直以所見告之 未識聽我否也 夜雨

三日　雨

四日　晴　午前大風　過董氏伯康因得諧丞師及佩年九弟十五日一書又得四弟八月廿四日　九月十八日及田兄書

讀鐵香言潞川源款也

寄四弟及田兄書　過介斯不遇

胡景伊肆行殺戮　聞黃幾生郎明叔皆被害

又因銅元票不兌現錢價當鋪管事一人又斂

模範監獄一百四十人而斬誅之
赴醫院醫者謝我而謂曩其所予之藥雖
久服而無效然則昔之予我何耶幸及今
為我言也　四谷病院
五日（禮拜）　上看草師書陵佩年送子
陵重民因陵通一
六日食斧斯來暫假五百元允之遂過重民送之

高橋成北京之行矣日本明治皇太后崩御將派高橋回國觀儀從之簡不若昔之專制時之精撫皆歸之體不若吾國大總統之必盛衛是說也治國之道固在彼不在此乎蔣慕從屬孫少荊為我言今日北京已迎袁世凱為總統吾聞之惟冀袁項城改其昔行以推誠布公待人實心任事治國則國家必受福吾人

又何求焉

七日　会　顷阅记六日吾国选举大总统出席议员七百五十人投票二次均无当选者於是行决选袁世凯以五百七数票被选焉当行决选时议员之去席者已三十六人矣而袁氏仅得三分之二此一票夫以军警及公民会之威迫而后得此足人心犹未死也国家庶几无辱焉耳

陈隽子静北京 偕只他见医途遇大雨道
於張應蔭處錦州人遇之
訪鹿楚楷（元）詢知微細而楚楷之家族流離
其如子已被害以金陵李湛同前耶—— 满
詩风名貴澈芳華偉已抵海上錦帆猶未到滬
则医多不顾生而除以待死其大伤余心而行
共则于私将何以存活耶如困若死曰——

八日雨 榮昭持通一牋相屬對芬春牋云
則虞之害通周來牋則虞病害貧甚牋則虞
四面而欺至以應
九日晴 偕只繩趾波多野博士醫院診病診
視頗詳病曰腰筋僂麻質斯性總文譯音神
經病也胃腸之病皆關於此囑須使帶極
如腸痛作時尤當注意又須使大便通利

大便不通則痛必加劇也於我素來在大便
加之意　今日費時約三鐘而只能甚微
其小水得小助我徹私藏之遂眼道履前同
盟會機關及張太炎講學之地並指以地當
居　醫士檢閱身及穀道謂左小腹有病無藥可
晚刊
小腹微痛臟腑出午後微有刺痛也
近日常覺腦熱

十日　晴　是日吾国第一期大总统就职而列国一致承认民国之日也。以国家言，凡国之人罔不当庆贺，以国民党员以其为袁世凯也，遂多漠然置之，未免过于狭隘。虽精神上所生不快对人，而国家观念不能不勉强也。对国第一正式大总统就职为一事，袁世凯之被选为总统又为一事。袁世凯之胜任不胜任与国庆我可判而二之

黄湘屏来以國慶飲酒

十一日 鄉曆功有水上之大運動遂往觀會高等師範全校學生所組織為船三艘標赤白綠三色泝溯田川而競之每船六人泝流之距離八百米突三船平列其爭進也小汽船隨其後行監督之權焉勝者獎負者失意名譽之爭而尚武之練習矣 過談竹觀菊卷蘭

藉以他草本之近根而壯者接菊本其上故每本皆叢菊其花朵不下數百誠巨觀也至其矯揉之爲各種人物形反不足觀矣而人欲保護之是爲知菊之天趣

十二日礼拜　張用五來　午後赴高等師範校觀蹴毬擬議西人與該校學生競也各以九人依規律當各十一人不足之故各三人也西

人皆少年然已各勝其一僅均勢耳有国家之觀感焉雖然日本終於褊狭

陵李榮昭為張因丑疑事不関乏共而又出位陵遂隕乃自失矣　夜遊護国寺觀祭礼日人出多迷信與吾国正同至於今治之者模其强故陳景華嚴禁廣州之焚燒淑媳火而收功小也

刋象牙章 冢曰謝侍慈生四字

十三日 得佩年書 築昕稽來 内坿四弟兩書 九月

十日及十 家中有訛言也又寔友書 九月廿一

占日 日發晶

胡峻卿明叔問果被害也

報佩年寔友書寄張晶 附孝春及楊雲叔託寔妹

促謝徐霓還我欵也

十四日 過伯康齊斯 得孝春二丈書 五日謂詩

庵言般已匯我前事已行取消往北的款當
勝詢之　則虞晚來　亟相屏謝財蓄
於銀行及上海儲蓄錢莊四川經營儲業
棠晚在欲辭之　夜雨
十五日　晤重民蓉丈靜安北京　則虞棠昭
晚晤張仲和成都探訪友也　雨竟日
只能留兩佛牧赴醫院醫共以電氣運磁兩恩廚

似有效也

十六日　晚得鐵喬書　雨

寄四弟書其十日寫一紙備言裕商公事十二日寫一紙則言本日所得之家書因刊印章故今日始併函而發　因滕秉璋仲執士俊託設法借銀行款也　此滕仲言

寄裕商公兩書　皆十日具　一直寄成都

經理人金女兩君一册四弟陵舍將來持赴成都作泡攝中所言北京个古年仁息金百三十四兩八錢也新印刊就今日乃發郵封面署王靜一代發

陵鐵橋還一夜懸稿敬書證疑

十七日雨 陵來檢古文俟寰各所錄令不靜也

十八日午前雨 赴醫院又用電氣治療也

得伯展信 蜀人何崇光莊恒饒艷北京同盟舊友來聞此君及國民黨亦不聞此君名而今竟以通民黨致命財雖免禍害之議尋以北京謀振往往不足見也 少華琳章仲錕皆去官

四勿兩信來 十七號託以復之 方明遠來

十九日 信佩年商借外款經營實業

廿日 早稻田大學三十年紀念會往觀不得入 孫少

掛無用入場券之玩誤也。過復閑
黃湘屏得還川來詩，頗有所感。文山士俠寄票
陳永穀士俊已抵宜昌。便血肌力疲軟
四譯歷史讀記七年來未有之重要也。讀經濟學
得四冊，除佛帆陪昆炳三小說已去而外，殊無所知
念及功業，並益人思救深及儒術矣
廿一日。張子遠催譯米日。函照祭只抵展九時子遠別去

訪延日人龜山立明每日授日文語一點鐘月脩二圓

廿二日 赴醫院波多野君囑取其血少許畀之將分化之以檢病徵並著而詳審醫之良否也

寄田兒書 廿四日作 勉之運動體力

得佩年書 十三日發 內附四弟伯農及竹邨先生牋 九月廿日發

子居師不知蹤跡 雪王師尚留滬 叔實則未卜生死可奈何 王子驤被殺 王文敦被捕 皆故鄉傷心事也

特生慶伯皆被殺祗非臨終耶

幼日未乃知少蔺已承業矣

廿三日 儀佩年世兄、四弟、坤緯井擬以股份付之

治平大兄、火兄佔三分，其股內還某占二分九釐，見利

遺我至此，故不願與聞事也（渠人亦自未經本錢）

張敬來發告其兄王火即報之

信 以所還兵及四歲送楷陶西生

得倩夫十四日發、張數多十九日書。

廿四日 赴醫院，以顯微鏡察矢中蛔蟲卵，極多也。藥水易作桑紅色。 報倩夫、數多書。

得沚子北京書，報之。

廿五日 蘇芝軒來，問列五、澂芳家被抄沒，景伊且報人以盜報復，其三家生死未知也。嗟夫暴且殘如是耶。私怨而藉事以洩忿，觀其結局何

如吾家亦可應考陵佩年後其處詢并叔沁子逆陵郭張君恩謝大兒得蔡逵夫陵

廿六日　昨夜眠不安息夢見兩先君子先母又本生母時所泣欺不自於政治之心盡決矣陵蔡逵過黄湘屏因并見資州人張君家綱則五叔家確矣到敬芳陳伯衡李寅之以上皆昌蕭楚南蔡德輿范春霖田寄等三數十家皆被抄沒陳數五來陵亦言

川政府再賠償外人損失爲詞而沒收民遺財產也
遂後勝亮之滬海在滬及佩年 叔擬出避錫王也到
上海錫卿叔實則不得離錫聖祥避之家用峻卿
出路榮昌無消息 叔與聖祥九月九日分手與雖慕
頗十一日分手〃 李策跟張彥箸來
廿七日俄出後第一果吾家被禍若託其照料而弃
爲我詳言情形 赴醫院

際唐蘊南在方明述廣方君來約遂偕只純往西
錦帆已返西京矣細譚往事歔欷抑塞不可訴也
始知漱雲被殺席乾生毀家其父縊死西黎
請瀛山咯血死故交零落罹此浩劫閉駿肆殺
亦不減景伊云 成都刑二人而塗其面故人
亦為胡藻生部明奴也 味腴道出楚蜀交界
之官渡口因手鎗被捕 律剛由永川赴銅梁

兵潰不知下落　定暘纔默罕炸傷閔已死
鴻鈞為僧　琢章家被搜任殺害　歐陽介樹
晏子才已被縛而責三斤　商會擇之商團殊
僧且暴也　陳孟江自殺在走馬門悲夫
廿八日　得鐵橋書復之
廿九日　吳君錫三自西京來　遊此未發
今日移出大寶館整度行李只俟屬錫

三来遂同往焉　叔実已到上海

三十日　偕锡三访叔田见朱子康

三十一日偕锡三过伯康幼田来遂游上野

佩年后来内封家书二（十一月二日发）吾家至於十月九日尚平安也又封巴黎书　其中张胡寿生寄甚子书介绍叶议某事　后佩年书

后叔実

十一月一日　晚九時赴西京

二日晨到西京直抵若王子山下叔蘊寓伯錦帆華倩懷如子劍及長東鈞張維為皆在蘊南果先歸也

八日偕蘊南返東京　未發而數三寨欲散

五玉送略談以別

袁世凱以四日下取消國民黨議員資格及

封锁国民党机关究命

九日晨十时抵东京锡三适在只他处向後生今日必到就借只他摇之私榻

今日归只他以函件付我计後生二玉章二谢芳一孝春一十元七元玉章函谢朱子康之函电计十件

十日後生以叔实识予我内村田见书及坐

十月十二日发

先書寄下　适一牋来
田兒以履安所寄巴黎牋附寄於我以慰我
於以知田兒之心之懸懸矣　赴醫院
復生以梁子西夜時片見付
十一日　牋京都　訪胡仲鳴文藻
十二日　得蓉春四日及田兒書十月廿二日真崑阜
田兒詳以欵目告我不足約三百法郎　其志

專学森林也　陳若春文

十三日　晤佩年，説湖仲鳴大略

李先偕今日還國，昨日訪之未遇，而渠贈所寄來記

之白岳家兆被鉄去請為我照料

得[illegible]壁兩書（十月十三）及十六日　又匯一千　由重民携来

十四日　雨　寄四弟及田兒、慶女書

菜江樹友邀馮楷少泉合飲　得滄公牋

十五日 相宅大久保晚飯歸 得叔實寄書徵

十六日 叔穎寄五春錄新夜詞年譜往訪之

遂偕濟區大塚窪町陳滄伯 定移東御殿

十七日 移東御殿亭半五錢宿去

晚詢俊生張健修蔡元耳乃堅拒之而勸以

養病為急磨子亦去殆也 夜雨

十八日 赴病院今日換藥也 雨

十九日 晚漱芳 游日比谷公園觀菊 晤英士天仇

晚鳳石 晤胡仲鴻出所織藏見示

廿日 晚佩年叔度 又赴德梅僧亞依（三人同晚）

過只他檢時事新報 中央行政會議將以十二月一日

開會而兩院議長湯化龍王家襄乃呈總統府

指派代表八人之命 國會於此議亦如常也 吁

上請證帥書 因如進寄叔嚴劉俯幽胡景伊通緝三方

三句鐘人惠卿及徐子修先生外與兩子居師之太夫人被拘
訊也。吳伊又報吳覺倩為黨某次春北濟民所尚有係
虎之天理耶 陸紫春 吳覺倩當受知事之任

廿一日

廿二日 復生捉集同志議學心徵靈之證微雨

廿三日 游讀華代劉瀨巴李時彥楊學俊來過侍
向氏良仲館甃全人震悼其深之畜倉曆十月

一日發於重慶也

廿四日 發五弟緘 附子鳳伯鳳來 成都封二枚之口 寔乃日此枚係抵渝出但律例所加云云可恨甚

赴目自訪李武俠李時彥楊學優

廿五日 段出雲從巴城南洋群島出已二年餘 今始見於港今日送之行來船煙頗疑非所堪而後生甘以惟吾三行重之內已知之晚偕平叔笑

廿六日 綸慎及伯玉來 晴 昨日到也 而与澹生相左 只純入名歐 夜与謝樂繼譚 至夜分

廿七日 拆鐵谷 黃競雄 寄後生 伴孫 上書於華友 已釋出獄 乃誤為楊庶堪故捕得 罪伴分別遞釋回寄譚也 鈞之繼亦來 查閱今日入校 謄雪壁

廿八日 游上野 觀博物館 幾如校 家珍 維莊其貴

重五品皆吾國物也而又最廉者一邪田防營四字之匾額一塊足以瞻形一藝般人家室之陳設更也而乃盡一不虞。晚過一倫局

廿九日 晴日收花。 借從生長安吉杏足樁一海

編 鎮錫三以前來展豐高懶子沈某兩重

·爰往錫俱廣豐不協以靜聲債辱國辱害人

三十日 欲重民戚 聽傳往錫三月引以不行然哉

与锡三同居之约不谐矣　陵佩来慎虚秋来也

十二月一日　旧历十一月四日　礼拜一日

陵俊生内姻乃弟崇仰识　沧伯疵子慎如皆凶

西京约兰维赤点区送之行午后八时车发相对

乃三人无一言之可说也　吴公南原名寿鹏宇仲威中

江之西所牛场马鼎臣　小川日僧狗克成浙江至

浒人余同游邵亲因共　倩人

饶叔俶同许庑回寓说也馈之

二日 然遇伯康 晚得佩陵内甥、俄暨师陵及家书也 吾母见背之年 以今夜半病作 而又经月不得家书 恐吾家遭他人之言 致吾常生母携京外正念之函深而回 弟七妹大姐及仲言之书 函亦十一月十二日所寄 家人平安 然吾一五年 佩年与仲言很回兄姿余状械信用他年五四百五十元 来四十二元 收后

三日 陵到三寰伯 写四弟七妹大姐仲言存他书

兒曰讀書讀人何以歟

吾母今日忌辰已見背三年矣 今庚十一月念

四日旅客有得家書以求母而踊踊若五哀慘少子

方無聊念吾說之死與生其遂觸悟而泣謝伯

成南館思說之痛而對泣也噫夫 益此謝伯玉錫

九嫂甚衆 錢通一聲如京師托領款也

騰佩手 次日付郵 寄四兒書

今日吾本生母及昆弟骨肉不知恩不省也何若夫

五日 吾本生母壽辰五十又八壽也小子乃亡命海外如此民國既成立七年乃獨不得養親矣夫

得士俊叔[illegible]函 午后二时只他函来报自京都 晚得俊白雲[illegible]會十月四日函也

十有四日 十一月十二日 田兄宗及仲和、冰[illegible]書函 令我惘然悲憤當盡其忠

田兄此求明白簡常文字匪夫 照解典及論語這

十五日 傅[illegible]錄此都二函代書 得風石陵

六日　舊曆十一月初九日　本生父思背之忌日　棄小子十
四周年矣　寄田兒明片　發叔[illegible]函
發索民、稀叔、展偶三之悔過
七日　訪伍崖恒不遇　發子餘函　直規其失　謝其屈
覺三函　晤胡經武　討持陸[illegible]偶函
麦丑到矣　今晨不接其伯佛書也
得深伯函　還貴三兩十元　一帳訖

八日（舊十一月十四日）吾母忌日紀念，亦無三年矣。

晚滄伯叔癡，得請攜晚，謝任庭極不適。

九日　得叔癡並休晚，亟休人四事，期與諸君圖共作：宣言一也；統一各國各派及民黨之聯步，以為助，即將來國際上之猜疑二也；組織新黨三也；遴選各國民黨名著並一黨宗主之機關報四也。而如法袁毋以孫黃退進行之信用，所備以共保障鈔設之快。

派也欲掌之痛而然皆在主權之人又不思若之也

寄王陽明傳習錄於洪監師

收武陽郵稿　晤子原古劍

十日　賁之來　遂偕赴船行　漢雅伯帶子晦入

學會爲幾獎盃小大以黨界英二

古劍子原移來同寓　得尉儀孫生陵比陵

陵遠之來赴京也　得倩文書（十二月廿六日）

十一日　得澂勞及蔚儀語三隊　上師書隊佩伞
電叔濱促瘢偕濵錦東來也先前發之紙后電
十二日　戌後出風后亞休重民　昨日得叔寅隊
叔寅謂子虔師被捕之歎不唯兩濵已識不欲生矣究竟
則以為亂刀欲死非此大傷心事訖　戌叔徵濵伯
十三日　遇重民　濵伯叔齊均三誰寄擬出京信
袁三子虔檢之前稿

十四日 得列子书 又准函昨校事理 占炎三 什事

十五日 赌往衡学辞编 小林丑三郎药

十六日 大雪 得俟堂生候 鲍妹明月之三日去时赴 午前

法而复出 拟于复三时四复后得逖南行

鹿乾生仪 午后已赴南洋矣

寄数学书于陛君先生

御居月协之尊人七十寿 且祝名欲赴之 以夜醉

帰与浴瓶二人搏雪擲朱殊無聚散之態也

十七日 雪止而深一尺矣 退雲假之九十九

十八日 寄到五清揚叔實書 子康別去

十九日

二十日 燃目白相宅

廿一日 得[illegible]十一月廿八日弟及仲言十一月廿七日書 張照十月卅日且风十一月一日又佩年無知

家中皆幸幸無事 兆親自此安矣 叔實家似在壯

役所錢常亦被訂也　西萬鄉賢堂之名置葉
於野鴨池附近寺叢生為雉也此一隊歌之益德
互借貸二百金殊將德耳　劉紹祖受覺人
舜生之恩今反噬人惡不可不除也
廿二日　飲伯玉歸九扇叙歸　相宅本鄉區西便
賀町十六番地
廿三日　得伯唐通一牋　此復錢通一塵信伯高

之款，訪伯康，乃知適一寄我七十元。
晚，楊調霖丈偽集成，楸華所刻，紹祖也。
晚，徐仲蕃說陰昌事。閱璐章派之成都
詹仁甫家一書，此伯康語我。
廿四日　晚，倩五二丈，晚俊生寄香港。錦帆來。
廿五日　晚，四弟仲言。得田兒稟，第十六號，十一月廿八日所發之。
廿六日　請[illegible]民飽，選西級加股所代購茶具。任庵招集。

吾父棄不孝於今再翔矣然靜益幽而小子亦
斯猶憐其年念親謂吾父吾母幸存當可稍
慰焉於今日使吾父吾母而果存於其不驚恐
憂思而溺死其能希也嗟夫不孝之罪而益
服吾弟之喪爲吾坐母哭悲哉
廿七日認於居　本郷根津西須賀町十三番地房主
渋谷正吉

廿八日　晤佩年　因炊爨乏傒　飯硬而食之
遂使腹內胃痛　錦帆不可以言矣　罢愈而信
浚言且近按摹近札無禮還屬兩端之旋思
夜覽誼如此乎　滂伯貴三譯至夜半
廿九日　熏民來借我四十元　此款期來年一月
十五日已前如數還也
三十日　瀉三次　偕貴三赴銀行

三十一日（陰曆十一月五日也） 赴醫院

歲除之日 悲秋以思子矣 得長賓際仲執（山口恭）儀

是夕中國青年會假演新劇 借痛憤責諸人往觀而爭進者纍纍然以大呼 烏乎是之謂留學生之自治而論者乃至以其真理為之悵然

過錳酸鉀（日文過マンガン酸カリ）同溶水化，以見紅色（微紫），為度，洗淋之妙品也——

c6125 18 JUN. 1913

大正三年日曜日及祝祭日表

紀元二千五百七十四年

○元始祭　一月三日
○新年宴會　一月五日
○紀元節　二月十一日
○春季皇靈祭　三月二十一日
○神武天皇祭　四月三日
○明治天皇祭　七月三十日
○天長節　八月三十一日
○秋季皇靈祭　九月二十四日
○天長節祝日　十月三十一日
○神嘗祭　十月十七日
○新嘗祭　十一月廿三日

月	日曜日
一月	四日、十一日、十八日、廿五日
二月	一日、八日、十五日、廿二日
三月	一日、八日、十五日、廿二日、廿九日
四月	五日、十二日、十九日、廿六日
五月	三日、十日、十七日、廿四日、卅一日
六月	七日、十四日、廿一日、廿八日
七月	五日、十二日、十九日、廿六日
八月	二日、九日、十六日、廿三日、三十日
九月	六日、十三日、二十日、廿七日
十月	四日、十一日、十八日、廿五日
十一月	一日、八日、十五日、廿二日、廿九日
十二月	六日、十三日、二十日、廿七日

明治天皇御即位 [illegible]
皇太后陛下御降誕 [illegible]
今上天皇陛下御降誕 [illegible]
天津條約成立 [illegible]
明治天皇の崩御 [illegible]
今上天皇陛下御踐祚 [illegible]
今上天皇[illegible] [illegible]
帝國憲法發布 [illegible]
教育勅語御下賜 [illegible]
日清講和條約成立 [illegible]
對露宣戰の詔勅下る [illegible]
我軍露艦を全滅す [illegible]
日露講和條約成立 [illegible]
日英同盟條約改結 [illegible]
日佛新協約 [illegible]
日露新協約 [illegible]
日韓合併成立 [illegible]

中華民國三年一月元日

太志

丰年

懷中日記

舊曆十二月六日

振沂時客日本東京

旅順開城（明治三八）
元日朝賀の式始まる（大化五）

元日や神代のことも思はるる（守武）

丁亥	木曜	一月一日 旧暦癸丑（小）十二月六日	天気 晴	寒暖

約束

〔四方拜〕

晨起 叔欣滄伯贵三叔
向齋仁皆賀慶遂飲酒而
小亭年糕進者相繼以唱着
譯者笑此聚僅一坐矣
午后遊上野 夜飲伯玉錫
九處
是日日人皆新服休業而樂
其與吾國同者不勝惜
語言勿通不能得其情也

戊子	金曜	一月二日 旧暦十二月七日	天気 晴	寒暖

約束

訪吳履中目白藝術苑及南
部人敬容在焉敬容嘗任李
烈鈞書不相識也
午后偕伯玉訪張耀曾於
西片町十番ロノ七 耀曾識並而婚
於学

一年の計は元日にあり（古諺）

加藤清正明軍を蔚山に破る（文禄三）

我が門や松は二本な三の朝（蕪村）

一月三日　舊曆十二月八日　土曜　己丑

天氣：陰　風
寒暑：温

約束

【元始祭】
昨閲報聞隴秦豫海及成歸之鐵道敷設權皆屬之白耳義
遊神田一千剣拔欲僑集飯終席
而子剣未罷所謂志在飲食者耶
只他子遠来

始めて元始祭を行ふ（明治五）

一月四日　舊曆十二月九日　日曜　庚寅

天氣：晴
寒暑：

約束

赴芝軒召飲赴之盛饌也

紀元節天長節を祝日と定む（明治六）

餘り遠なる東は四なり（四諺）

月雪の為にもしたし門の松（去来）

來書	天氣	一月五日	月曜	辛卯
	晴	舊曆十二月十日		

約束

（新年宴會）

晚張唯識（美國）吳永珊鄭
錫彥（法國）
得俊生書、（十二月十二日發）
得季玉書（十二月十五日發）
晚到五大佛
錦帆黃三元君召飲敘之於為
主者尚有同居之葛、張、段三
人同歸與將到遂過甲子館
而錫尚猶未訓也

楠正行戦死（承平三）

來書	天氣	一月六日	火曜	壬辰
	晴	舊曆十二月十一日		

約束

（小寒）

晚過一俊生、叔實、
晚四弟、與涵山玄明言事
偕源伯叔康（伯玉）訪張崖民遂約
伯康共飲於神田
晚還寓聞幼田又過我已兩
次而未相遇悵悵也

佐藤信淵歿す（嘉永三）

年時と馳せ意年と去る（孔明）

人の日の粥に雪間の若菜かな（抱一）

癸巳 水曜 一月七日 舊暦十二月十三日 天氣 晴 寒暑 大風

納柬
伯丞中江人京师法政大学卒業者猶及也

王金道由以書来請更学
過幼田匯得佩年款實鐵
橋列五及四弟舍十二月二日、十二月六日
書。吾家以十二月五日入於
高居母以稍可慰也
佩年匯百元来以百口六元七角上兑吾懷
居矣 鐵橋以十二月十三日第
一子其從门以白革任之
昨夜當幼女被吾殴而歸之又
夢雨過踏鐵釘而血出足三
十六釘去只踏釘也
谢伯成還因迷之订橋

足利義政薨す（延徳二）

甲午 木曜 一月八日 舊暦十二月十三日 天氣 晴 寒暑

納柬

復王金道函
寄四弟与仲熱書
段鐵橋真如
孫韶来访将赴美也
赴银行
发四分刊房

小學生徒の學齡を定む（明治八）

鏡は容貌を見せ酒は心裡を見す（西諺）

萬歳や左右に開いて松のかげ（去来）

乙未	金曜	一月九日 舊十二月十四日	天氣 晴	來書

約束

晚列五、佩年、叔寧氏、孝春、
季玉諸人
葛鈞 蓮州人 來訪 去年相
遇上海 青山農業大學
實科生也 實科分農科
養蠶化學科 林科 [?]科
葛鈞則農科也 譯次謂
有益

丙申	土曜	一月十日 舊十二月十五日	天氣	來書

約束

早飯 稍俟 身體 略[?]疲
源表及我方 洗事 [illegible]
未遂 復於文 盈半日也
蓮南來 座 為半之談 未歸
但留兩殿及其[illegible]
訊春膳 田
赴松本樓 宴飲 在日比谷公園
列者四十三人 之 有操阮之
包烏平 謝治 進取 若[?]部

眞正の友誼は不朽なり（ヒメゴラネ）

明治天皇踐祚し給ふ（慶應三）

德川綱吉薨ず（寶永六）

一九一四年

英照皇太后崩御（明治三〇）

追羽子に大人ばかりの日暮哉（鵲翁）

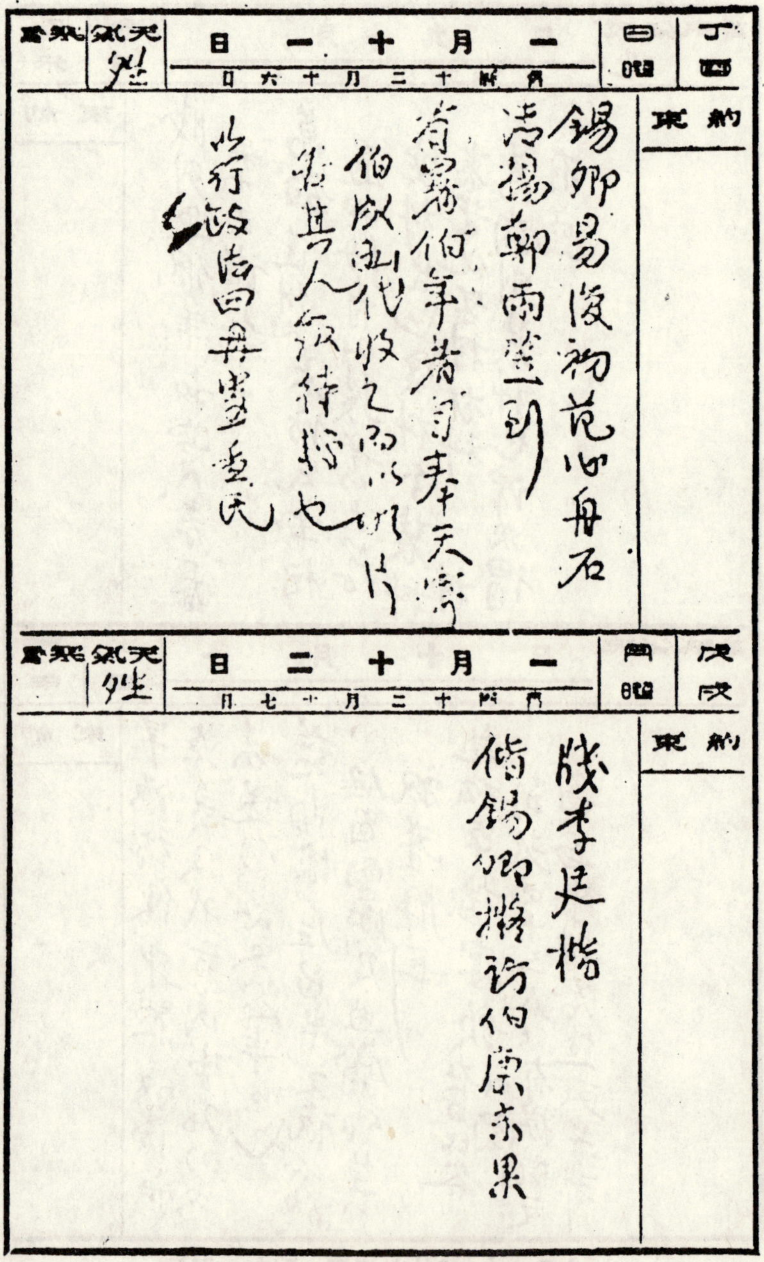

丁酉　日曜　一月十一日　西曆十三月十六日　天氣　晴　要泉

約束

錫卿易俊初范心舟石
泉楊卿雨農到
省齋伯年首奉天寄
伯成函代收之四川批片
告其人即待擬也
以行政法四冊還亞民

戊戌　月曜　一月十二日　西曆十三月十七日　天氣　晴　要泉

約束

晚李廷楷
偕錫卿游伯原齋果

七

忍耐は運命に勝つ（カムペル）

梨本宮及奥大將凱旋（明治三九）

源頼朝薨ず（正治元）

歌かるた女ばかりの夜は更けぬ（子規）

己亥	火曜	一月十三日 舊暦十二月十八日	天氣	寒暑

約束

是夜源伯以京妓小菊語
我燈中一霹雷也可畏哉

偕叔癡源伯伯王荷宮崎
寄田児書叙其浪華而
不養生且告以宗森林
非叔也
午后得雪嶺書十二月十二日書
其家無恙且雪嶺君学
疑識得財其曹遂後修
建其寄吾母寫在之狸
役也
今年今日鵠習曰話
鹿児島大地震数日

始めて憲兵を置く（明治一四）

庚子	水曜	一月十四日 舊暦十二月十九日	天氣	寒暑

約束

夜十時後之影片
大風作為之撥

得田児京十二月廿七日及廿
片二又拿破侖及拿破侖
与德国女皇一會盟之影
片々可以知此子之用
心矣遂後之
訪清揚兩盛
日移散歩得松村政釈蓋
寵山玄明不来見
得伯成長崎書十二日欲迷反
遅英商汽船后解纜而已
到大

不朽の著名は獨り僅に存す（ペトオーク）

藪入の顔けはけはし草の宿（太祇）

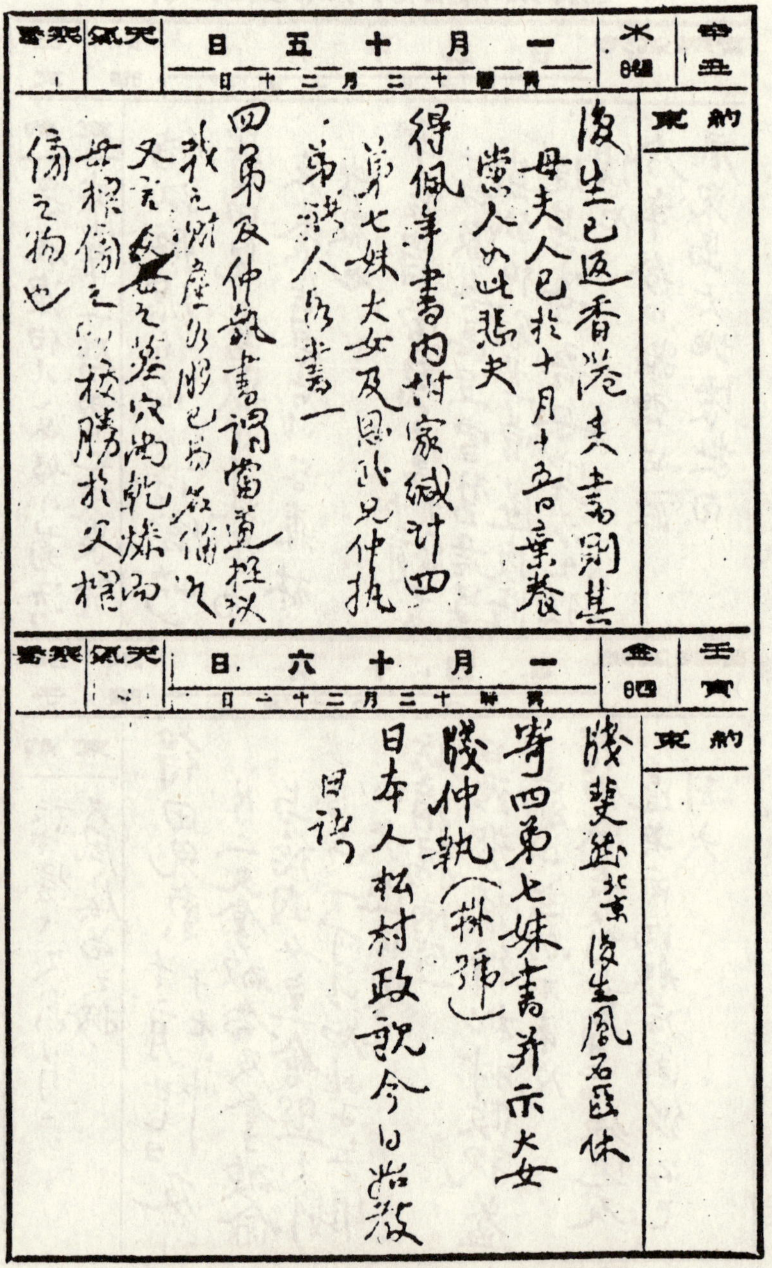

辛丑	水曜	一月十五日（陰暦十二月二十日）	天気	寒暑

約束

後生已返香港來書問甚
母夫人已於十月十五日棄養
嘗人如此悲夫
得佩年書內附家織計四
弟七妹大女及恩兄仲执
弟[illegible]人各書一
四弟及仲執書謂當道校[illegible]
我之財產以彤已易[illegible]備以
又云[illegible]墓之墓穴尚乾燥而
母柩傷之[illegible]校勝於父柩
傷之物也

壬寅	金曜	一月十六日（陰暦十二月二十一日）	天気	寒暑

約束

發斐然書 後生鳳石區休
寄四弟七妹書并示大女
賤仲執（棣孫）
日本人松村政說今日出發
日記

愛する人には物な貸すべからず（希臘諺）

坂下門の變（文久元）

江戸の玉川水道落成（承應二）

切凧なのせて来にけり戻り籠（道彦）

癸卯	土曜	一月十七日 舊曆十二月二十二日	天氣	寒暖

約束

心緒激烈飯半折紙改下

女友而思見後成之偽

小子生三十有八年矣本生父不存父母又不存其葬焉慈者吾本生母而已而小子又遠避外國已往者不堪回首也及今補過猶未晚乎吾母五月見弟念我亦審慈去年今日夫亦知今年今日若此耶

（以上言家展）

不得意事萃於今日備因之微原也

孝明天皇外交を議し給ふ（安政五）

甲辰	日曜	一月十八日 舊曆十二月二十三日	天氣 雨	寒暖

約束

与源廣作主人邀同往子遠情弟兩公芝軒飲於神田之民樂園

聞士壽來已到上海而病亦可慮也又念不肖之境遇為金見饒鄉仰無慮但不知若歸耳

伯玉以其之残見示諸政任濟拜之誼識成樹神田工業學校内

一〇

地にあるものは落つることなし（丁抹諺）

幕府始めて使節を米國に派遣す（萬延元）

正月も二十日となりて雜煮哉(嵐雪)

乙巳	月曜	一月十九日 舊曆十二月十四日	天氣	寒暖
約束				

赴張子剛之約竟有指使
之者吁人心不同太可畏
也
帶燈時取齊芝文前已同之參
城治伯告我餘事甚稍相
去此次不過故人之盛衣了
賠數萬安歷矣

荻生徂徠歿す(享保一三)

丙午	火曜	一月二十日 舊曆十二月十五日	天氣	寒暖
約束				

戲佩年松宅
請持兩笠招飲
與談艸
論廉錫及余某評事
君道今年三十有九歲
夫自丁未以後吾夫婦
相依前後計之不出四億
月而聚已數年今於茲矣
九男囚念之嘆

日章を以て船舶の旗號と定む(安政六)

言ふ人は行ふ人にあらず(沙翁)

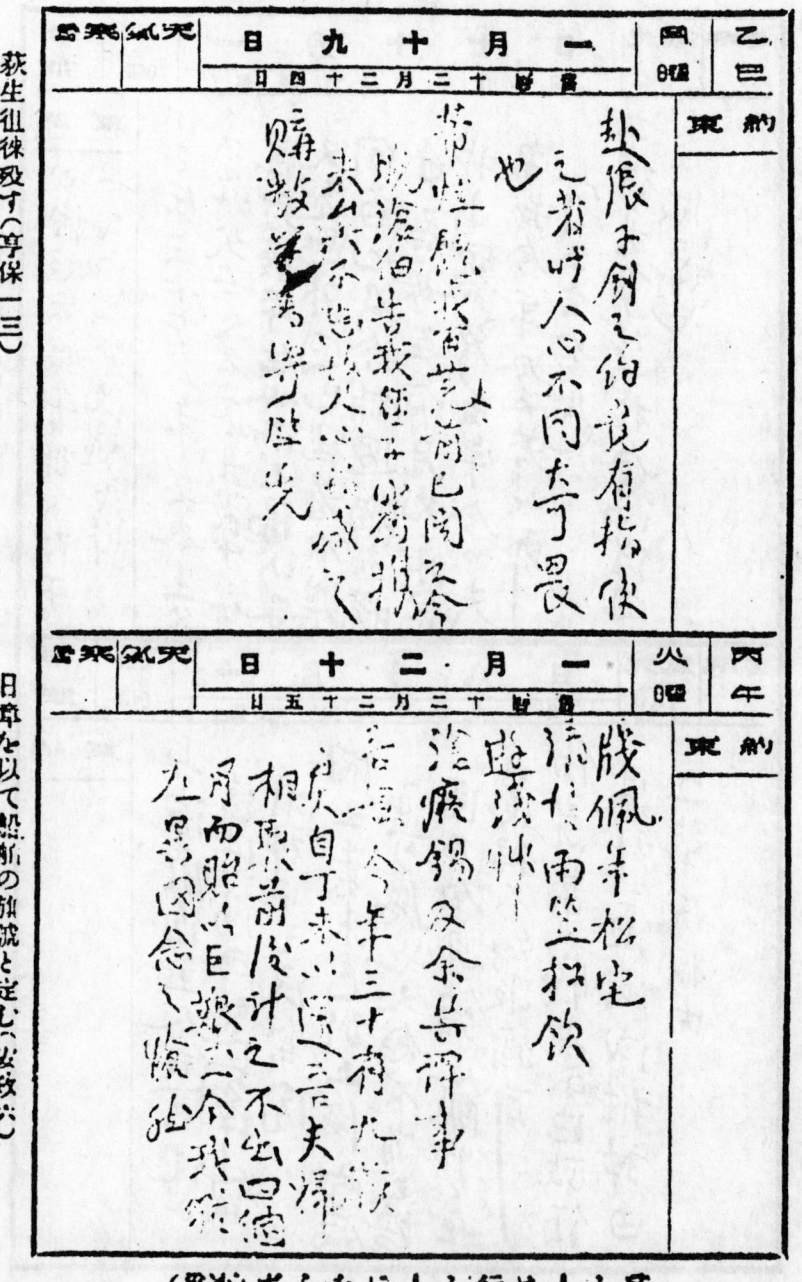

是まてか是まてとかて春の雪（支考）

寒暖	天氣	一月二十一日 舊暦十二月二十六日	水曜	丁未

約束

改正徴兵令を公布す（明治二二）

朝起得叙寅儀函三千金
竟大累也
責三川易十九日都督我王
子寓務来帯煙示晩
受之
見子寓於子創處評然一
与叙儀閲滿事多言之
又逆於彦也与所寓亞
休儀已回自恨不謹而然
之失或嬌内集我也

寒暖	天氣	一月二十二日 舊暦十二月二十七日	木曜	戊申
火				

約束

島津義久卒す（慶長一六）

於丹子寓函並未

希望あらざれば勉力なし（ジヨンソン）

ぬすみする恋もまふなりき春の空（闌更）

己酉	金曜	一月二十三日 旧暦十二月十八日	天気	来客

約束

复三、小列五函见付 一月十三日发

庚戌	土曜	一月二十四日 旧暦十二月十九日	天気	来客

約束

列五函来 十八日发
四川特叔实函来
赴大学病院[illegible]外科
之诊察医者为
博士[illegible]病[illegible]
特当日之影[illegible]
[illegible]而候诊及取药[illegible]
时间也
夜译[illegible]事夜半一时始[illegible]
[illegible]
[illegible]不当也

一四

無病の人は良医たり難し（アラビア諺）

廃長土肥版籍奉還を上奏す（明治二）

有栖川熾仁親王薨す（明治二八）

國民軍令例を公布す（明治二八）
仁孝天皇崩御（弘化三）

島から頭巾よぶなり若菜つみ（其角）

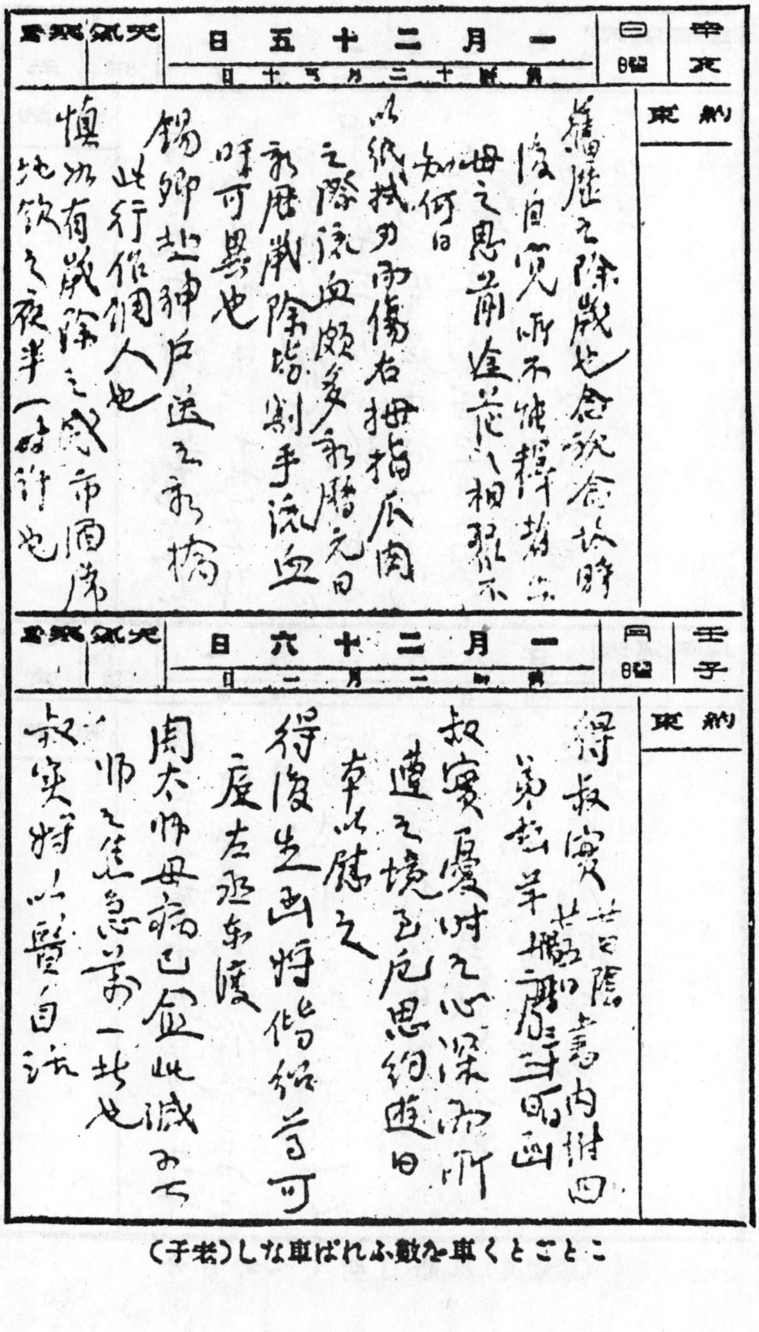

辛亥 日曜 一月二十五日 旧暦十二月十七日 天氣 寒暖

納東

舊歴之除歳也念往念於昨
後自覚所不能釋措然
毋之思前途茫々相報不
知何日
以紙拭刀而傷右拇指爪肉
之際流血頗多新暦元日
新暦削除齒削手流血
呼可異也
錫卿赴神戸送之新橋
此行僧個人也
慎此有歳除之夜市酒席
地飲之夜半一時許也

壬子 月曜 一月二十六日 旧暦十二月二十日 天氣 寒暖

納東

得叔實廿日隱書内附四
弟彭年撮影三張四
叔實憂時之心深而所
遭之境至危思約迺日
本以勝之
得後生之函將偕往首可
度左巡東渡
周太師母病已愈此識於七
師之急急第一步也
叔實將以醫自活

ことごとく車を数ふれば車なし（若子）

湖氷やゝ僅に咲ける岸の花（其角）

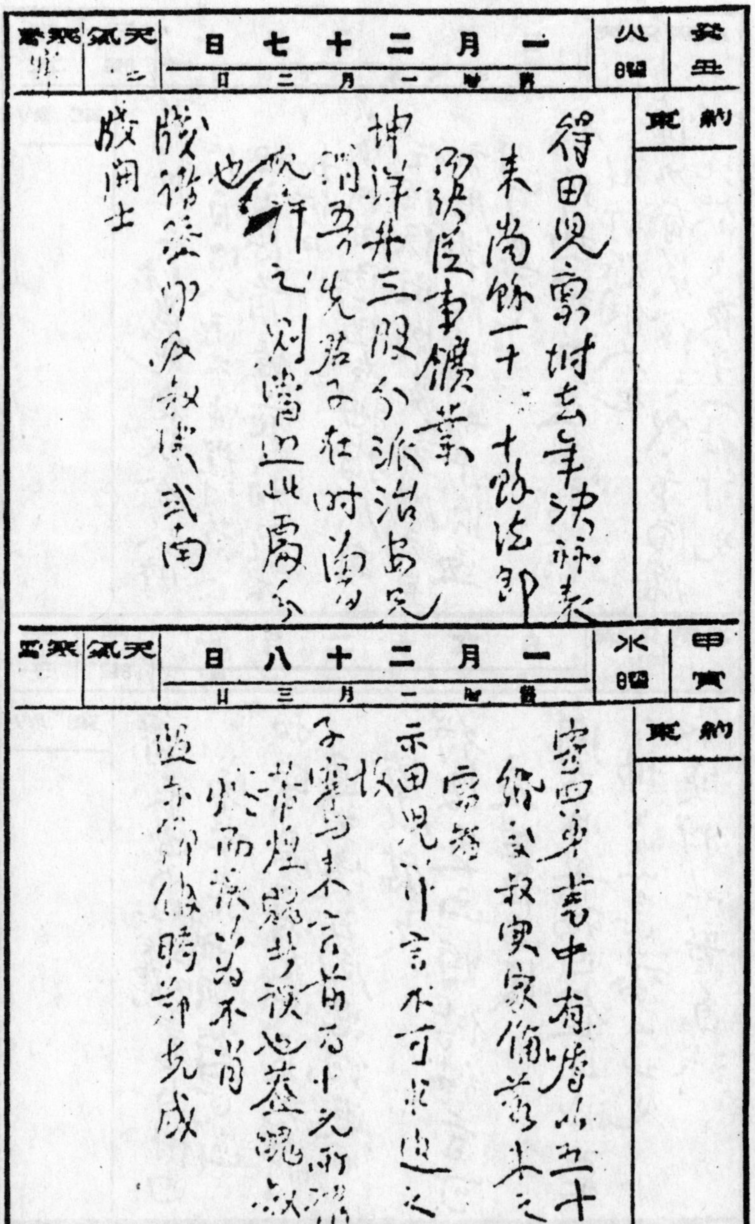

今日考へて明日語れ（英國諺）

米國使節ペルリ神奈川に入る（安政元）

小松宮殿下參謀長に任ぜらる（明治二八）

鳥の音も絶えず家陰の椿かな（支考）

乙卯	木曜	一月二十九日 舊暦一月四日	天気	寒暑

約束

偕叔㢘伯玉錫九次恩赴大
森游大梅園飲於明八乃
楼山林天海映發心目是
日天気特爽朗倚楼眺
遠不知日暮自到日本以
来未有如此次之勝也

丙辰	金曜	一月三十日 舊暦一月五日	天気	寒暑

約束

偕叔㢘復伯恢丞歌劇
帝国劇場観

一六

寧静は心を養ふ第一法（楽翁）

豫戒令を公布す（明治二五）

大寺少将摩天嶺に戦死す（明治二八）

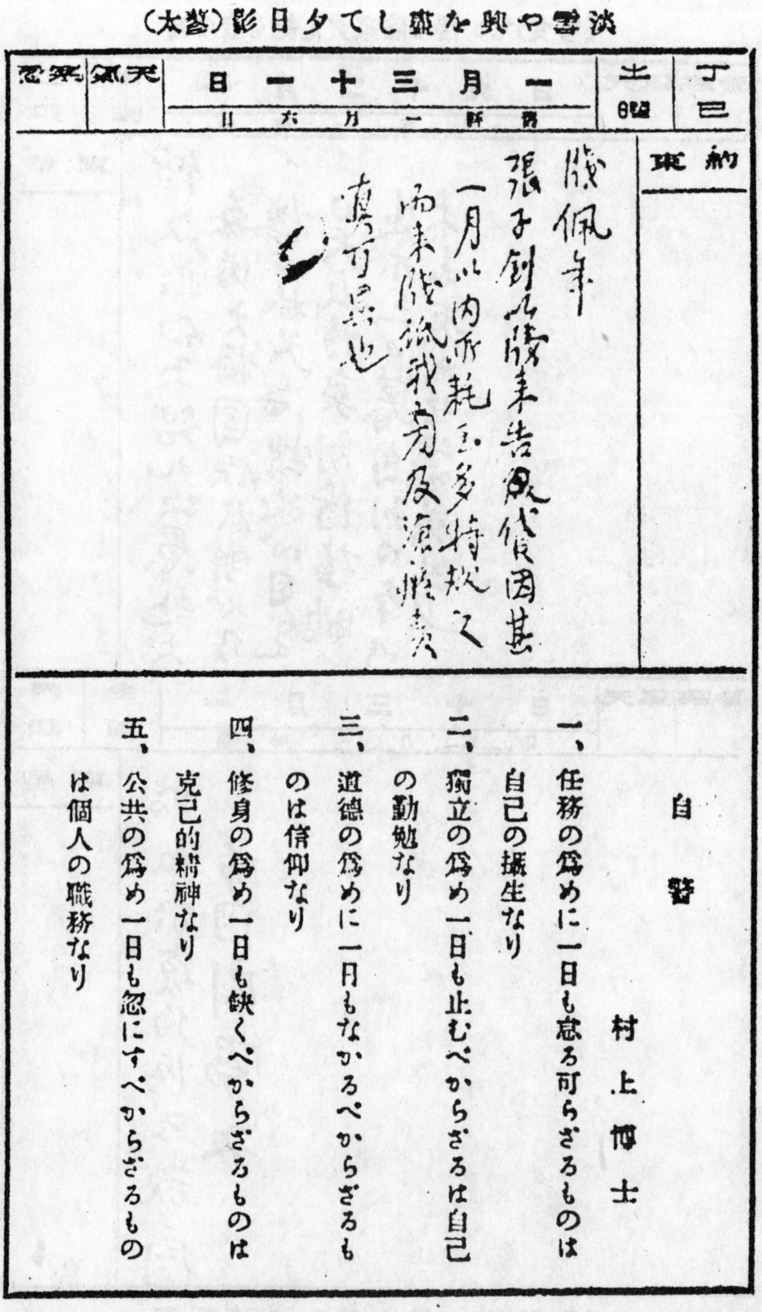
淡雪や興な蕪して夕日影(太[illegible])

丁巳 土曜 一月三十一日 舊暦一月六日

天氣 寒暖

約束

晚佩年
張子釗冬晚来告艱食困甚
一月以内所耗至多特救之
而未能抵我力及源艱奏
实可異也

自警　村上博士

一、任務の爲めに一日も怠る可らざるものは自己の攝生なり
二、獨立の爲め一日も止むべからざるは自己の勤勉なり
三、道德の爲めに一日もなかるべからざるものは信仰なり
四、修身の爲め一日も缺くべからざるものは克己的精神なり
五、公共の爲め一日も忽にすべからざるものは個人の職務なり

一七

清國媾和使張陰桓宇品に着す(明治二八)

二月

立春　二月五日

節分　二月四日

十一日ハ紀元節トテ神武天皇天下ヲ統一シテ大和國橿原ノ宮ニ御卽位マシマシヽヲ奉祝スル大祝日ニシテ明治天皇ノ始メテ定メサセ給フ所ナリ〇一日ハ河内ノ牧岡神社日向ノ鵜戸神宮祭共ニ官幣大社ナリ〇二十四日ハ四條畷神社祭ナリ

春立ける日　源俊頼

春のくるあしたの原を見渡せば、
霞もけふぞ立始めにける

立春　張栻

律回歳晩氷霜少、春到人間草木知、
便覺人間生意滿、東風吹水綠參差、

花の咲く木はいそがしき二月哉（支考）

東京大阪間の長距離電話開始（明治三二）

戊午 日曜 二月一日 舊曆一月七日 天氣 寒暑

約束

得李廷愷葉昭牋
牋斥劍絶其代疑事

己未 月曜 二月二日 舊曆一月八日 天氣 寒暑

約束

福澤諭吉逝く（明治三四）

得通一牋 廿五日發 尚未及
替銀行事也
牋列五伯康通一
錫卿自神戶返僑後生
縱尋左政及王兩農來
聞周季平就義於忠州
念之悽愴

一九

喉もと過ぐれば熱さを忘る（俚諺）

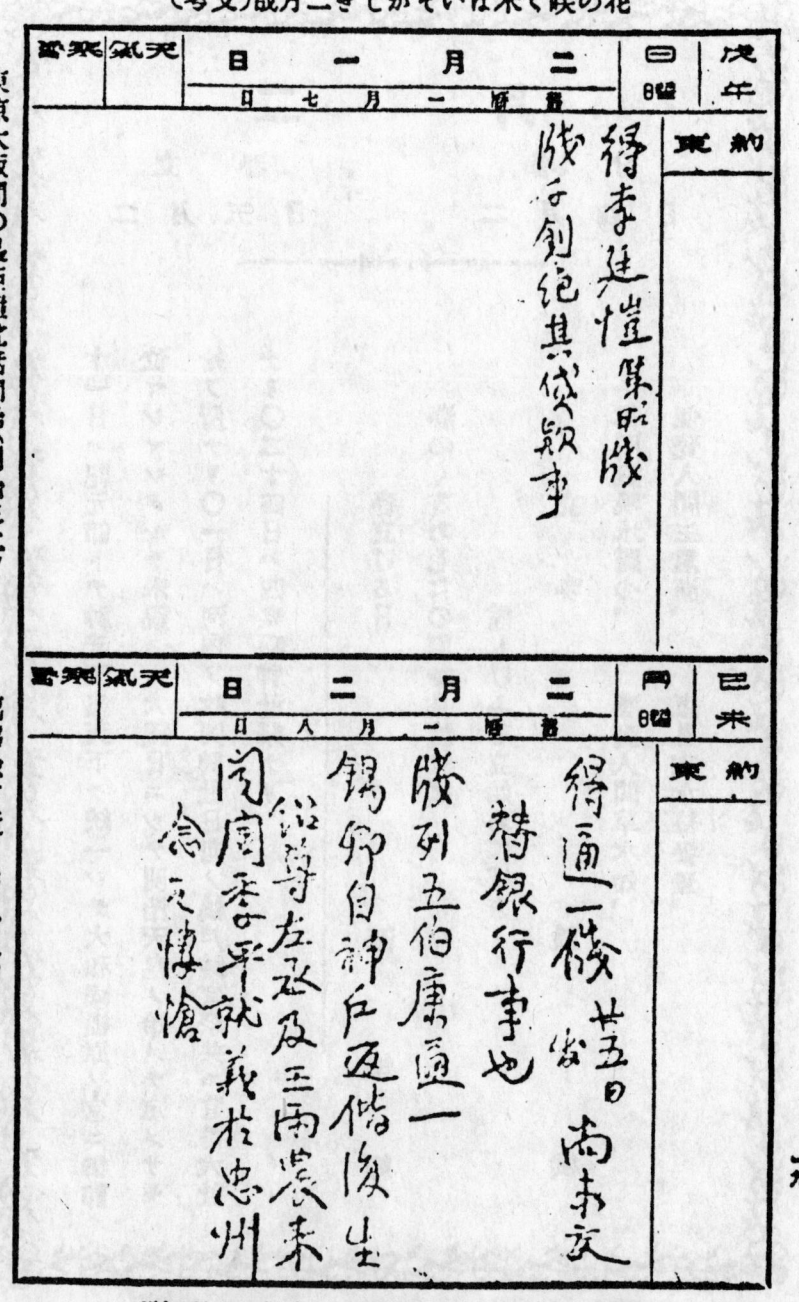

正月な馬鹿らしくて二月哉（秋水）

二月三日	火曜	庚申
舊暦一月九日		

天氣	來書	約束

俊佩年沮甚倭帰
恩甚以我銀行倣歟
累之也今年以此歳
俊四弟為〻第二部
俊沁子

二月四日	水曜	辛酉
舊暦一月十日		

天氣	來書	約束

俊設良沮其道〻
也

威海衛にて清艦を撃沈す（明治二八）

赤穂四十七士に死を賜ふ（元禄一六）

二〇

巧者は言ひ拙者は默す（周叔茂）

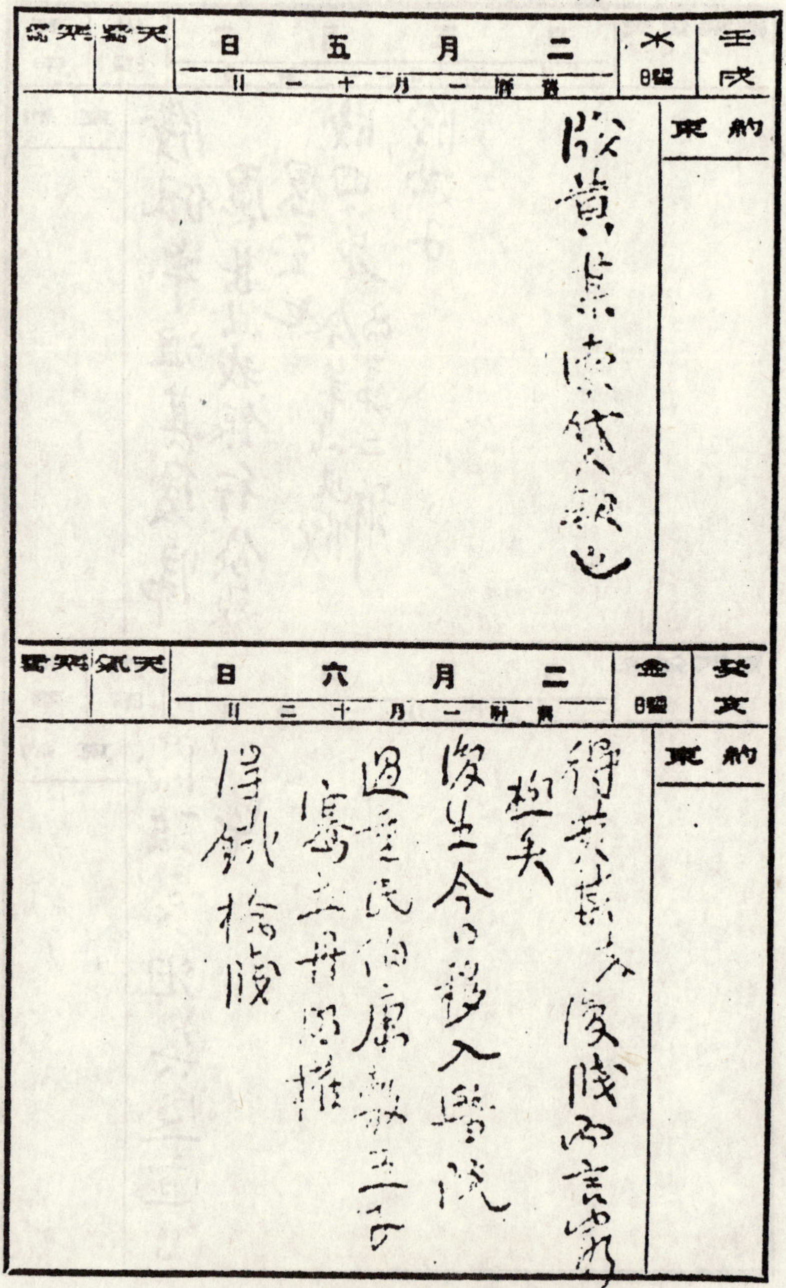

鵜に居て東風に向ふや懐手（太祇）

寒暑	天氣	二月五日 舊曆一月十一日	水曜	壬戌
		晚黄集來俄報也		約束

寒暑	天氣	二月六日 舊曆一月十三日	金曜	癸亥
		得黄樹中復陵函言病極矣 復生今日移入醫院 過呈民伯康數五十元 寫五封閉推 得鐵梅復		約束

智者は疑ひ且つ慎む（カーメル）

我が政府露國に外交斷絶を通牒す（明治三七）

天草の亂起る（寛永一四）

枇杷の葉の猶したかなり初霰（斜讃）

復辟の禁令出づ（明治五）

甲子	土曜	二月七日 舊曆一月十三日	天氣	寒暑

約束

晚田方語入院也及
華備銀行主事、
晚宴招赤坂玉家
尊夫人及其妹同席
鎬卿湯具開歴之報帰
奈達一頭
至孤移去与両生同
居
視陳生於病院

開拓使を廢す（明治五）

乙丑	日曜	二月八日 舊曆一月十四日	天氣	寒暑

約束

赴神田政法学校取右[illegible]
錦夫先生送鑑定程[illegible]
二服與両君力[illegible]
告人今從二十寅[illegible]
也備三匣其入拝[illegible]

眼を閉づるものは必ず眠るにあらず（伊國諺）

三

下萠や蓿のあつまる軒の下（谷岐）

寒暑	天氣	二月九日 西暦一月十五日	月曜	丙寅

約束

儀佩手晨晚得未
書遂又復之
去年陰曆臘月十六日
合利之局成何丹書浙
江人趙灼臣廣東人及葉
夏聲香作信望誠收
何子般出席感所存
今日始入政法学校上課

我艦仁川海に於て露艦と戰ふ（明治三七）

寒暑	天氣	二月十日 西暦二月十六日	火曜	丁卯

約束

得楊滄甫美洲書
祝後生為革命我言
事也

露國に對し宣戰詔勅を下し給ふ（明治三七）

二三

己を推して人に及ぼせば人必ず服す（沈石田）

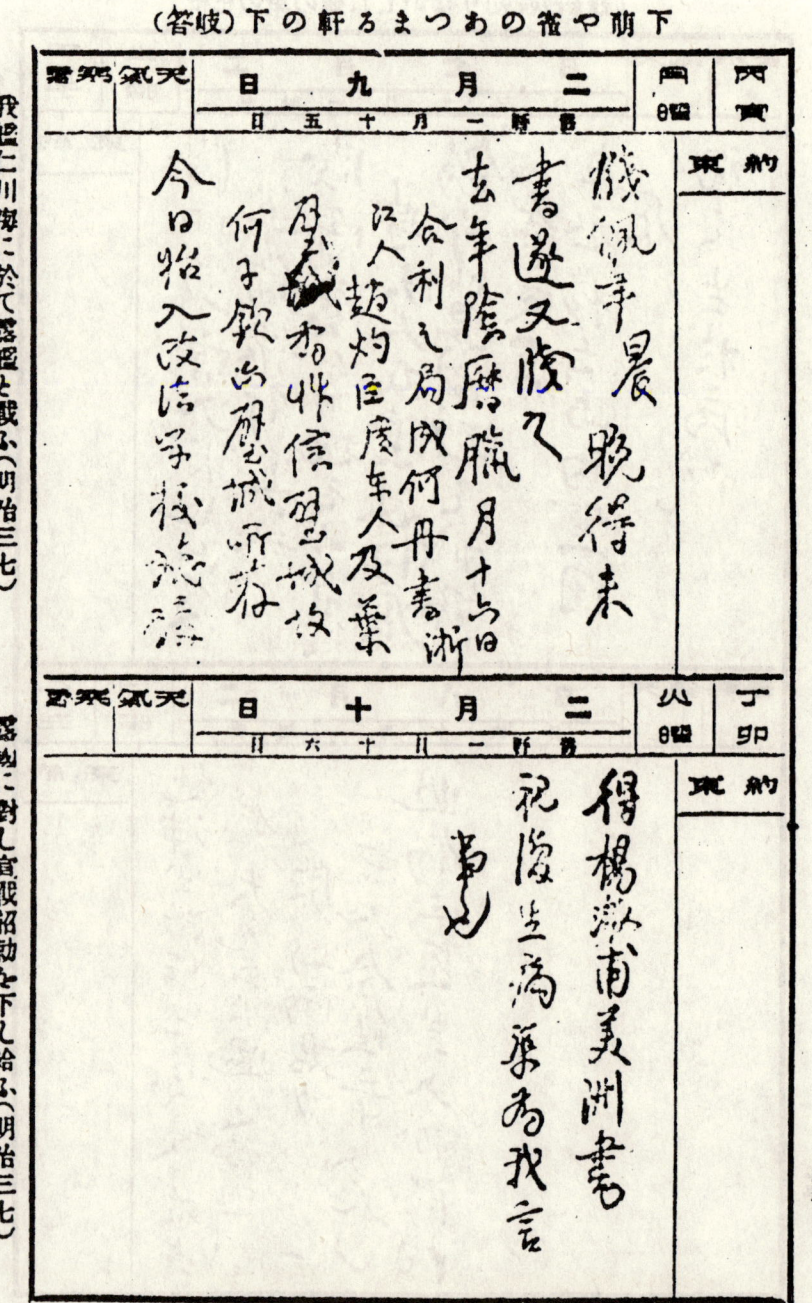

水取やこもりの僧の沓の音（桃青）

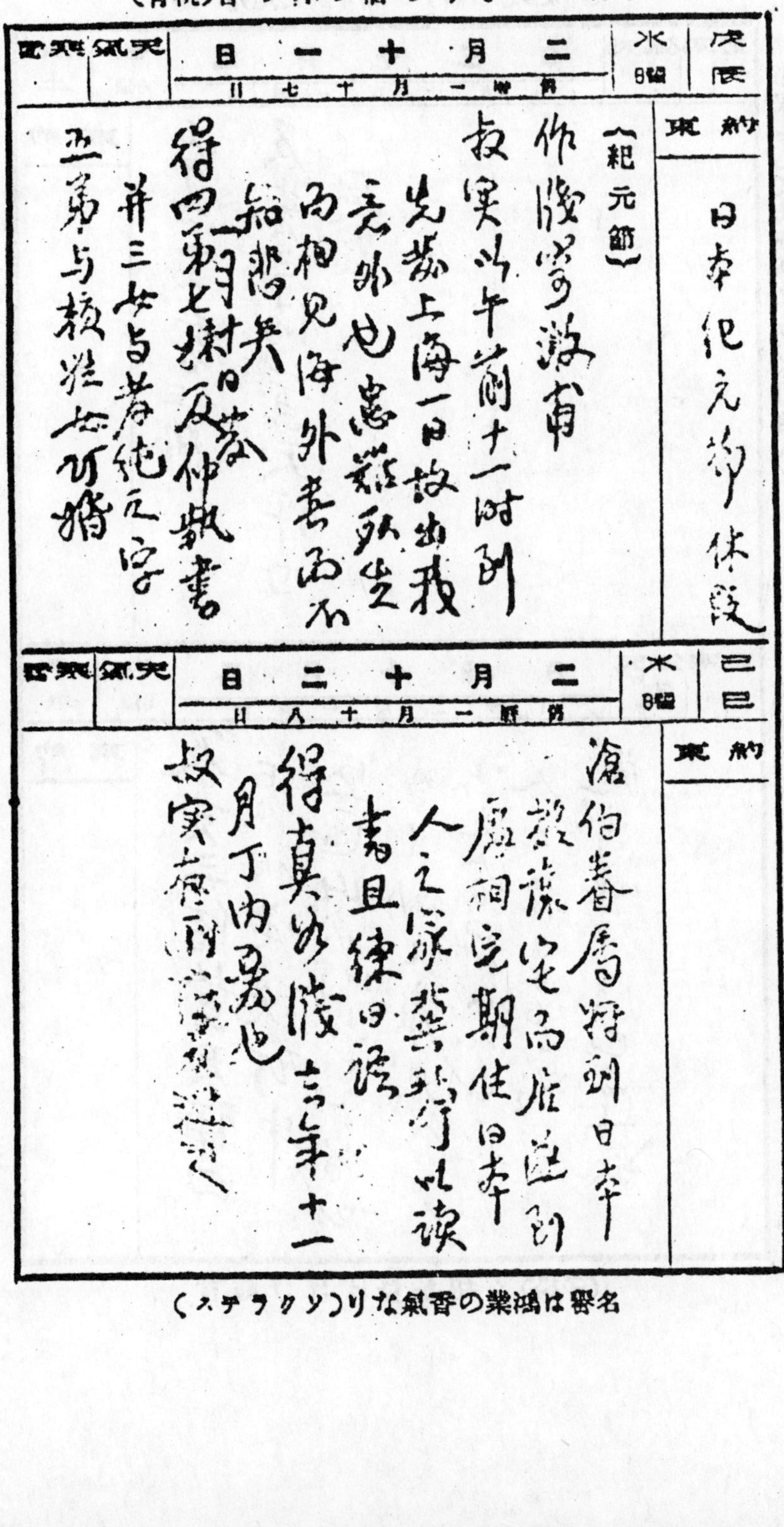

戊辰	水曜	二月十一日（舊曆一月十七日）	天氣	寒暑

約束 日本紀元節休暇

【紀元節】

昨晚寄汝甫
叔実以午前十一时到
先发上海一日故出我
意外也患难别出
而相见海外甚而不
知悲矣
得四弟七树日发仲叔书
并三女与善纯元字
五弟与椿姪女订婚

己巳	木曜	二月十二日（舊曆一月十八日）	天氣	寒暑

約束

滄伯眷属将到日本
数椽宅为居适到
属相定期住日本
人之家苦无行此诀
书且练日语
得真如复书云年十一
月丁内艰也
叔実为[illegible]

二四

名譽は鴻業の香氣なり（ソクラテス）

帝國憲法發布（明治二二）

清國水師提督丁汝昌降る（明治二八）

一九一四年

平民をして氏を稱せしむ（明治八）

森有禮に正二位を贈らる（明治二二）

戀れ死んだ例も聞かずの猫の戀（史邦）

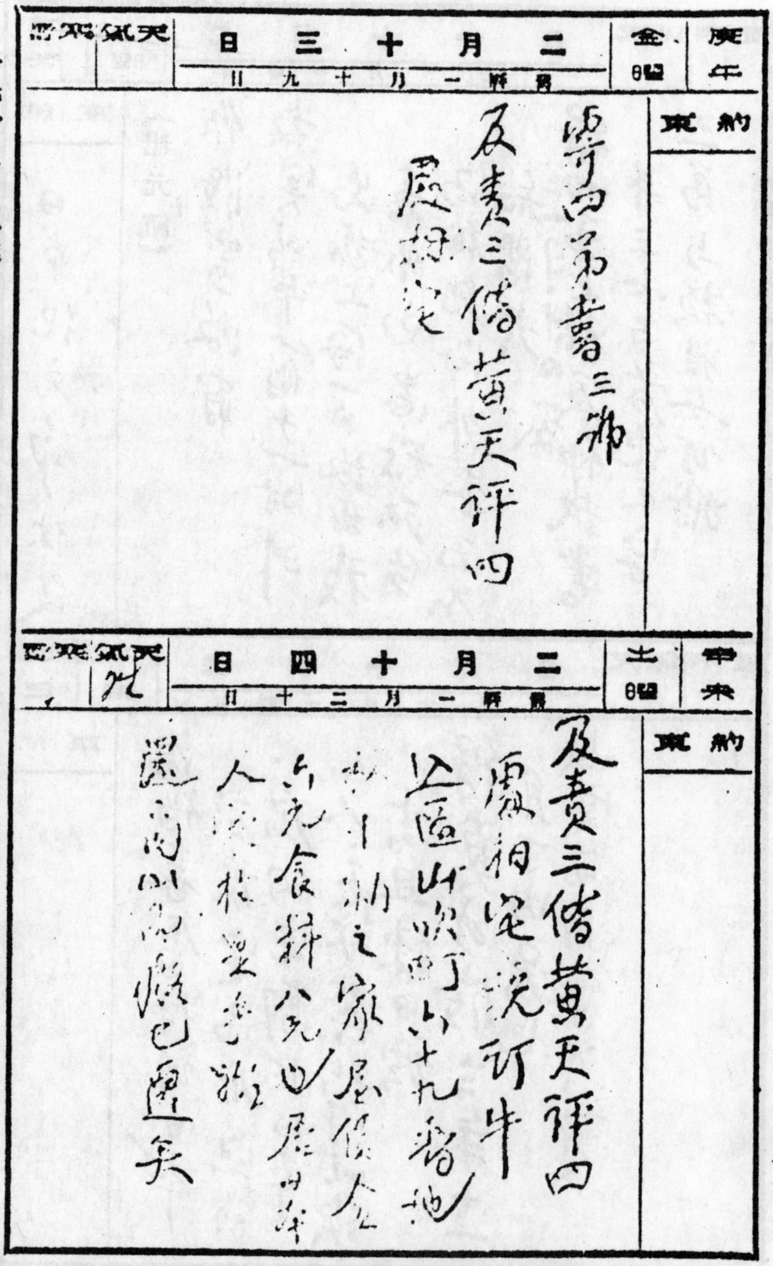

庚午 金曜 二月十三日 舊暦一月十九日 天氣 寒暖

約束

寄回第書三部
及黄三信黄天評四
履祥定

辛未 土曜 二月十四日 舊暦一月二十日 天氣 晴 寒暖

約束

及黄三信黄天評四
履相宅洗衍牛
公臨山東町六十九番地
楊小州之家居僅全
六元食料八元四居此
人本枝要之謂
選局以此擬也遷矣

二五

首擡げれば蚊を招く（扮子）

西郷隆盛兵を鹿児島に挙ぐ（明治一〇）

伯西行歿す（建久元）

西行忌その頃の月を花曇り（鳥酔）

壬申	日曜	二月十五日 旧暦一月二十一日	天気 晴	来客

約束

晨起得雪嶺書 一月十二日
詢乃兄行止及吾与徳
甚之費用念之
詮於行李幾半日功
夫午后還日本人宅
主人爲説切也奴实
来三僞之傳来
晩撲羅侍渉未課
晨久、回勿及高玉
岡崇江渉而来

癸酉	月曜	二月十六日 旧暦一月二十二日	天気 晴	来客

約束

赴銀行又過高山黒敷
五
假名稿了矣
竹田夜来遂得田兒東（一月廿日會）
與其見之詩也而不成詩將
待其還國而學之耳
濱伯嶺来 泥伯不到而後
生已云於醫者期来日
診察我也

二六

白衣と汚點とは相容れず（ロルバ）

石上に蠟燭立てて接穗かな(一茶)

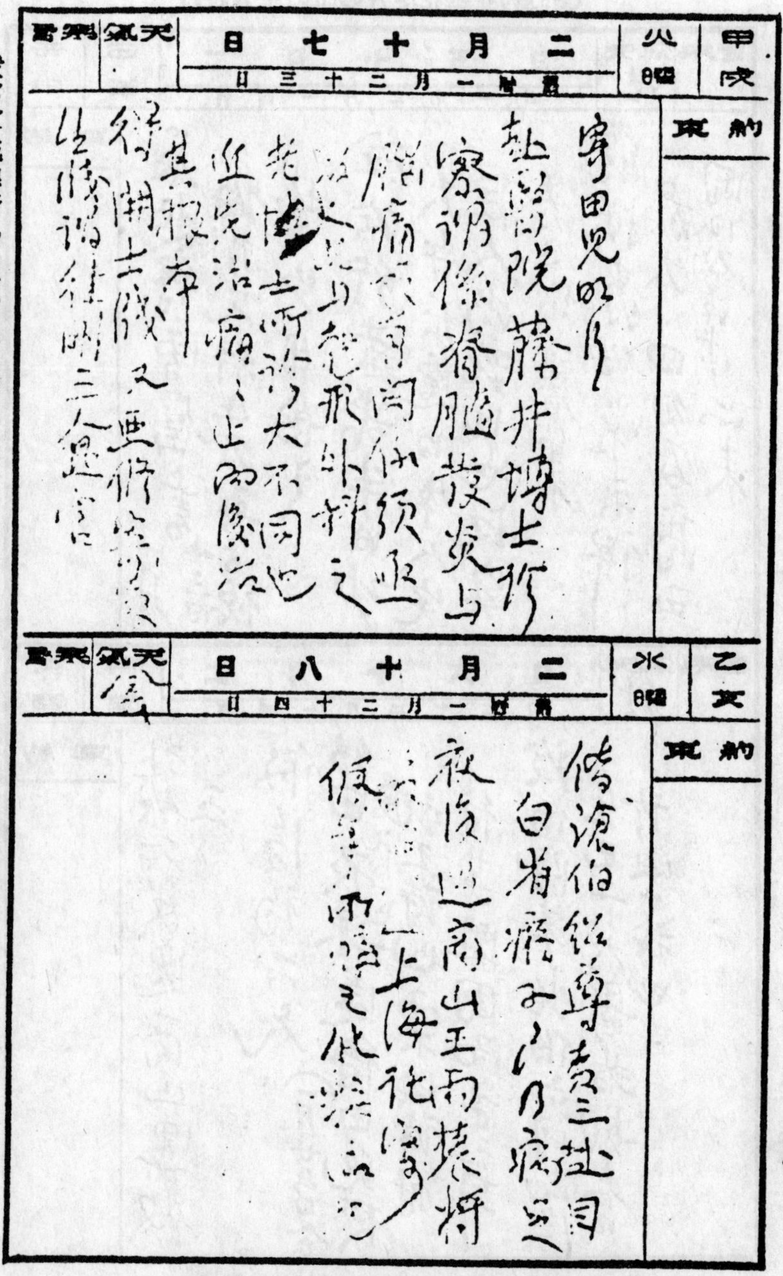

寒暑	天氣	二月十七日 農曆一月二十三日	火曜	甲戌

約束

寄田兒明片

赴醫院藤井博士診察，謂係脊髓發炎，與腦病無關，但須亟治，並照X光形外科之法，與前所謂大不同也，近先治病之上，而後治其根本

得開士、戊己文，更將容啟

仕信謂往時三人通信

寒暑	天氣	二月十八日 農曆一月二十四日	水曜	乙亥
	陰			

約束

修源伯銘尊三赴日

白省瘵子八月痊之

夜後過商山王雨樵將

二三一上海托寄

候軍兩處之代

二七

正直に優れる智慧はあらず(諺四)

我が軍威海衛を占領す(明治二八)

内大臣三條實美薨す(明治二四)

驚の肝つぶしだる餘惑說（支考）

丙子 木曜 二月十九日 舊暦一月二十五日 天氣 寒暖

約束

早雪晩陰雪

流稿

大鹽平八郎亂を起す（天保八）

丁丑 金曜 二月二十日 舊暦一月二十六日 天氣 寒暖

約束

腸稿要半の功夫

神田區大火二千餘戸燒失（大正二）

人の目は揮んで從ふべし（總川柳寳）

二八

一九一四年

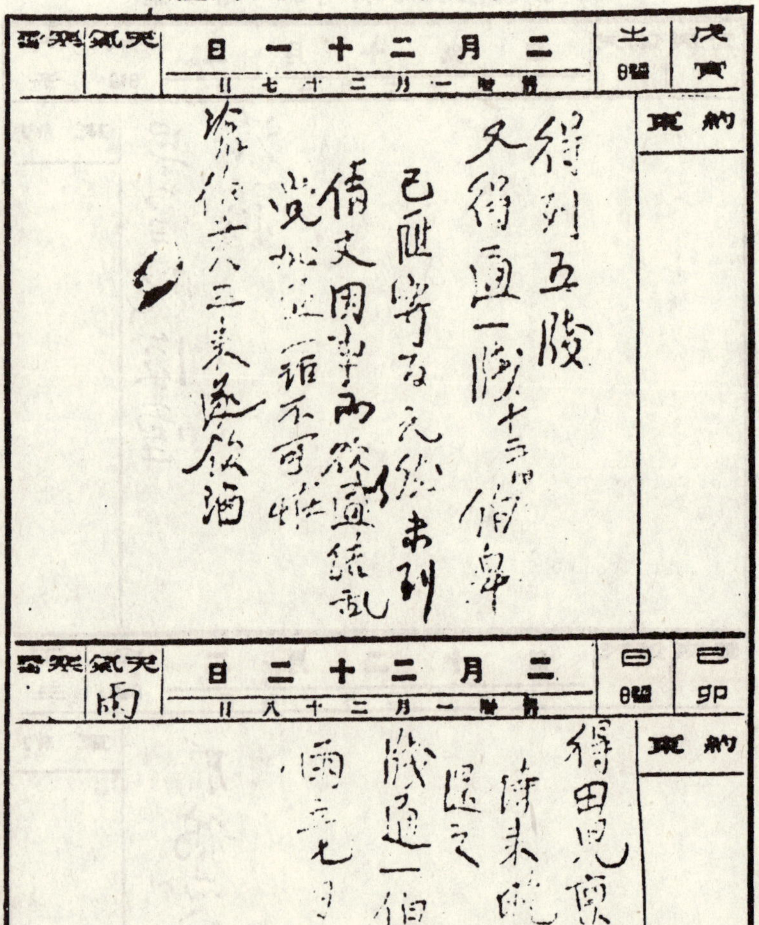

鷲や今年も繫の古からず（立泉）

新に樞密院を置く（明治二一）

戊寅　土曜　二月二十一日　舊暦一月二十七日　天氣　寒暑　約束

得到五號
又得通一號十三日伯嵩(?)
已匯寄[illegible]元然未到
倩文用字而發通統亂
覺似通一語不可解
徐[illegible]三來邀飲酒

薩賊熊本城を圍む（明治一〇）

己卯　日曜　二月二十二日　舊暦一月二十八日　天氣　雨　寒暑　約束

得田兒寶十九号二月[illegible]
傅來晚[illegible]
還之
發通一伯高孝春
雨至七日不止

二九

眞實中の眞實は愛なり（ペーリー）

一九一四年

梅一輪一輪づつのあたたかさ（嵐雪）

庚辰	月曜	二月十三日 旧暦一月十九日	天気	寒暑
約束				

陵仲叙昇与回弟思
及大女書
錫卿的商存恤之事
於漢眠樓

平氏富士川より敗走す（治承四）

辛巳	火曜	二月十四日 旧暦一月二十日	天気 雨	寒暑
約束				

陵丞二子
陵弐伯病商公諾
醫所恤死無而濟
生者之急

我軍太平山を占領す（明治二八）

三〇

良友は金銀よりも尊し（西諺）

鷺の下駄の葉につく小田の上（凡兆）

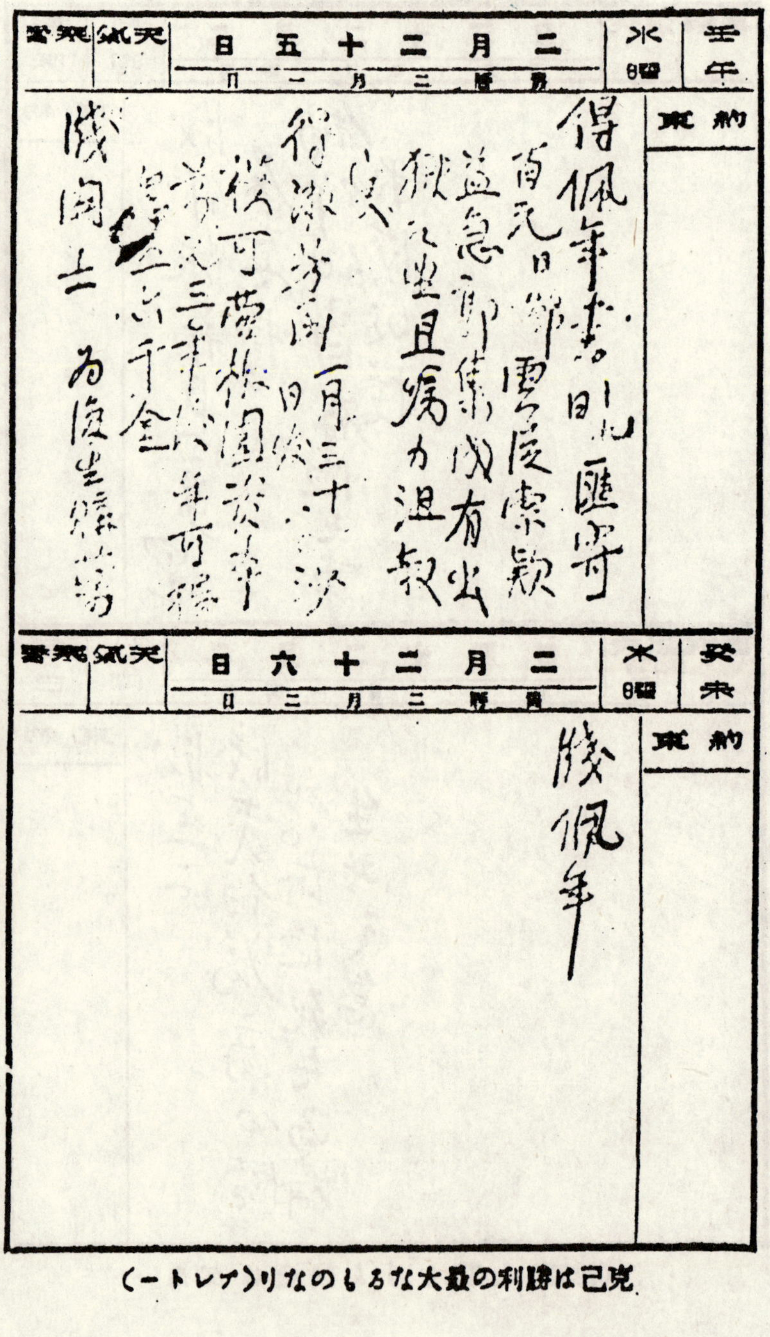

壬午 水曜 二月二十五日 舊曆二月一日

天氣 寒暑

約束

菅原道真薨ず（延喜三）

癸未 木曜 二月二十六日 舊曆二月二日

天氣 寒暑

約束

伊藤東涯殁す（安永七）

克己は勝利の最大なるものなり（プレトー）

梅が香にのつと日の出る山路哉(芭蕉)

楠を紫宸殿前に栽う(康保二)

甲申	金曜	二月二十七日 舊暦二月三日	天氣	寒暑

約束

劇部函託公瀋料理

暎公瀋託程同益公司
販布以清四川銀行
去年息金其所印條
泰收生俟務
暎麵少咸託轉瀋暎
寄四第書囑拝同益
公司合同送交公瀋辦
理提取事
得玉章去書 二月廿九日已
里發

兵部省を廢して陸海軍省を置く(明治五)

乙酉	土曜	二月二十八日 舊暦二月四日	天氣	寒暑

約束

泰兰来函有[illegible]
湘人王小政不[illegible]
生病及居處也
閏飯[illegible]
滬伯[illegible]
以玉章[illegible]

三

朋友のなき人は半身の人なり(英國諺)

武の七徳

暴を禁ず　兵を戢む　火を保つ　功を定む
民を安んず　衆を和す　財を豊にす

婦の七去

父母に順はざる者去る　淫なる者去る
子なき者去る　妒なる者去る　多言なる者去る
悪疾ある者去る　盗心ある者去る

けふほめて明日わるくいふ人の口
なくも笑ふもうその世の中　一休

三月

彼岸入	三月十八日
社日	三月二十三日

春分ノ日ヲ以テ宮中ニテハ春季皇霊祭ヲ行ハセラレ民間ニモ佛事ヲ營ム○陸軍紀念日ハ十日○此月官幣大社祭ニハ大和ノ春日十三日攝津ノ廣田十六日豐前ノ宇佐十八日ナリ○三日ハ女兒アル家々ニハ雛棚ヲ飾ル○此月ハ學校ニテハ學年ノ終ナレバ中々ニ多忙ナリ然レドモ月末ニ際スレバ試驗休業ナドアリテ忙中自ラ閑情ヲ發フニ足ル○海ニハ汐干狩山野ニハ若草彼岸櫻初蕨ナド春ノ長閑モ追々佳境ニ入ル

霞　　　　源　有房

見渡せば明石もすまも霞して
いづれなるらんたのが浦〳〵

春日偶成　　　　篠崎　弼

村梅遠近不須探、野徑縱橫元自諳、
十里東皐芳草遍、步從城北到城南、

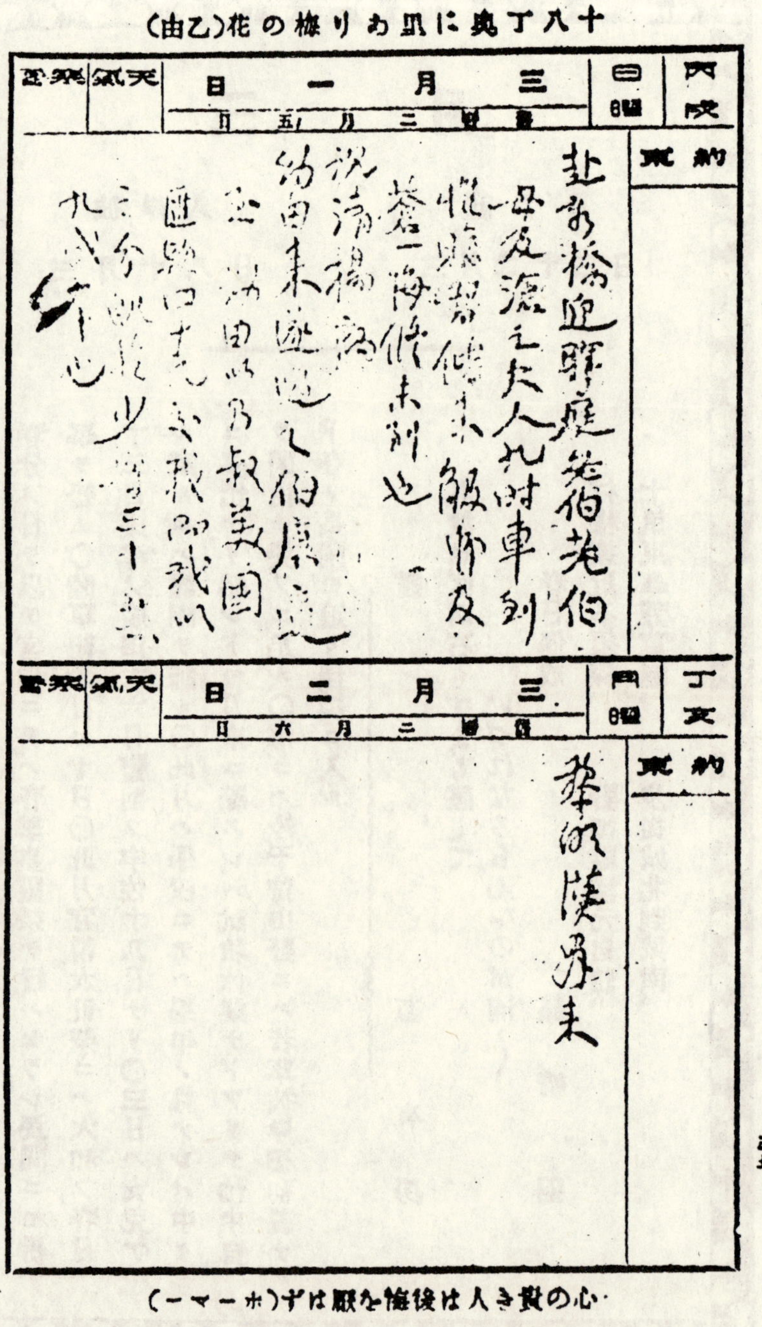

十八丁奥に凪ある梅の花（乙由）

丙戌	日曜	三月一日	天氣	寒暑
		舊暦二月五日		

約束

赴新橋迎野庭老伯范伯
母及溥泉夫人九时車到
悵臨(?)嘯(?)偕來飯　惜(?)及
參(?)一海俟未到也
從(?)滿(?)楊(?)
伯由東迎迴之伯康返
並(?)[illegible]叔美同
匯(?)路口[illegible]
三分[illegible]少[illegible]
九[illegible]也

丁亥	月曜	三月二日	天氣	寒暑
		舊暦二月六日		

約束

李佩陵(?)來

三五

心の貴き人は後悔を厭はず（ホーマー）

獨佛和約成る（明治五）

帝國大學を設置す（明治一九）
武官の禮服を洋裝と定む（明治四）

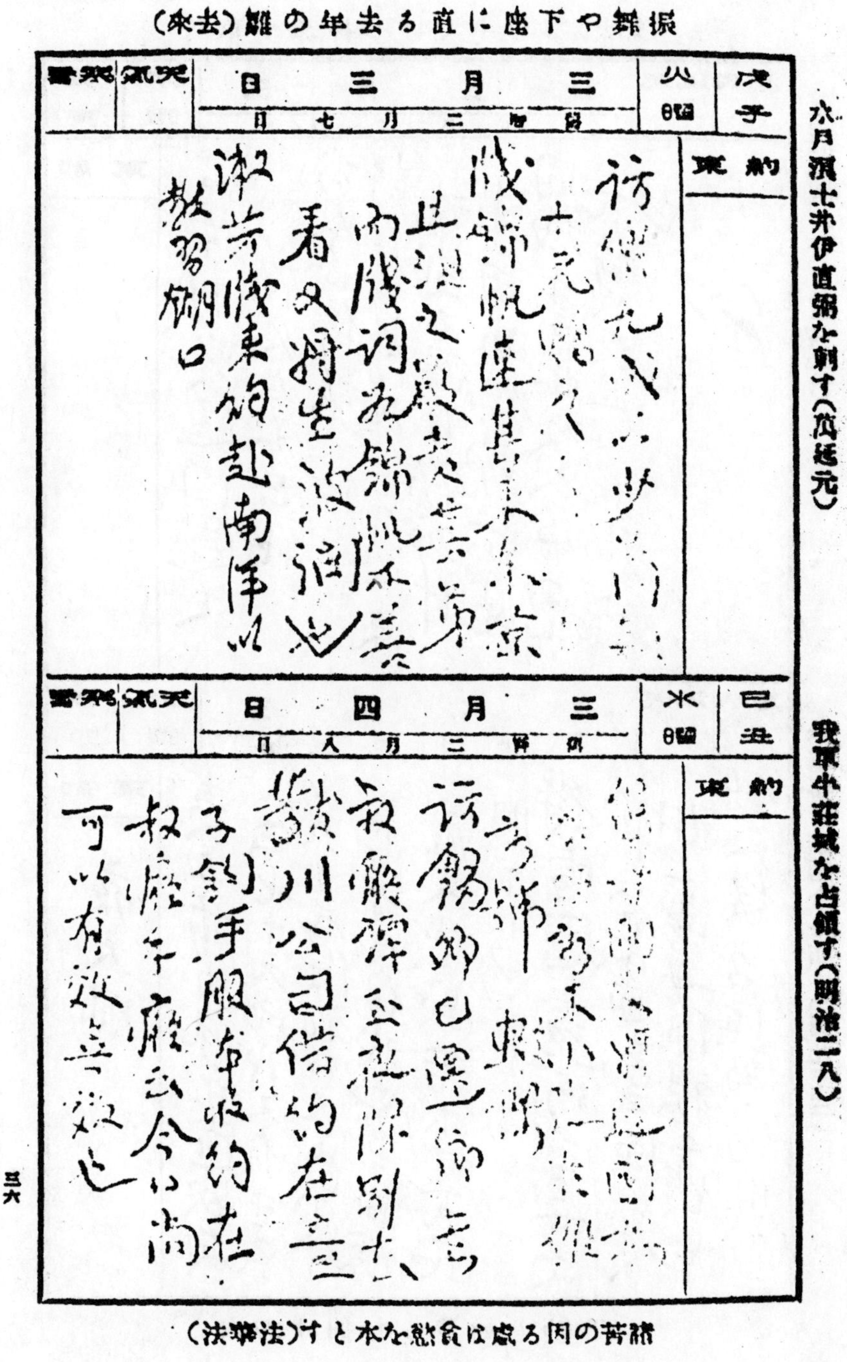
振鉾や下座に直る去年の雛（去來）
三月三日
戊子
火曜
約東
天氣
來書
三月四日
己丑
水曜
約東
天氣
來書
六月 浪士井伊直弼を刺す（萬延元）
我軍牛莊城を占領す（明治二八）
三六

若草や鼻押つけて牛の夢（太祇）

庚寅	水曜	三月五日 舊曆二月九日	天氣	寒暖

約束

紹寧雨農過因送之
平橋兄左秘呂純
校令山仲謨
藉柚自陪對三日返來
據函不得与鄒卿計
事因留鄒卿出留也
同感事推授依中兩雄
於前收此並流動人說
也

平將門誅に伏す（天慶三）

辛卯	金曜	三月六日 舊曆二月十日	天氣	寒暖

約束

夜大風

麦三前由佩年匯款支
去七十元而我又有垂元
九十元隗初前元之然今
日所有元付我也其由源
夜來出之數若不遲急心
頗不少
得雪廬書二月十日云二元之
彼已寄去云雪廬又
甘上兵毋俑儀二傻也
仿叙吳安在動易貨人

三七

未成年者禁烟令を布く（明治三三）

大巧は拙なるが如し（老子）

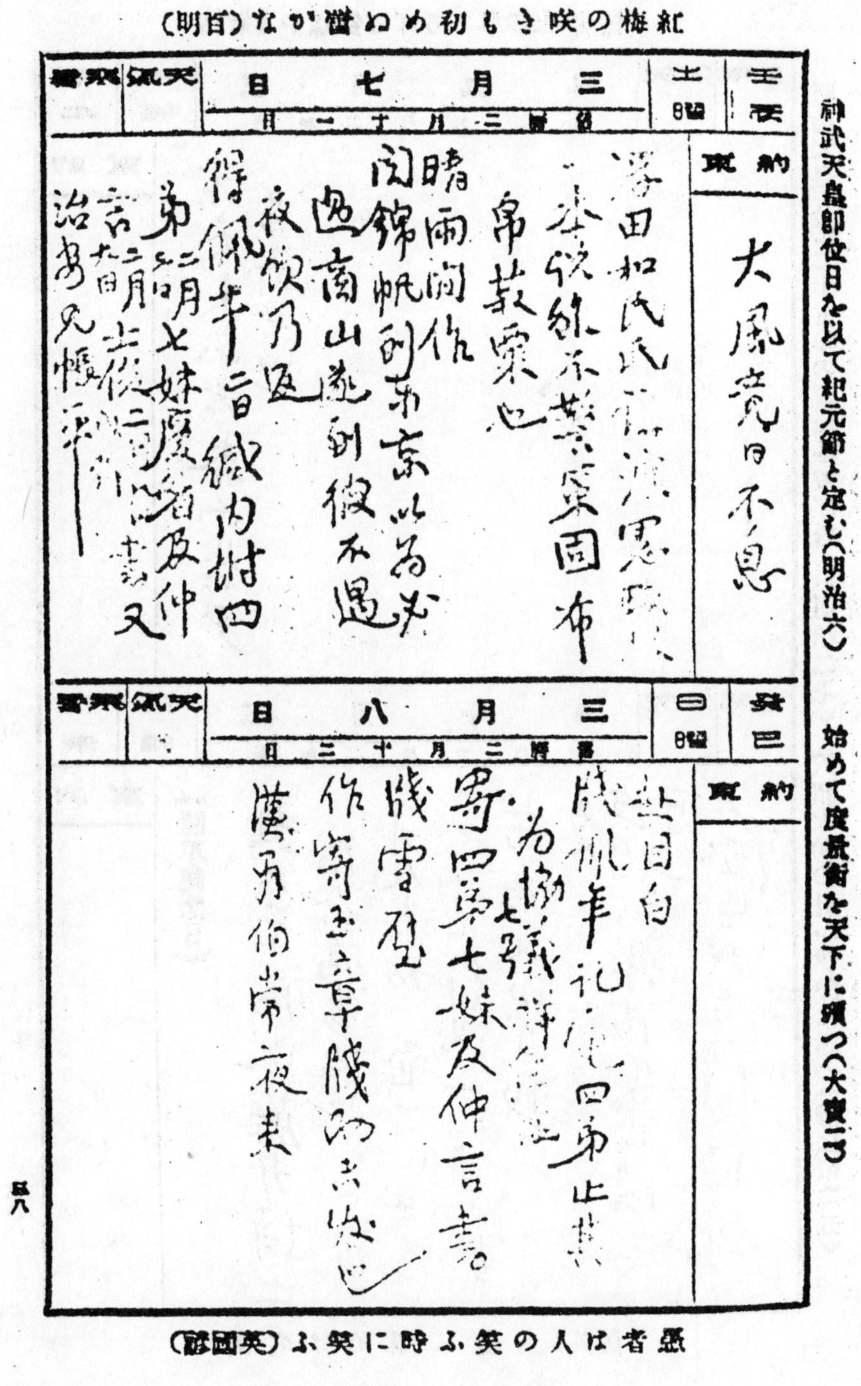
紅梅の咲きも初めぬ習かな（明百）

壬辰	土曜	三月七日 舊暦二月十二日	天氣	寒暑

約束
大風竟日不息

浮田和民氏[illegible]
一本欲外不[illegible]
帛裁衆也
晴雨間作
閲錦帆到京以為大
過南山並到彼不遇
夜飲乃返
得佩芊十二日織内樹四
弟二月七日妹慶[illegible]及仲
言二月十[illegible]日[illegible]又
治[illegible]兄帳平

癸巳	日曜	三月八日 舊暦二月十三日	天氣	寒暑

約束

廿日白
成帆手記[illegible]四弟止其
為協議詳[illegible]
寄四弟七妹及仲言書
錢雪廬
作寄玉章錢[illegible]也
漢男伯常夜来

四八

愚者は人の笑ふ時に笑ふ（英國諺）

神武天皇即位日を以て紀元節と定む（明治六）
始めて度量衡を天下に頒つ（大寶二）

梅散るや螺鈿こぼるる卓の上（蕪村）

明治天皇大婚二十五年の祝典を挙げ給ふ（明治二七）　天照大神の社を伊勢に建つ（垂仁帝二五）

甲午	月曜	三月九日　旧暦二月廿三日	天気	寒暑

約束

孝春来，孝春亦告尹昌衡共也

乙未	火曜	三月十日　旧暦二月廿四日	天気	寒暑

約束

（陸軍記念日）

赴大学病院藤井博士
谓余病易治也
前人来访　适一值山
如内山待池子仙函书
并煌又写我
发
源伯以横滨告我谓之
可以
左丞出我旨意而一并
三时

三九

美名は美顔に優る（英諺）

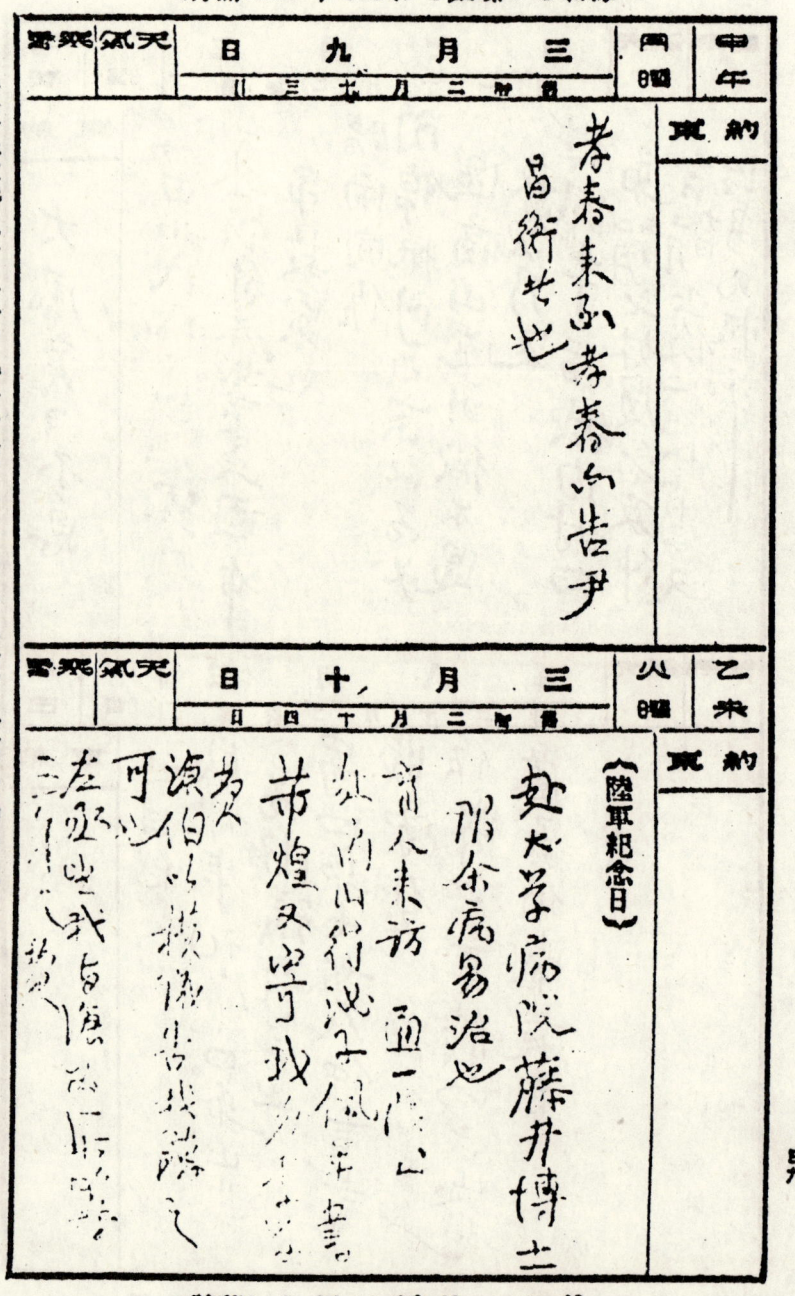

春の水所所に見ゆる哉（鬼貫）

神武天皇崩御（神武帝七十六）

丙申 水曜 三月十一日 陰暦二月十五日

寒暖	天氣

納要

夜雨

與玉峯跋 代作十一
得田兒二月十九日書 經字廿帋
陵列五
寄田兒書

伊藤仁齋歿す（寛永二）

丁酉 木曜 三月十二日 陰暦二月十六日

寒暖	天氣
	雨

納要

作張眞如畫一
陵孝春

四〇

名聲は財産なり（獨逸諺）

國稅徵收法公布（明治二二）

淺野長矩吉良義央を傷く（元祿一四）

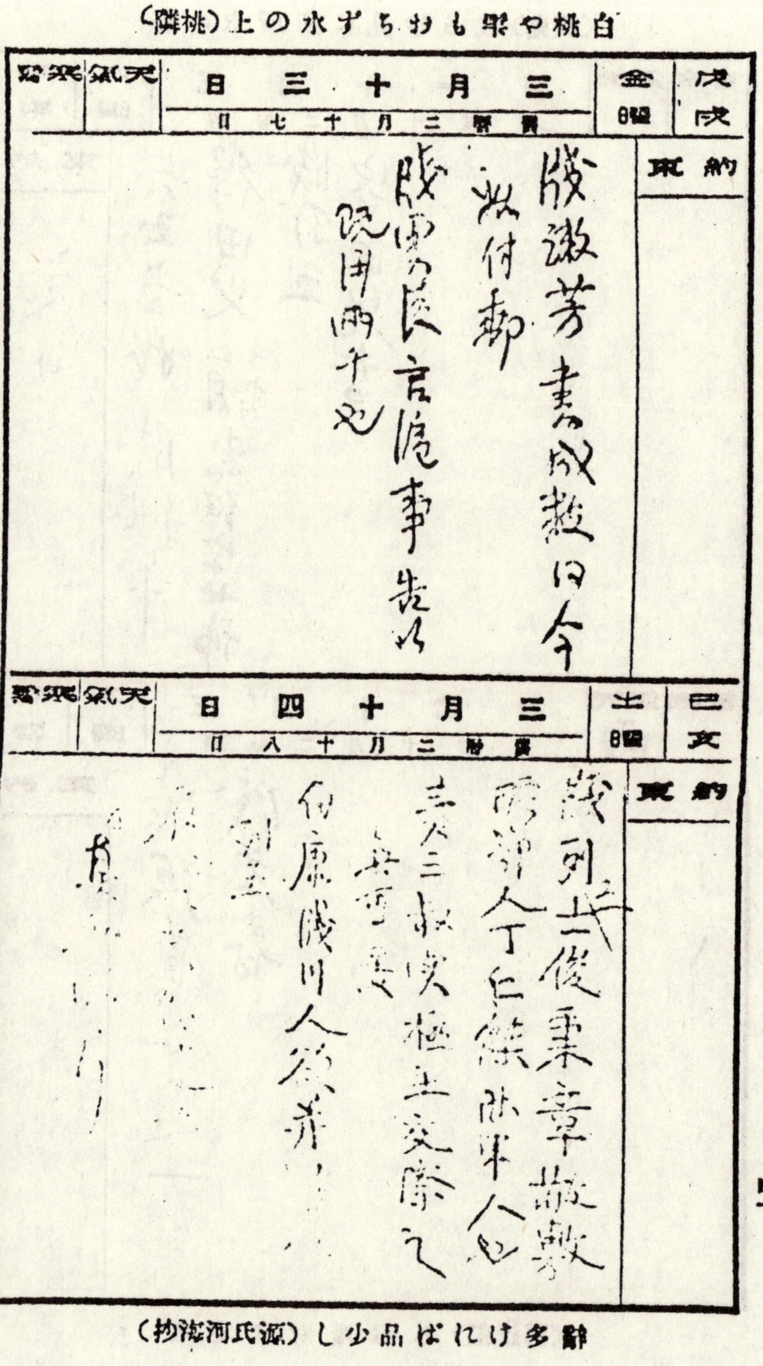
白桃や雫もおちず水の上（桃隣）

戊戌	金曜	三月十三日 舊曆二月十七日	天氣	寒暑
約束				

晤徵芳書成數日今
並付郵
晤[illegible]長言[illegible]事甚久
[illegible]用兩千元

己亥	土曜	三月十四日 舊曆二月十八日	天氣	寒暑
約束				

晤列武[illegible]秉章[illegible]
[illegible]
[illegible]
[illegible]
伯康[illegible]
列五
[illegible]

四一

静多ければ品少し（源氏河海抄）

江藤新平等乱を佐賀に起す（明治七）

彰仁親王征清大総督たり（明治二八）

餅喰はぬ旅人はなし桃の花（支考）

庚子	日曜	三月十五日 舊暦二月十九日	天気	寒暑

約束

偽伯三[illegible]伯康文[illegible]
晶卿[illegible]与言事
錦帆[illegible]
之[illegible]錫卿[illegible]別有
所住[illegible]
[illegible]矣与錫卿[illegible]
雨[illegible]別
訪灼三雲浦[illegible]
不容竟不得其[illegible]

辛丑	月曜	三月十六日 舊暦二月二十日	天気	寒暑

約束

訪灼三不遇[illegible]
[illegible]
[illegible]
与灼三評於校中
錫卿夜来錦帆乃因
[illegible]
且[illegible]其[illegible]
[illegible]交誼与大事
[illegible]
[illegible]
[illegible]

四三

良書は最良の朋友なり（ハンター）

一九一四年

白桃やたもせかけたる槽の渠（柳居）

井上毅卒す（明治二八）

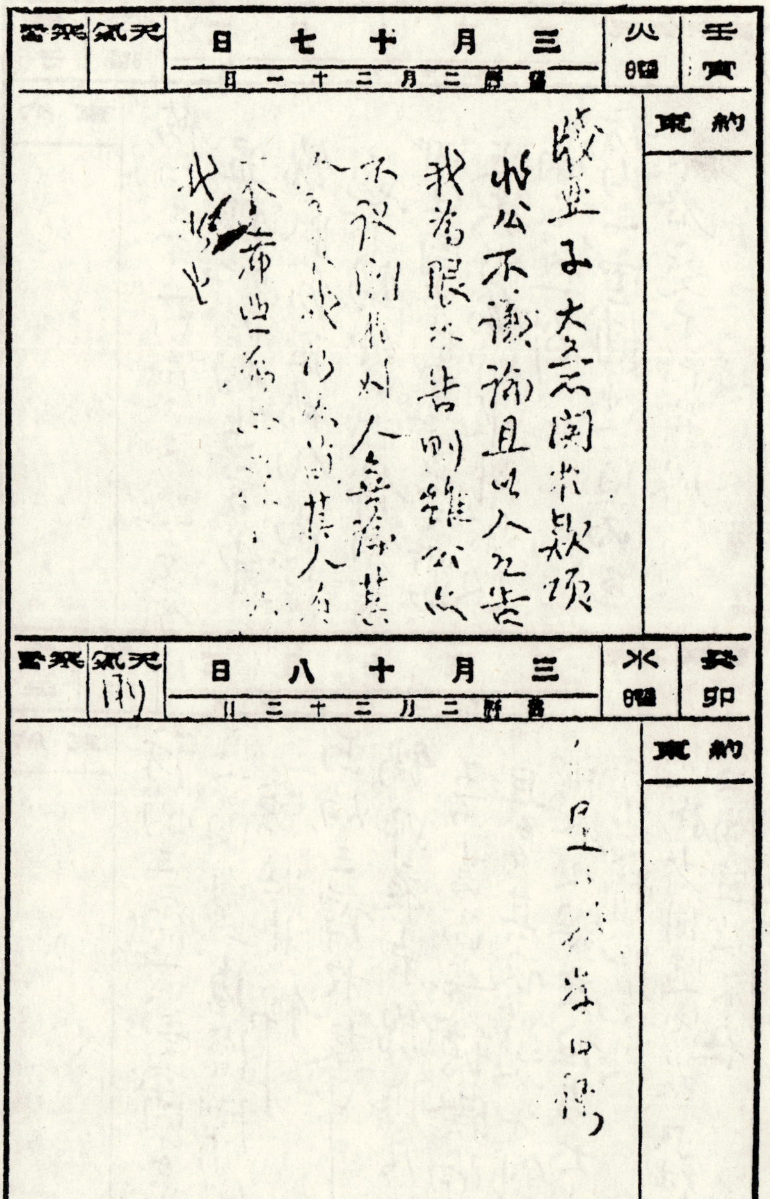

壬寅 火曜 三月十七日 舊暦二月二十一日 天氣 寒暑

約束

晚並子太炎閱米報項
此公不識論且以人之告
我為限以告則雖公亦
不復問其外人無足怪其
人之[illegible]而不肯其人自
今布告為[illegible]
比也

癸卯 水曜 三月十八日 舊暦二月二十二日 天氣 雨 寒暑

約束

是日星上[illegible]海口稱

近衛忠熙薨す（明治三一）

花多きは實少し（古諺）

何な見て彼岸の夕日入たかり（鬼貫）

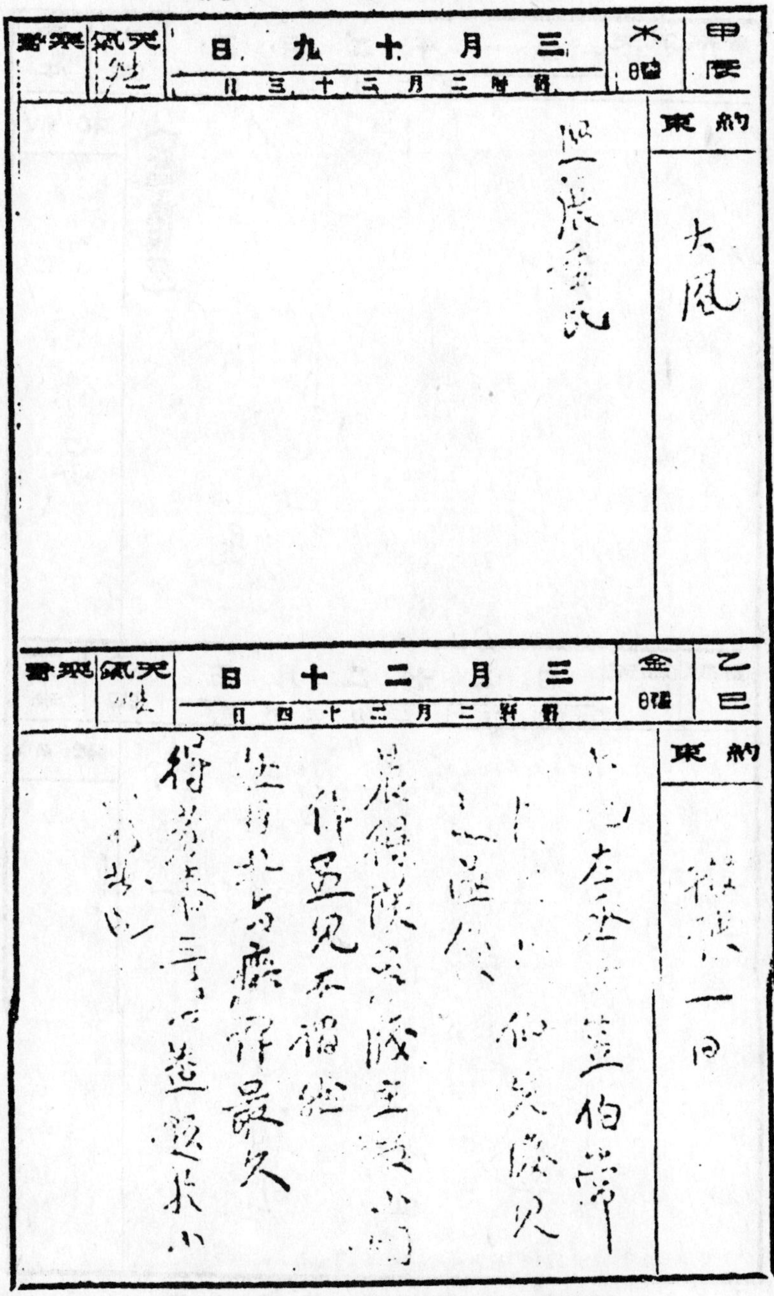

甲辰　木曜　三月十九日　舊暦二月二十三日　天気 晴　寒暖

約束　大風

乙巳　金曜　三月二十日　舊暦二月二十四日　天気 晴　寒暖

約束

閑情は生者の墳墓なり（センセルム）

所得税の公布（明治二〇）

郡司大尉北海に向ふ（明治二六）

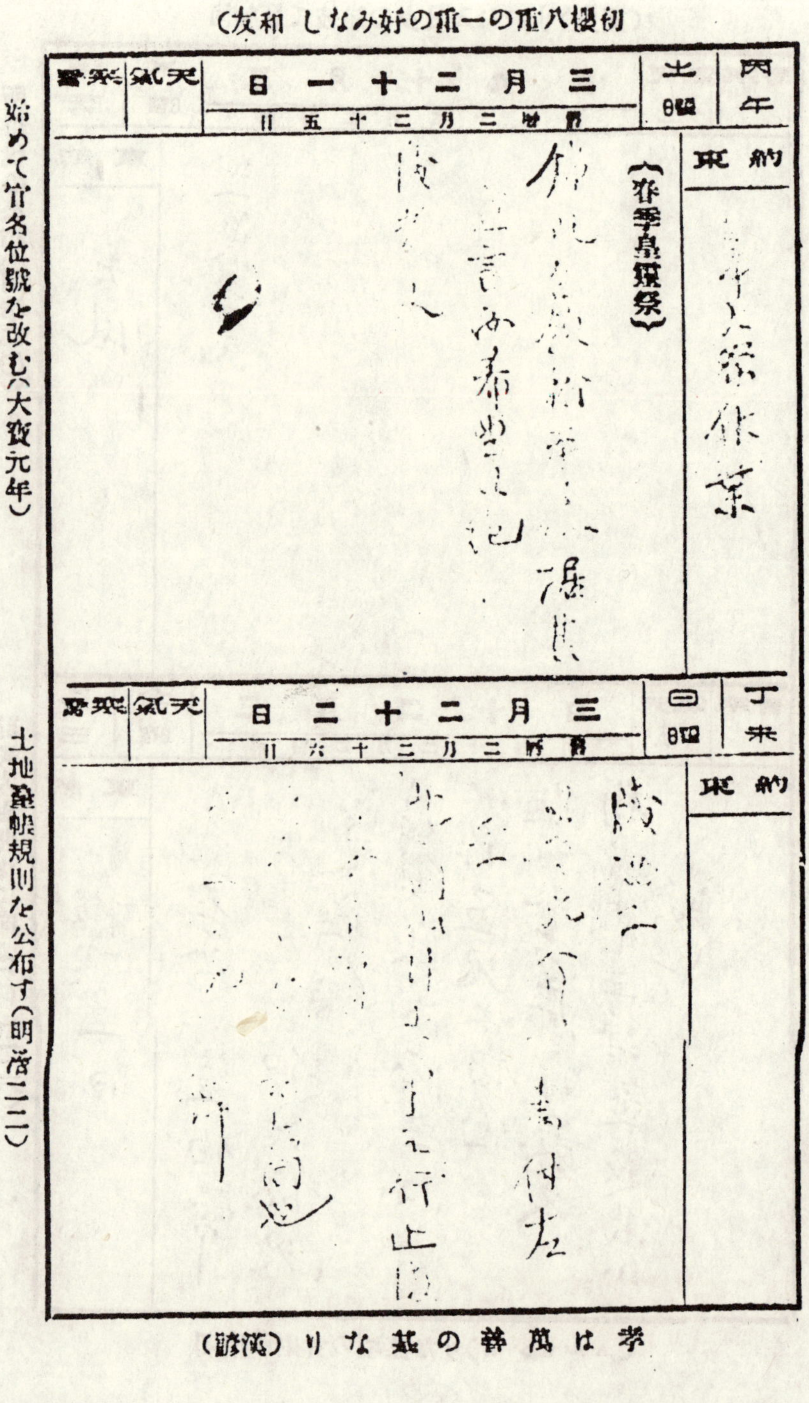
初櫻八重の一重の好みなし（和友）
丙午
土曜
三月二十一日
舊暦二月二十五日
天氣
寒暑
約束
春季皇靈祭
始めて官名位號を改む（大寶元年）
丁未
日曜
三月二十二日
舊暦二月二十六日
天氣
寒暑
約束
土地臺帳規則を公布す（明治二二）
学は萬幹の基なり（諺）

图五

蠶蟲は息すてゐる木の芽かな（素鏡）

戊申	月曜	三月二十三日 / 舊暦二月二十七日	天氣	寒暖

約束

叔父様より御手紙
御母様風邪
夜三十分餘之主張書潮
人〇
料理大雨乃
四月来

府縣に命して小學校を興さしむ（明治二）

己酉	火曜	三月二十四日 / 舊暦二月二十八日	天氣	寒暖

約束

大雨

上課

源義經平氏を壇の浦に殲す（文治元）

四六

朱に交はれば赤くなる（古諺）

恭に倦て幾度も見る木の芽哉（白鴎）

寒暑	天氣	三月二十五日（舊暦二月二十九日）	水曜	庚戌

約束

得佩年書比復之
偕灼三袁三過商山又
過錫九晤席梅九派
未之 [illegible]

川中島の戰（弘治三）函館の戰爭（明治二）

寒暑	天氣	三月二十六日（舊暦二月三十日）	木曜	辛亥

約束

周恐六来
與蕭未偕商山夜
帰
[illegible]
偕仙 [illegible]

貨幣法の公布（明治三〇）

四七

業務を追へ業務に追はるる勿れ（フランクリン）

春寒し初瀬参りの笠並ぶ（東皐）

寒暑	天氣	三月二十七日 舊曆三月一日	金曜日	壬子

約束

八、[illegible]田中有[illegible]
与三丁写[illegible]令[illegible]
丁人保[illegible]祝[illegible]事

寒暑	天氣	三月二十八日 舊曆三月二日	土曜日	癸丑

約束

佩[illegible]東[illegible]某大人臨[illegible]
[illegible]係[illegible]林支御上陸
乃へ
得四兄上[illegible]仲蔵[illegible]書ニ而
[illegible]五月十八受
堂也

四八

積善の家には餘慶あり（易）

我艦隊第二回閉塞を決行し廣瀬中佐戰死（明治三七）　毛利敬親薨ず（明治四）

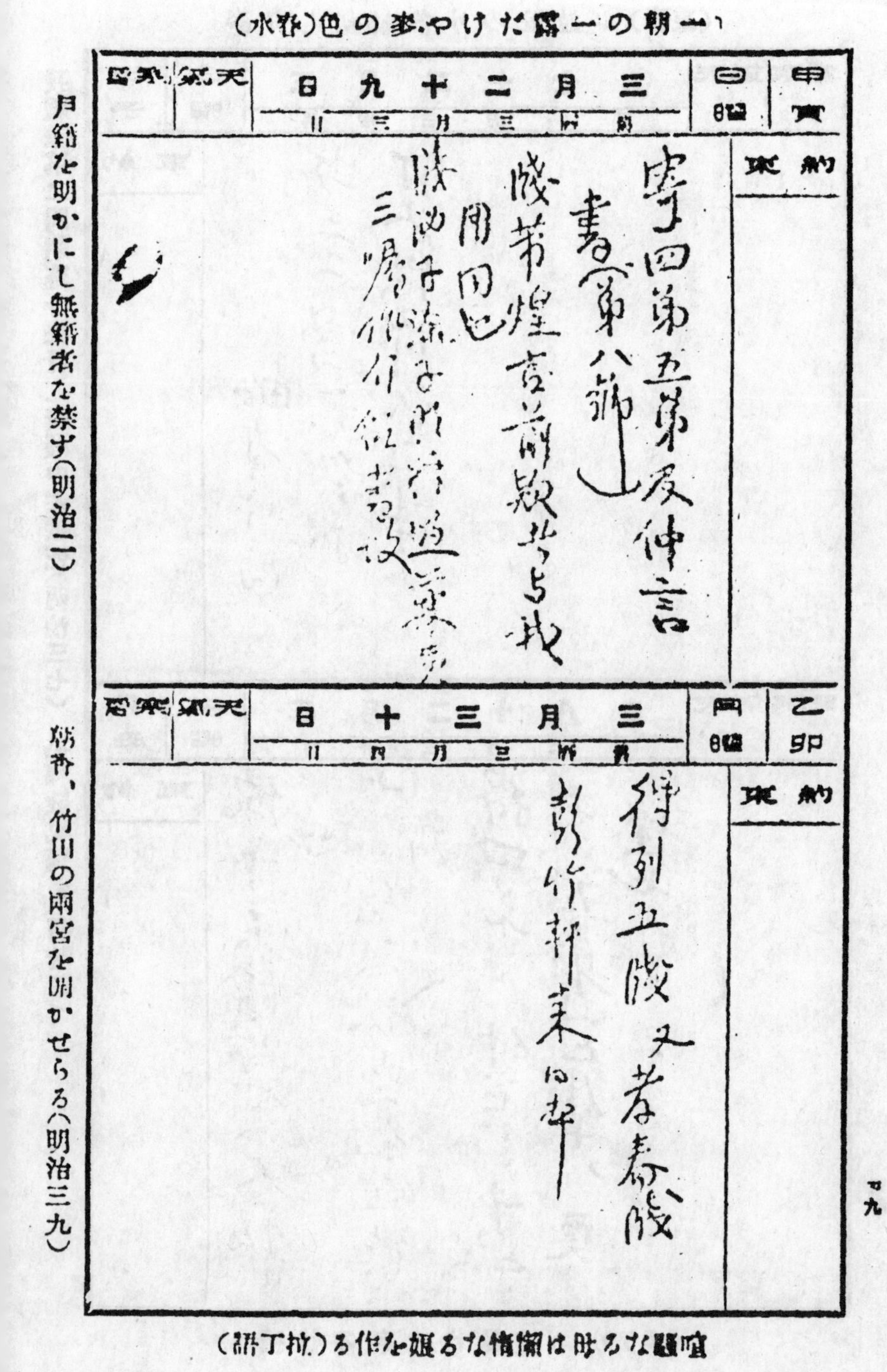
一朝の露だけやつ参の色（水彩）
甲寅
日曜
三月二十九日
舊曆三月三日
天氣
寒暑
約束
寄四弟五弟及仲言書（第八號）
晚弟煌言前敵共与我
周回也
晚與子[illegible]
三[illegible]
乙卯
月曜
三月三十日
舊曆三月四日
天氣
寒暑
約束
得列五曉又孝春曉
彭竹軒來函
廿九
月給を明かにし無給者を禁ず（明治二一）
祇園、竹田の両宮を開かせらる（明治三九）
喧嘩ある時は憫情ある姐な作る（拙丁語）

かへろそら無くてや夜半のやもめ雁（丈草）

澎湖島を占領す（明治二八）

丙辰	火曜	三月三十一日 舊暦三月五日	天氣 寒暖

約束

得二十六日書簡内[illegible]
我在[illegible]
[illegible]
昨[illegible]
過[illegible]
殘[illegible]民[illegible]也

出でまして還ります日のなしときくけふの御幸に逢ふぞかなしき　乃木靜子

草の名のははこきじりに萌さく野をなつかしき雲雀落つらむ　春滿

影ながら神にうつさむなつかしき朧月夜の梅のにほひを　近衛忠煕

もえ渡る庭の草木もあらはれて烟ながるゝ白河の水　知紀

思ふどちそこども知らず行き暮れぬ花の宿かせ野邊の鶯　家隆

五〇

四月

土用

四月十八日

三日ハ神武天皇祭ナリ○八日ハ潅佛會トテ寺々ノ釋迦佛ニ詣ヅ○此月祭典多ク大和祭ハ一日松尾祭平野祭ハ二日梅宮祭ハ三日廣瀬祭龍田祭護王祭ハ四日大原野祭ハ八日稲荷祭大神祭ハ九日香取祭日吉祭ハ十四日平安祭越部祭金鑚祭上諏訪祭生田祭ハ十六日東照祭ハ十七日吉田祭ハ十八日伊弉諾祭多賀祭鍬山祭ハ廿二日小御門祭ハ廿九日靖國神社春祭大祭日ハ三十日ナリ○櫻桃ヲ始メ百花爛熳鳥歌ヒ蝶舞ヒ野ニ山ニ遊人雜踏賞ニ一年ノ好時節ナリ

櫻

よし野山峰つゞきみし花ざくら
一木がすゑに咲きみちにけり

春夜歩月　　橋本通

月帶春烟淡々輝、夜塘吹醉水風微、
隔林紅燭深々見、知是賞花人未歸、

麦喰し雁と思へど別かれかな（野水）

四月一日　丁巳　水曜　舊曆三月六日

天氣　寒暑

納東

敷五以代驗[illegible]乃[illegible]
收去五

琳園居孫殿欲中神田後
源袁錫惟虛及我共在
伯康徐斯叔穀竹軒讓於
幼田陳庶伯崇叔實
錫卿及余飲於早稻
田某處年來聞於饒
儀之願今日得之
長安歸且換取之叔毅
衍拜[illegible]不足仍赴浪宅
時[illegible]十一時入

滿二十歳を丁年と定む（明治九）

四月二日　戊午　木曜　舊曆三月七日

天氣　寒暑

納東

儀之徑往同叔穀錫卿
與我為右
叔實歸途之橫濱海
濱逕楊廷專送別
兩情心悵悵也
與廷傳小蒼譚十三時返
寓已五時矣
夜寄叔實儀

明治天皇東京へ遷都し給ふ（明治元）

貧しき人を捨つる人は神に捨てらる（英諺）

五三

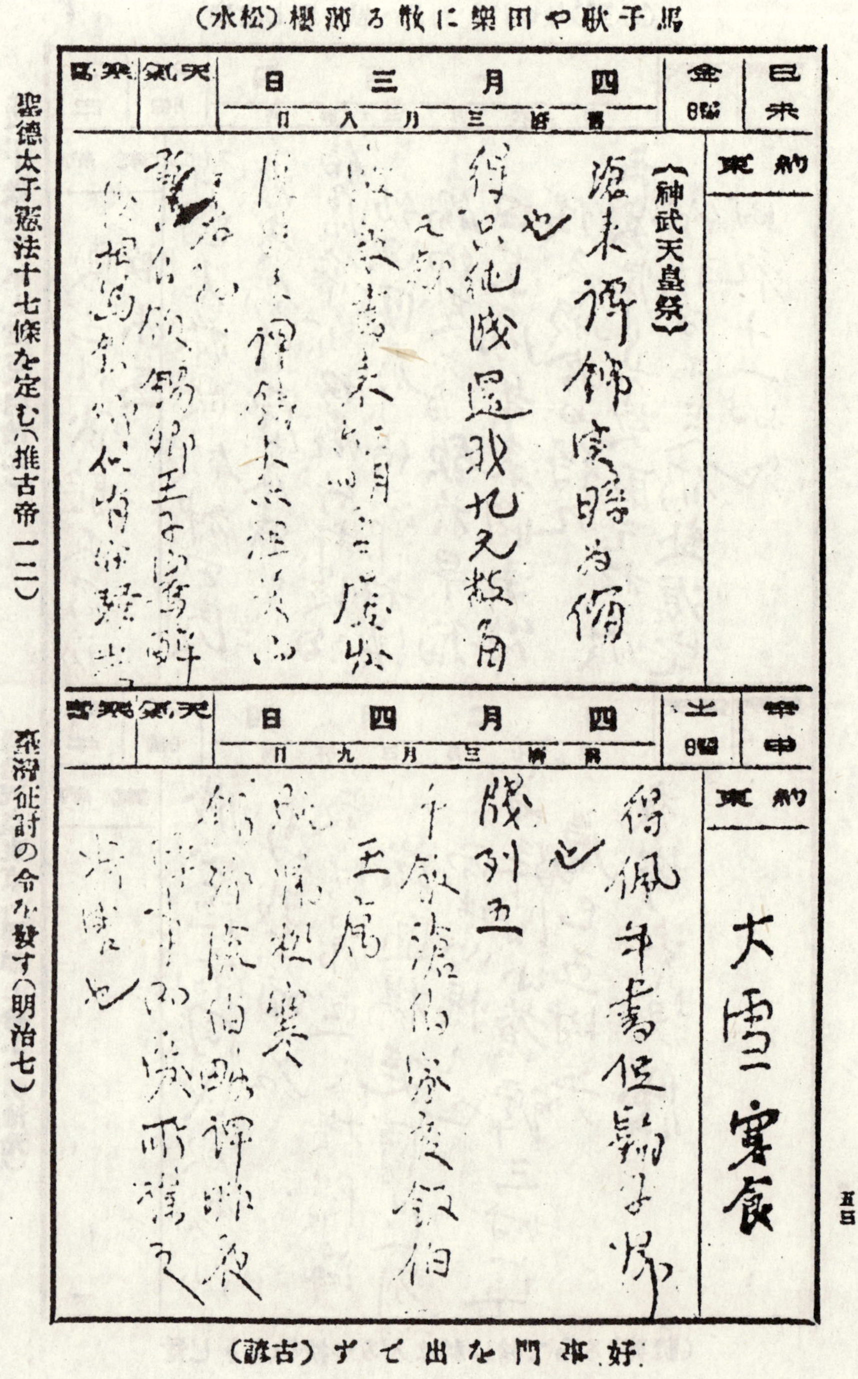

馬子獸や田樂に散る渕櫻（松水）

日本紀元	金曜	四月三日 舊暦三月八日	天氣	寒暖

約束

（神武天皇祭）

湄來譚錦虞時爲僑也

得只他晚還我九元數角

[illegible]

[illegible]

[illegible]

甲申	土曜	四月四日 舊暦三月九日	天氣	寒暖

約束

大雪 寒甚

得佩年書促歸子歸也

晚列五

千叔滄伯承夜飯伯

王尾

[illegible]

[illegible]

[illegible]

好事門を出でず（古諺）

聖德太子憲法十七條を定む（推古帝一二）

臺灣征討の令を發す（明治七）

世の中の様暢知らぬ燕哉（柳居）

太政官日誌を發行す（明治元）

辛酉	日曜	四月五日（舊暦三月十日）	天氣	寒暖

約束

清明

早起敷上渚[illegible]

[illegible]寅未也

過商山決事迺返

香民飲酒冒雨還

楠正行に従二位を贈らせらる（明治二〇）

壬戌	月曜	四月六日（舊暦三月十一日）	天氣	寒暖

約束

陰風寒甚[illegible]

上[illegible]

過商山

父母に孝に兄弟に友に（教育勅語）

灌佛や捨兒即ち寺の稚兒(其角)

癸亥 火曜 四月七日 舊曆三月十二日 天氣 寒暖

約束

上課
秦三台殿收歸並取消
上午三次雨中飯久也

農商務省を置く(明治一四・四)

甲子 水曜 四月八日 舊曆三月十三日 天氣 寒暖

約束

日來近況頗多雨
君稱未譯並未上課

太田道灌江戸城を築く(長祿元)

五五

悪事千里を走る(古諺)

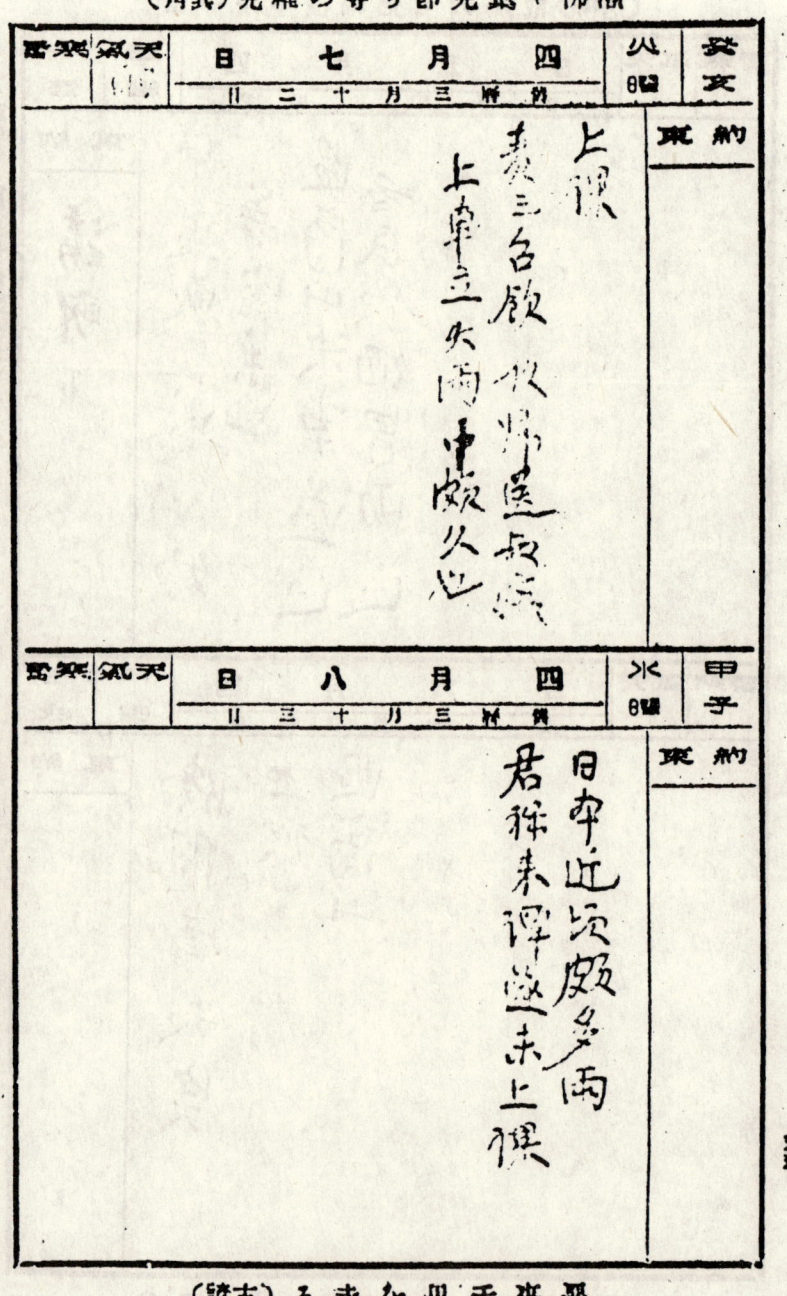

長久手の合戦（天正一二）

今日に似る今日はわりども山櫻（麻文）

乙丑 木曜 四月九日 舊暦三月十四日 天気 寒暑

約束

正一条殿草文竟設置
不出也
得物師殿 師之骨肉
分散也
大風

東京美術部三十年祭挙行（明治三一）

丙寅 金曜 四月十日 舊暦三月十五日 天気 寒暑

約束

四南山什職貸款
夜出博覧会開会場
聞昭憲皇太后崩也

五六

落花枝に返らず（古諺）

花の雲世な一ぱいの入日故（卯七）

四月十一日　舊暦三月十六日　土曜　丁卯

寒暑	天氣	約束

官軍先鋒橋本實梁江戸城を收む（明治元）

四月十二日　舊暦三月十七日　日曜　戊辰

寒暑	天氣	約束

賤四弟忌列号（应列第九）
賤佩年叔突
楊花伯生日
血像虞原良麦家我
也
铁君自上海来，文可在賤
夜宿無眠

武田信玄卒す（天正元）

現在に働き未來に樂む（西諺）

五七

したたかな梅かたげて夜道かな（太祇）

己巳	月曜	四月十三日 舊三月十八日	天氣	寒暑

約束

晤張小洲許三付也
過商山，商委三還國
事
上課
午後雨
飯後至苐烟[illegible]歌店
十二句夜[illegible]由我酒
寄也

庚午	火曜	四月十四日 舊三月十九日	天氣	寒暑

約束

得汲子蔓函悉芾允德
堪一年之学費四五六月
恩之也於田以此般轉
之叔実
雨過南山
午后往錫如未晤南啟
事遊過君六及請揚
申絰電内弟誤道也
寄田兄明片

食ふに語らず寝ぬるに言はず（論語）

露國海軍中將マカロフ提督旅順口に戰死す（三七）　元老院大審院を置く（明治八）

五八

ちるちはるは酔のさめたる夕櫻（白雄）

寒暖	天氣	四月十五日（舊曆三月二十日）	水曜

約束

治飲壽楊老伯
歸書及食事于神田
得叔實牋
過琳園商山
略談事多譚

日清媾和條約成る（明治二八）

寒暖	天氣	四月十六日（舊曆三月二十一日）	木曜

約束

賁三還國送之横濱
晚及廣叢陵三賁三
叔實賁以六百元假
與之並囑叢纖為之
証明期集捐大也用曲
談之

東海道鐵道全通す（明治二二）

五九

後悔は平日の油断（古諺）

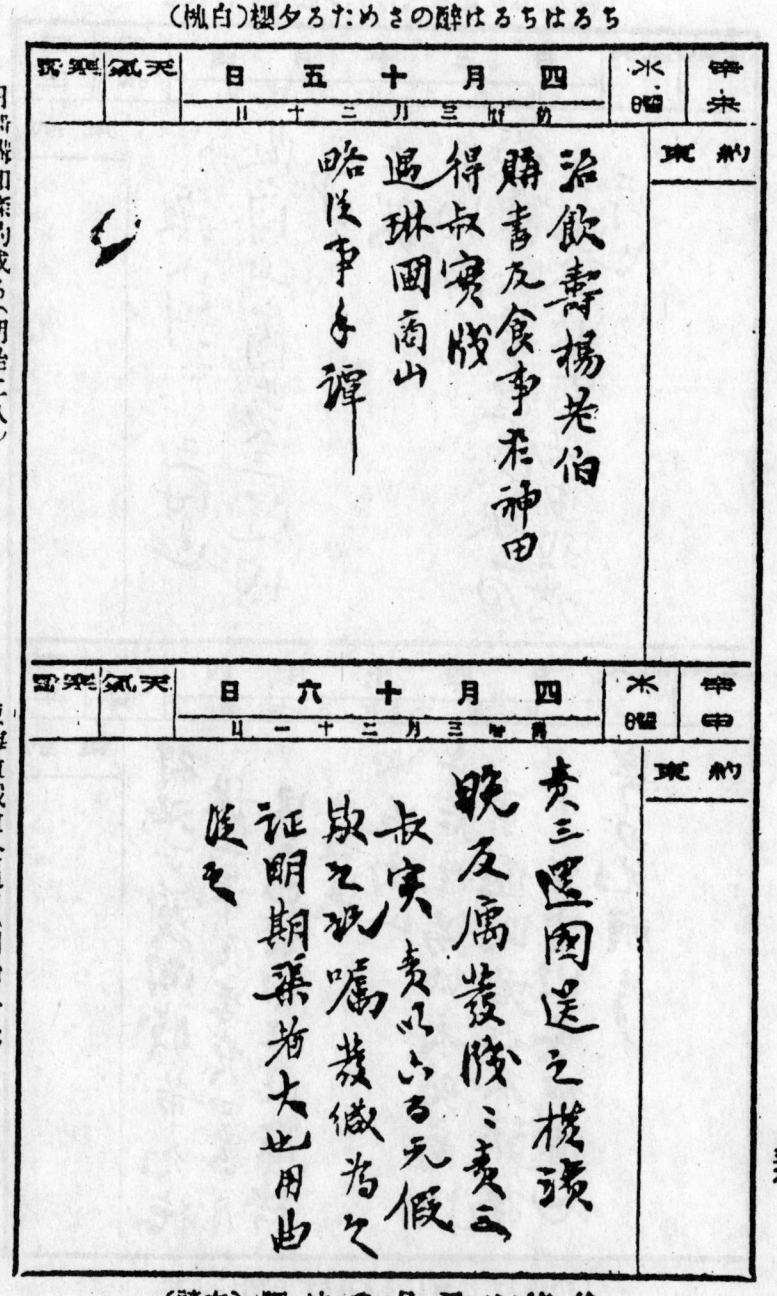

ほうらくの水とりし跡の薺哉〔野水〕

癸酉	金曜	四月十七日	天氣	寒暖
		舊暦三月二十二日		

約束

清揚織小島總不可靠待
今日決定
由南山過太平館遊偕雍公
六他往看錫三之父來此已
數日也
雍公出而織而同叙事稍誤
然家不提用由雍直後之
而叔費仍忙不息迷錫卿
缺亦有遺漏也
晚倩思二丈乾促廉小韓給
吳履禎缺

徳川家康薨す（元和二）

甲戌	土曜	四月十八日	天氣	寒暖
		舊暦三月二十三日		

約束

晚列五　倚林十助相定
晚崎師（以日付郵）
得趙少寔函御晚無欵兒
若未有郵也同臺公司事
公慶已辭之琢章欲為
曾某所陷劇部去秋由葉
伯和致張君劇團尚未歇業
但祈本也

豊太閤三百年祭を擧行す（明治三一）

人の齢は草の如く其の榮は野の花の如し（イザヤ書）

蟷子の尾のやさしう障る董哉（秋色）

乙亥	日曜	四月十九日 舊暦三月二十四日	天氣	寒暑

約束：昨夜地大震

發叔暖麦三吉禎桂情形、
及借欵　訪朱亮東
發香草师佩年
在商山縣李貞伯識訥
而叔評漢狀頗詳
[redacted]

丙子	月曜	四月二十日 舊暦三月二十五日	天氣	寒暑

約束：

上課　發湯子謝其寄賞
之謀及节煌三月之餽
飲諂伯家酬客也
漢摩昨夜来宿譚至久今
晨進規其月旦人物之弊
育仁鎮冕来
夜宿商山与俊生約偕游芋
崎　得叔実發
得家書四弟舊肩五鄉仲言
三瀹思武大哥作也五弟以
发發次日赴成都

德孤ならず必ず隣あり（孔子）

電話交換規則を定む（明治二三）

徳川家光薨ず（慶安四）

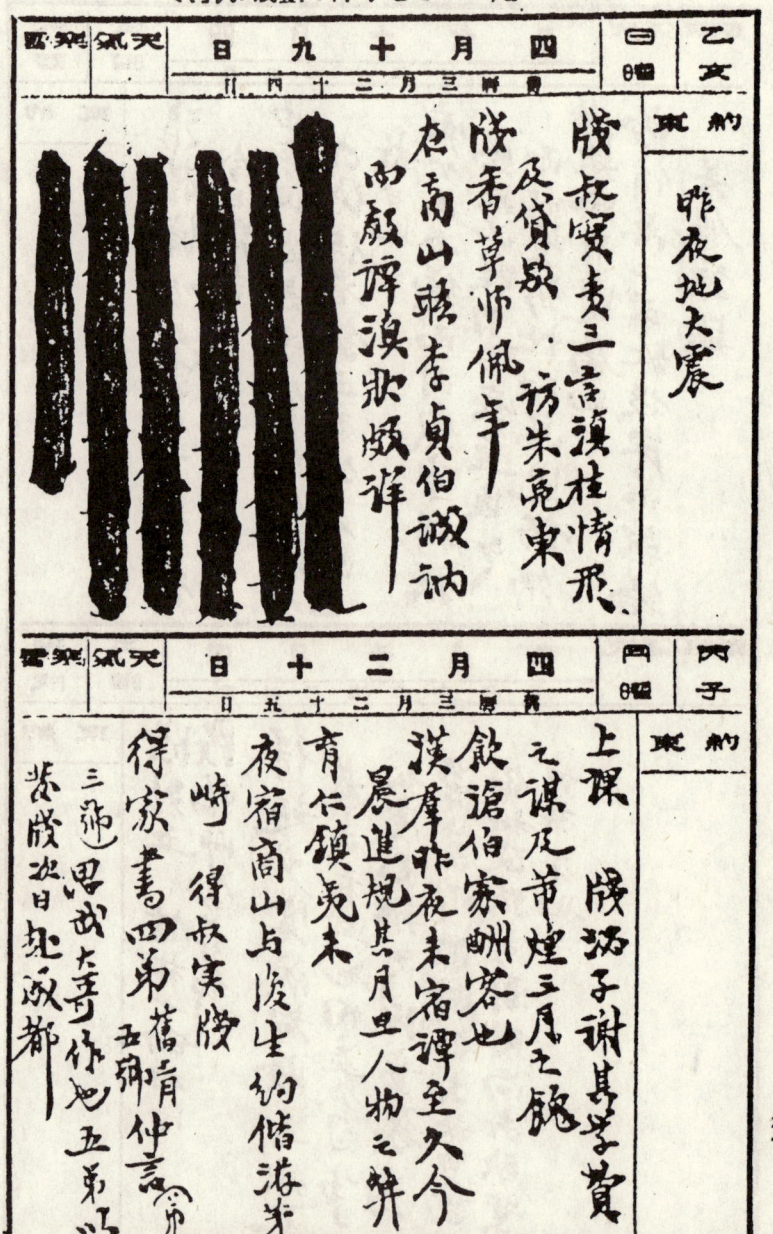

菜の花の中に城あり郡山（其角）

丁丑	火曜	四月二十一日	天氣	來書
		舊暦三月二十六日		

約束

早起偕汝生及貞白劉夢梅
游茅崎訪高橋選楊氏段
仲茅崎係神戸後所經
到已十一時矣見孫氏段仲
李楊兩君皆雖人之飯後
散步海岸斬出大放清
風與過渙人之樂若不解
吾困羈人有懷家憂國之
思者

戊寅	水曜	四月二十二日	天氣	來書
		舊暦三月二十七日		

約束

留茅崎午前研究製造
之学愉快至極午后仍游
海濱有所感也
欲帰貞白留遂再宿
与貞白議事志可嘉而見
則偏未諏

六二

己の如く爾の隣を愛すべし（馬太一九ー二〇）

賤ヶ岳の戦（天正一一）

生絲直輸出奨勵法發布（明治三〇）

菜の花や小屋より出づる渡守（史邦）

殉死を禁ず（寛文二）

四月二十三日 舊曆三月二十八日 水曜 己卯 天氣 寒暑 約束

還東縣先過陳伯借款未成
也適孫國君稱至邀言事
同鍋子在神田立地育仁所
聯之大家同在寓鄉矣
返寓已七時得田兒稟（三月廿六日紹字廿一鄉）言還校事頗詳文
州膠松雪碑字情形一紙
得雪壓書其詞若有憾焉（四月四鄉）十二山規其稍謂也
居停主人以余未如期而歸頗
蔦庵曾成御源公

露獨佛遼東還附を勸告す（明治二八）

四月二十四日 舊曆三月二十九日 金曜 庚辰 天氣 寒暑 約束

寄四弟及大女及仲言書十弟
稱成女軍勤操作也略切
課程
寄田兒書許其暑假後
入專門蠶業學校但終慮
無費而半途廢業耳
成雪壓 成叔實報借款
不成
是日廣州七十二烈士紀念
日也開追悼会
得聖存書如獲拱璧（四月四日）
過叔應觀承德信

六三

張つめたるは何時か弛む（古諺）

猫の子のくんづ轉んづ胡蝶哉(其角)

辛巳	土曜	四月二十五日 (舊暦 四月一日)	天氣	寒暑

約束

昨与錫約赴神田而錫子不
至遂偕茘丹赴大久保錫
子乃應歸帆之名矣
春如情気未講則甚議論
乃天性非有意也以我初
到彼報難取洽而情殷於
晩去大久保冒雨過育仁又
過商山
得叔實責三賤若頗與高
者私心切感之
得判五賤易字曰晉涵
得湘子賤嘱帯煙已腱法
六百元每百两支照兌十二元

壬午	日曜	四月二十六日 (舊暦 四月二日)	天氣	寒暑

約束

賤叔實賤理祥
安健貴州土司也偕朱鹿果
来譚黔事頗詳
錫昞来
夜過商山議進行湘之消息
後生曰占頗佳也
後生病未愈而見仍狭岐如
故何日乃能償言
幼田来謀嘱遇黔人宜慎

人生は白駒の隙を過ぐるが如し(莊子)

僧侶の肉食妻帯蓄髪を許す(明治五)

尊氏大擧東上(延元元)商法公布(明治二三)

民法公布（明治二九）

湖へ十丁ばかり胡蝶哉（蕪村）

四月二十七日　舊曆四月三日　日曜　癸未　天氣　寒暖

晚士俊成都託辦理裕商
公領息事
寄四弟（第十一號）書言旅商
公红息當續購本股也
示田兄告以蒂煌國欺敝其
節用又提比國可往則往
之說也
上課　讀初鎮亮木
夜過商山貞白已辭去渠謂同
志多赴滇乃能完全達目的
使不能擇事必安置無乞也
讀生過勞小病
見叔笑第四股　沼持寄茅崎為

四月二十八日　舊曆四月四日　火曜　甲申　天氣　寒暖

早飯後過商山錫卿非宿
柱彼張錫赴滇但由滬啟白
滬返此後往來定
留滬蜀人有推薦者有推讓
者而風名亞作以謂錦不能
提挈嘗推鬯後告也
得叔寶六書　以文反六也
上課丁人傑乃以孫中山為門戶
若人固不能無秘密
在議堂肆評徐世昌大綱四次加
非倒閣之派則袖因此人也
訪清楊不遇　因疫ペスト流行
以麻油拔菜蔬食之

六五

日月は旅の炭きに過ぐ（荻山谷）

樞密院を置く（明治二一

糸遊に動くや去年の古轍（鳳綠）

乙酉　水曜　四月二十九日　舊暦四月五日　天氣　寒暑

約束

晨過高山彭琳圓山至於足知
林伯逸先赴四川也叔燦錫辨
皆在
錦池子書十六日至吾前書有幾
於不識之說拜原織歷余即
詢其所以嗟夫是乃時計之
事欲留予作矣
報列五叔實沖子孝春書并
寄叔實時計係陸票
林伯先晩晤於高山言事最
切實十時乃飲於神田別
歸十二時後矣
餞鎮夷

天津條約成る（明治一八）

丙戌　木曜　四月三十日　舊暦四月六日　天氣　寒暑

約束

午前送鎮夷於橋上鎮
夷偕遊未勝叔實諸人
也　游日比谷公園觀杜鵑
花与滬伯徐譚
午后二時偕滬伯後生赴品
川過劉承烈居覺生田子
琴李貞伯及劉文錦皆在
譚川滇湘情形及組織
幹部滬乃假言對於孫黃
意見欲鴉出之而二劉与田
仍堅邀貞白爲孫氏歷書
并及於我未之許也
夜飲林伯先處十一時歸寓

凱旋觀兵式を行はせらる（明治三九）

固頭は粉粧の要なし（英國諺）

五月

八十八夜　五月三日

本月上旬ヨリ夏トナル○五月幟ハ一日ヨリ飾リテ五日ヲ節日トス今ハ鯉ノミ建ツル家多シ○此日ニハ粽又ハ柏葉餅ヲ喰フ○菖蒲躑躅牡丹藤ノ花卯ノ花等開キ一味新涼心身ヲ爽カニシ新緑滴ルガ如ク螢火點々晩風殊ニ好シ○十五日ハ加茂両社ノ大祭○二十七日海軍紀念日○漸次暑氣ノ候ニ際スレバ清潔法ヲ行ヒ飲料水其他ニ十分注意ヲ加フベキナリ

夏　　掌徳院

から衣きつゝたれにし花の色に
かへむ袂の名こそなしけれ

聞鵑　　班陶

蜀客春城聞蜀鳥、思歸聞引未歸心、
却知夜々愁相似、爾正啼時我正吟、

春雨や蜂の巣傳ふ屋根の漏（芭蕉）

丁亥	金曜	五月一日	天氣	寒暑
		舊暦四月七日		

納東

過南山過錫卿於道渠將
赴錦帆瀛待之不至遂
送彭琳圃寺橋牧行乃
歸飲二盃
送琳圃還頃過清楊左丞
而錫卿出倉卒還因遂
後送之七時車發而別
辭於車站約一時許也
歸之不言
晩偕叔瀬後往南山
得鐵橋淺而滞宜吊
子康託轉殷列五

戊子	土曜	五月二日	天氣	寒暑
		舊暦四月八日		

納東

十時伯常後初竹軒未午后
過偕赴新宿貞白伯先育
人先後皆至待澹伯後生
君孫灼三漢皆不來不得
已譚於酒館而游後五人
乃已赴貞白扁
過斧斯夜飲雨至歸時遺
帰
殷列五轉子康殷云
李貞白憶往日強寫顧書
之擇而於孫中山之調言見
告死生成敗之交為首領者
慌惚如此宜不服衆而因嵌
之危亡矣

六八

禮も過ぐれば諂となる（古諺）

我軍大連城を占領す（明治三七）。

詔して風土記を作らしむ（和銅六）

春雨の庭や蹈の子を運ぶ(五友)

己丑 日曜

五月三日

舊曆四月九日

天氣

寒暑

約束

偕滄伯過林伯兌所商不能到所希望事前不豫事後始赴之則何如有是不可謂非吾人之失敗也

晚滬上諸友吾以後生不宜還滬

晚錫昭叔實

漢群未譯

得淑芳函

寄吾婦志已泯

得叔實(第九)表三書

庚寅 月曜

五月四日

舊曆四月十日

天氣

寒暑

約束

上課

夜過育仁以其暗錦帆案有可以融洽者否也因吳東鈞適自滬來与錦帆所言皆張膽之道烏乎難矣

六九

人生は暇掛なり(セネカ)

護良親王を土牢に幽す(建武元)

詔して御名を避諱せしむ(延暦四)

醍みけり比叡は都の山ならず（言水）

辛卯	火曜	五月五日 舊曆四月十一日	天氣	寒暑

約束

早八時過南山遂赴李貞白約湘鄂人在衡譚至午后五時始辭歸譚雖快而殷固拐然~~[illegible]~~余蘊南来譚教言極深為美為恩聽之未若然蘊南固質厚者也素所器重

得錫卿門司牋

屯山兵條例を定む（明治一八）

壬辰	水曜	五月六日 舊曆四月十二日	天氣	寒暑

約束

育仁數五荔丹譚半日鈔眾及軍府之事也午后過南山遇癡子遂偕赴大塚窪町譚次檢滬報漢點生影響也歸得可庭牋招知竹軒復勉來漢犀伯常德縣人張尚賢來訪我在外不遇本牋少咸淑芳

我軍九連城及鳳凰城を占領す（明治三七）

故きを温ねて新しきを知る（孔子）

淀船の登るか曳くか朧月（古根）

癸巳 木曜 五月七日 舊暦四月十三日 天氣 寒暑

約束

晚李貞白
陳可庭錫卿 馬在勛來
瀏覽財政講義及課外
政治史

樺太と千島と交換の約成る（明治八）

甲午 金曜 五月八日 舊暦四月十四日 天氣 寒暑

約束

晨過南山
上課行政汎論講義讓之
湘人蕭君以六省去一
煩累也
蕭君及丁人傑君看我言
組產黨之急一以建設
為帰暨凡激者緩者非
革命派若但其人心術
不壞德才學識具備
而以共和民權為主義者
皆羅而致之急甚善
也

大阪落城（元和元）

錢ある人は勇氣なし（獨逸諺）

七一

咲明豆の貴えて匂ふや朧月（史邦）

高島秋帆洋式銃隊を練習す（天保一二）

乙未 土曜　五月九日（旧暦四月十五日）　天氣　寒暖

約束

昨夜徹夜不眠精神頗
疲茶也似耽食過度而
又思眠时亦未眠也
午稍寐食后過南山遇馮
少襄与秦人楊（宜君人）
君過非伯玉處
得佩年（四月）書錢莊仍從
續做玄觀峰千元用楚春
將西帰川省偵探密佛
云云
得叔实三日函第十

今上天皇の御婚儀（明治三三）

丙申 日曜　五月十日（旧暦四月十六日）　天氣　寒暖

約束

检行李　粤人陈真君偕漢
犀伯常来　未瘫出游
漢犀動而不详審与英士言
又与錦帆言从封此不能
有所判別又與過我同過
南山而返錦帆之言乃無
一可者也
得叔实五日函第十一事理
与延人皆不能至閒
成錫卿与錦帆又疑之也
腹叔實規其慎接人勿着急
檢過張維高及蕴南

七二

蕾は急げ咲は延べよ（古能）

古池や蛙飛込む水の音(芭蕉)

丁酉	日曜	五月十一日 舊暦四月十七日	天氣	寒暑

約束

晨偕源伯欣生赴貞白之約
葬於八幡山追悼胡瀛洲
胡浩然及陳元黃朗四君
若就義於南某時約四
月中由到者二十八人氣象
頗靜穆也
午后接譯舊閱止外屋
為居停典去不得不僦
還也

凶徒露國皇太子を傷く(明治二四)

戊戌	月曜	五月十二日 舊暦四月十八日	天氣	寒暑

約束

得列五撥入京報館竟被
駁萬金之外
偕錫九相宅且約之至厲
詰居停人外屋事而
酒井大犬林十助妻也迫
甚夫與我面言外屋綫
期之故後又哭罵且婦
若不應情為耶　参
又發記及銀行券為信
夜雨
晚得玉章撥

皇妹泰宮御誕生(明治二九)

七三

人は須く年長者を友とすべし(カオロフス)

新貨幣の形式を定む（明治三〇）

大久保利通暗殺せらる（明治一一）

草臥れて宿かるころや藤の花（芭蕉）

己亥	水曜	五月十三日	天氣	寒暖
		舊暦四月十九日		

約束

移寓本郷駒込蓬萊町
既餞數五青人諸子
夜十一時過周君孫匯金二百
昨夜不能寐今夜遲歸頗
倦也
數五還國取道大阪別
乃弟樹五
成[illegible]氏弄轉 五章書也

庚子	木曜	五月十四日	天氣	寒暖
		舊暦四月二十日		

約束

昨夜徹夜不眠最起赴茅
崎甫下車即遇貞白譚
竟遂返於是青人行矣
得叔實及煜生牋 第十二
得劍五函囑安慰子康
得錫侯麥三鎮夷牋
得芬春長牋
送育仁於新橋
王子謙道子康事且泛言
友仇

七四

不德を避くるは乃ち德なり（ホレース）

山吹や水に浸せるゑまし參（惟然）

辛丑	金曜	五月十五日	天氣 雨	寒暖
		舊曆四月二十一日		

約束

午后赴余祥炘處略商近事
謀以十七日扶其弟柩還國
、七號與乃兄祥輝及廣唐譚
晚佩年九弟訪南於師假
款
晚錫朋告以周君旅款
後訪伯常來不值
身體極不適又假寐
而右足傷

彰義隊官軍と上野に戰ふ（明治元）

壬寅	土曜	五月十六日	天氣	寒暖
		舊曆四月二十二日		

約束

訪子康灼三過際唐
晚列五暨孝春

幕府林子平を禁錮す（寛政四）

足るを知れば常に足る（老子）

私設鐵道條例公布(明治二〇)

榎本武揚官軍に降る(明治二)

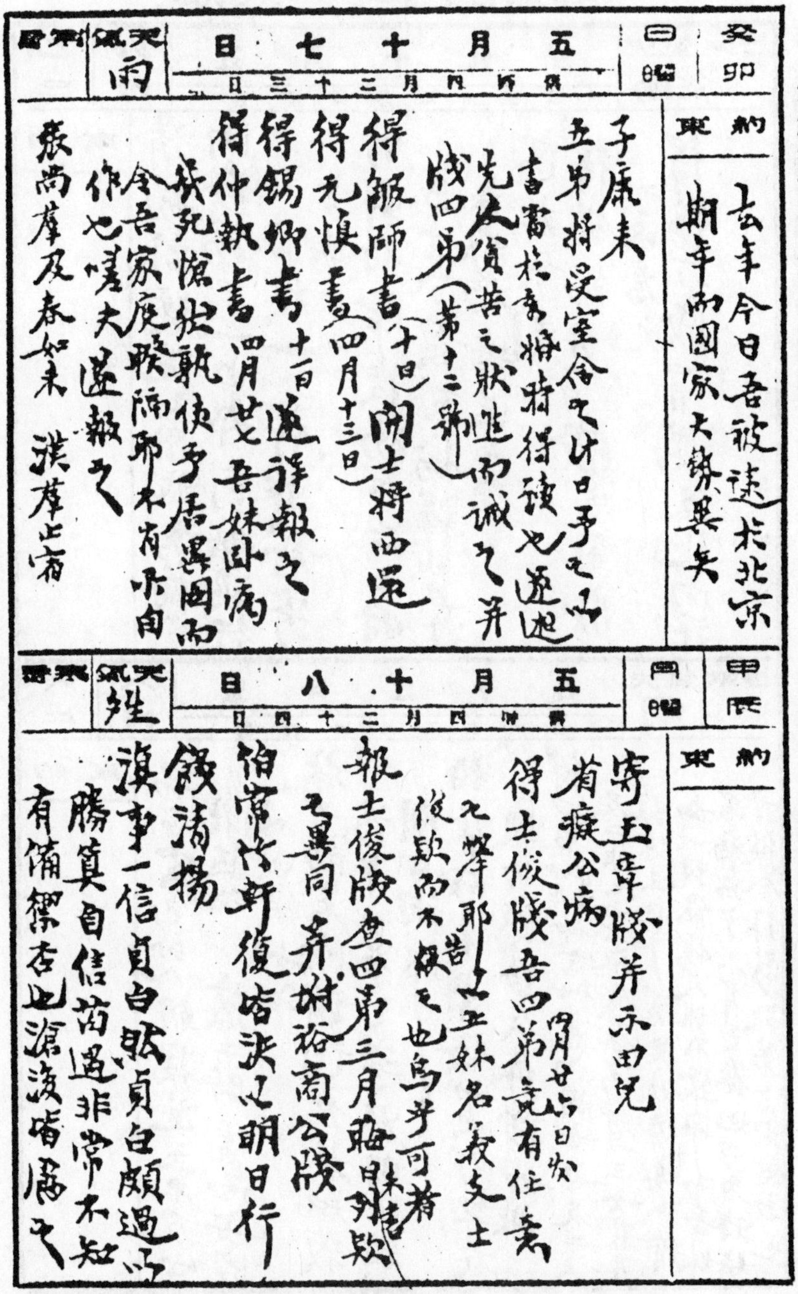

癸卯	日曜	五月十七日 陰暦四月二十三日	天氣 雨	寒暑

約束：去年今日吾被徙於北京 期年而國家大勢異矣

子廉来
五弟將受室舎之廿日予之山
書寄於吾將將得識也遥遥
先父貧苦之狀進而誠之并
戕四弟(第十二號)
得飯師書(十日)開士將西還
得允慎書(四月十三日)
得錫卿書十日遥詳報之
得仲執書四月廿七吾妹臥病
得[illegible]死惱狀執使予居異國而
令吾家庭睽隔耶木有不自
作也嗟夫遥報之
[illegible]尚庠及春如來 洪庠上宿

甲辰	月曜	五月十八日 陰暦四月二十四日	天氣 晴	寒暑

約束：

寄五章牋并示田兄
肴癡公病
得士儀牋吾四弟竟有任意 (四月廿六日發)
也峰耶吉土妹名義文士
後敗而不振之也烏乎可[illegible]
報士俊牋查四弟三月[illegible]日[illegible]敗
之異同并樹裕商公牋
伯常以新復皆決以明日行
餞請揚
謨事一信貞白賦貞白頗過于
勝負自信苗過非常不知
有備[illegible]者也源後皆屬之

有徳者は快く熟睡す(エヅザン)

七六

一九一四年

陽炎と共にちらつく小鮎哉(有寄)

乙巳 火曜	五月十九日 舊暦四月二十五日	天気 陰	寒暖

清揚朝發送之別於新橋
兩成錫卿一由郵商略濵行
之當慎一交竹軒代寄
言賧
竹軒伯常復兩午后三时
五十分發新橋驛直達
長崎登自送了
還檢新聞
得錫卿十一日牍 言兩牍
誤兩為元
得數芳牍 四月廿六 促赴南洋

萬國平和會議第一會(明治三二)

丙午 水曜	五月二十日 舊暦四月二十六日	天気 雨	寒暖

楊子雲已外人朝發送之不及至
往送也 寂二時盡而安寢
以是日始也
林十助來牍謂調查者知我
為某日本之警察面上精
明自補耶
伯唐牍來嘗赴山吹町笠於
遍告致於友彝涉如此
得四弟四月廿五仲言廿日書內附吾母及二妹
及二妹之小女淑儀及吾婦与三女影片
離家未兩年 母先來瘠矣亦瘠
如此境能傷人詎不然耶而吾妹
來病甚矛不肖之咎也四弟特稱
母健今拜影疑弟之固慰我也

爵位令の公布(明治二〇)

一日再び晨なり難し(陶淵明)

七七

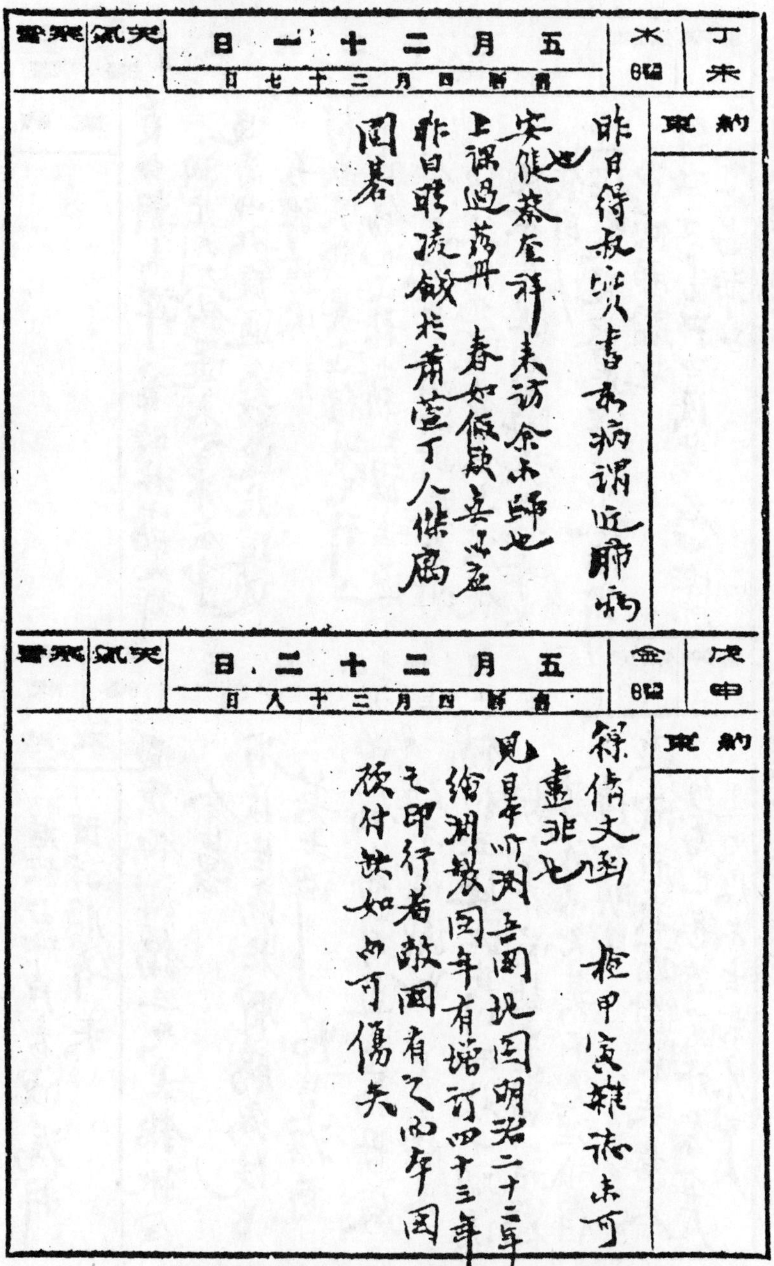
時鳥一二の橋の夜明散(其角)

丁未	木曜	五月二十一日（舊曆四月二十七日）	天氣	寒暑

約束

昨日得叔弟書云病謂近肺病也
安倍恭在祥来訪余小師也
上課過蘇州　春如假眠吳山莊
昨日聽琉飲於齊藍丁人傑處
圍碁

戊申	金曜	五月二十二日（舊曆四月二十八日）	天氣	寒暑

約束

得信文到　検甲寅雜誌未可
畫非也
見昇所刻書函現因明治二十二年
紹渊報因年有增訂四十三年
之印行者敢國有之而本国
改付洪如此可傷矣

無き時に辛抱有る時に節倹(古諺)

七八

織田、武田長篠の戦(天正三)

北畠顕家戦死(延元三)

蜀魂啼くや木ゞの間の角櫓（史邦）

天氣	來客	五月二十三日（陰暦四月二十九日）	土曜	己酉

約束

貞白朝来譚其時林十助之婦
酒井大（鈴）適来言外交事
過南山叔癡適来訪遇於道遂
長譚沼處
得叔實險具言行若之詳
午后錫九與林十助之謀告遂
偕只純白兵山吹町交番所
被拘但允遂外交未及民
政盜具謀周嚇詐稅幸不
信目
過安儁昆蔡奎祥注来話譚
事傾肺腑也
得汾子書汾子復其名曰宗沛
而字曰沛子

坂上田村麻呂薨ず（弘仁二）

天氣	來客	五月二十四日（陰暦四月三十日）	日曜	庚戌

約束

居稱由神戸来敬膺料
理瑚服奇矣

過瑭伯譚錫三之老錦帆令
人生畏
省展生病於胃腸病院與
英士譚 歸與瀛商
曾錫蕃到 過之蕩丹處
初不復識之 袁三陵来
偕伯玉赴江戸川而林十助後
期今夜遂赴早稲田警察
署孫以大英不受理祇得
待之明日
癡成我謂對於失意人
加意已甚盲遂外交宜厚
遇之應不生意外事

伊達政宗卒す（寛永一三）

不信の友は敵に如かず（シエクスピーヤ）

楠正成湊川に戦死す（延元元）

辛亥	月曜	五月二十五日	天氣	寒暖
		舊暦五月一日		

約束

渓岸逸國　許殷錫邪望其
処渓岸之失　殷叔実洪子
偕只純北早稲田警察署而中
已入氏事范圓且林十助已
昆木謹之禍到乃此耶　非
理之行同因果耶
故疑許言錫三之状人情說
謗極矣
以純者叙頭事而德自肴
殊嘶

我軍金州城及南山を占領す（明治三七）

壬子	火曜	五月二十六日	天氣	寒暖
		舊暦五月二日		

約束

殷錫姆言非殷所未盡者
殷責三

八〇

一九一四年

八兵衛や沈かざなるまい虎が雨(其角)

癸丑	水曜	五月二十七日	天氣	寒暑
		[illegible]		

約束

(海軍紀念日)

得鎮免書

叔寵錦帆赴米源所

省後生病　上課

洪孝自神戸來談

余祥炘來談告不歸

我海軍日本海に露波的艦隊を殲滅す(明治三八)

甲寅	木曜	五月二十八日	天氣	寒暑
		[illegible]		

約束

昨夜為蚤所困晏起

談鎮免叔実

過叔飛久譚

上課

得倩文書　言呆省盤旋大同

煤礦至吉勝集股也

閲日本參謀部有語英士譚

事而後生通譯也　前日即

傳説海陸參各部皆願助吾

黨並是舉有関国家前途

未可輕棄之又其外交稍異

議云

日使山座圓次郎以急病死吾

国外交當道誰繼

皇太后陛下御誕辰(嘉永三)

眞なる者獨美なり(ボアロン)

八一

始めて師範學校を置く（明治五）

益のあと數へながらに法乳說（一茶）

寒暑	天氣	五月二十九日（舊曆五月五日）	金曜	乙卯

約束

滄伯頁伯來譯歷下時也
晚錫卿 得孝春晚
省復生病始悉日本人丁寧
稍寄也
晚貞白丁寧守秘密且述羣
大事
報子遠陰四月廿九日 量性如陰五月六日
生日祝之遂飲太平館
日人抗議島尾二郡孤中美借
欵甚辭悍庚且司其陸軍
主張速解決南滿內蒙爲
平國之不競如此也

我軍ダルコーを占領す（明治二七）

寒暑	天氣	五月三十日（舊曆五月六日）	土曜	丙辰

約束

晚倚大詳詢整煤
將雲波詣陵初日品書樹部村
破屋 初六君向其蘇也
周予徹予治局末反館克成告
我也
省復生病過貞白上海有失遂之人
遂晚錫卿工別通信處
晚杳草卿以書託欽甫先生也
得錫卿晚布署甚詳凡四百
圓呈
過錫夫 日人得田和氏美人少又及
卜之新約法解釋論本書爲教
氏說而日人副島義一駁之
法理以須

八二

節義は朋殺の人に存す（佐藤一齋）

朝らたれろ夢はまことか盃の跡（其角）

寒暑	天氣	五月十三日　舊曆五月七日	日曜	丁巳

約束

去年今日録東交民巷入醫院
發送關中南館後去北京

致錫卿乂致叔實慕漁左
之別通信處為楚覺也
貞白來行期頗速
安溥卿張士奇來已后貞白三
點鐘共謀五探而要不釋然
漁人唐緒先乞留是食歸船
吾當荆棘不少也
致玉章望周旋於南四政府
設法事頗詳
致佩年
叔鹿來　林十助之事頗可恨
也將紀嫄氏祀

ほととぎす

庚子四月十五日の朝、杜鵑の初めて鳴くを聞く。

立夏後、十日なり。去年は夏の日より鳴きぬ今年は去年より十日後れたるは、季候の遅速あればなり。

われこの鳥の聲を聞く毎に、故見、琴嶺の事を思ひ出でて悩々たり。物によりて悩猶の情あること人皆しかり。時によりて情起り、情をもて時を思ふ。脆きは人の心なるかな。

（馬琴）

八三

長州馬関を下の関と改む（明治三三）

六月

入梅　六月十二日

夏至　六月二十二日

上旬ヨリ梅雨ニ入ル梅ノ實ノ熟スル頃ナレバ此名アリ〇一日ハ大和下丹生川上祭山城貴船祭下野東照祭ナリ〇十五日ハ石狩札幌祭山城八坂祭武藏日枝祭〇二十一日ハ尾張熱田祭ナリ〇廿五日地久節〇三十日ハ諸所ノ神社ニテ大祓ヲ行フ半年ノ終トナレバ罪穢ヲ祓ヒ淨ムルナリトゾ古禮ニ依ル〇花菖蒲咲ク頃田植ノ盛時トス

夏月　源親房

玉くしげふた上山の木の間より
出ればあくる夏の夜の月

梅雨　趙師秀

黄梅時節家々雨、青草池塘處々蛙、
有約不來過夜半、閑敲棋子落燈花、

西行も娘持ちてや更衣（支考）

白銅貨通用始まる（明治二二）

戊午	土曜	六月一日 舊曆五月八日	天氣	寒暖

約束

去年今日偕佩丰汝孚由西直門出北京自是始云脫險

荔丹叔擬來　陂鐵厓新嘉坡

游大正博覽會之通俗衛生會使人深思不少微毒酒毒之害以影文獻活動寫真

貞白未陂上海株閉貸盡破露矣

錫九代我往賠酒井鈐其母謂尚居林室人情詭譎一至此耶

明智光秀信長を弑す（天正一〇）

己未	日曜	六月二日 舊曆五月九日	天氣 雨	寒暖

約束

得幼田書

田凭累丞 五月十三日發 比以四月攝影寄之弄瞻瑞書伯如

陂錫卿別告之通信地

訪舜卿士奇廣荼而貞白先至所議得圓滿之結果

得育仁陂已偕妝五抵香港将以其月廿七日前進

八五

賢者は橋を叩いて渡る（露國諺）

蝙蝠に手元もくらし油買(北枝)

庚申	水曜	六月三日 旧暦五月十日	天気	寒暑

約束

呈像片拾枚 并寄郭氏二妹丈
寄雪壁皆四月所写也
上課 省後生病
日本駐吾國使臣新爾駐智利之
日置益氏往山座圓次郎后
以吾所聞吾國甚感我才
上海以俘數被逐之劉瑞君果
劉鐵也
今日腦煩鈍聽講不能録所聞
偕錫九探林十助外套已空也
日人詐恐年勞如是
得叔寄戦函促而反多思也

辛酉	木曜	六月四日 旧暦五月十一日	天気	寒暑

約束

得浜岸上海股
錦帆約叔嶽游伯及介詐諱復
生病院未得要領先課缺項
為務也
午前偕茘丹赴院就診
夜發錫卿 發叔覆辭之
以諸語

八六

思ひなし包むは罪深し(古諺)

ペルリ浦賀に来る(嘉永六)

貴族院議員選挙規則発布(明治二二)

蚊の聲の中にいさかふ夫婦哉（李渉田）

六月五日　壬戌　金曜
舊曆五月二十日
天氣　寒暑
約束

午前赴醫院後生略言將來生活非實業無自立之道而要了此謀遂行之往年蓋曾謀之而但議而止耳
得雪巖書（五月十八日）左乃見寄不謂告窮於家而肆志於外
觀寫真於是見偵探天
省英士病遇中山於後生室中
得仔耘牋

六月六日　癸亥　土曜
舊曆五月二十一日
天氣　寒暑
約束

得四弟（五月十六）書家人乃延而鄉里有識者合先人勞苦慨然吾御陰曆四月十三日始
大雨蓋久旱也
得濮廉及君母書
復生赴順天堂工ケ大先鏡檢病自朝七時起俯旋往晩十二時始出院
望周予徵
叔凝相謂治家

八七

艱難に逢はざる人は己の力を知らず（西諺）

昨秋二季に皇靈祭を定める（明治一一）

近衛師團臺北府を鎮定す（明治二八）

蚊柱のきはほのぼのと三日の月（牧童）

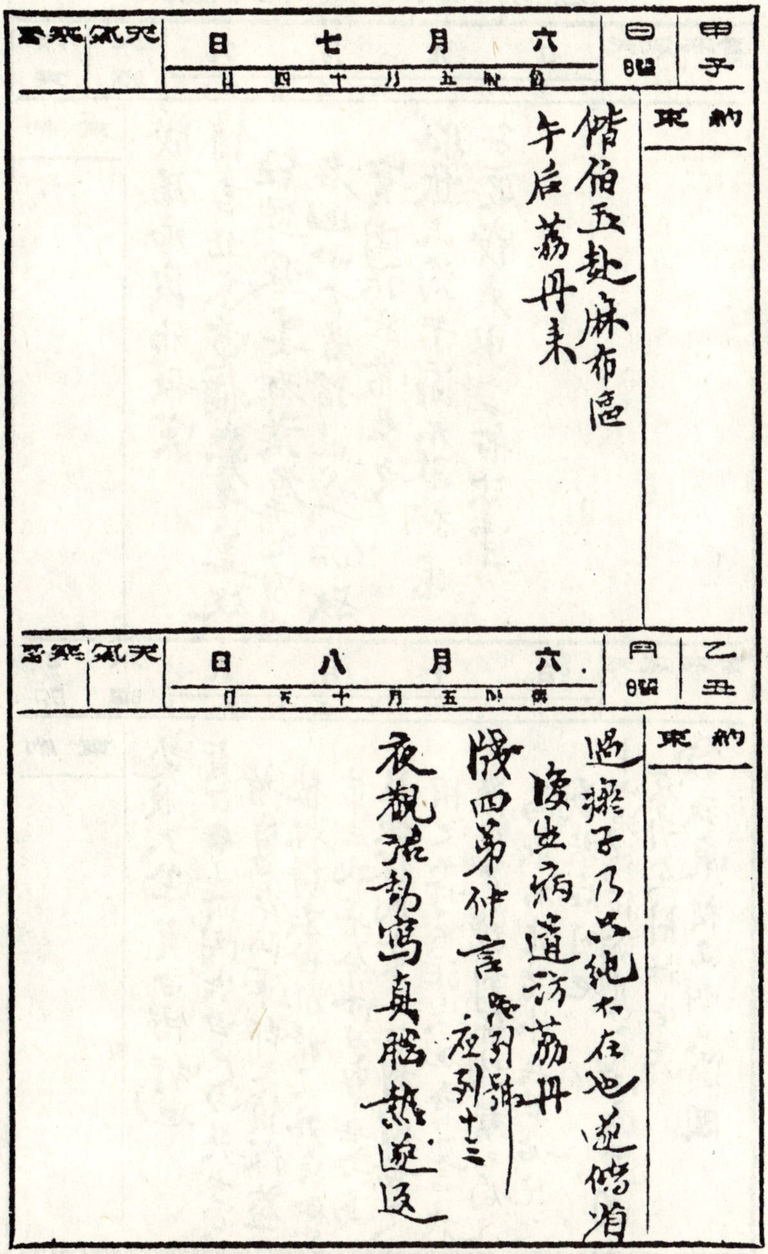
甲子 日曜 六月七日 陰暦五月十四日 天氣 寒暑

約束

偕伯五赴麻布邑
午后茘丹来

乙丑 月曜 六月八日 陰暦五月十五日 天氣 寒暑

約束

過瀬子乃与純太在也遊偕消
後出病遺訪茘丹
晩四弟仲言照到路 夜到十三
夜観張勃写真胎熱遊返

八八

鬼もたのめば人食はぬ（古諺）

吾妻川再び破裂す（明治二六）

日露改正條約調印成る（明治二八）

招魂社を靖国神社と改称す（明治一二）

徳川光圀生る（寛永四）

蚊柱のほぐれほぐれて殘る月（由之）

丙寅	火曜	六月九日 舊曆五月十六日	天氣	來客

約束

晤錫卿後訪叔實
傳言北京電捕[illegible]善政
誰從羅善者漢聲之別姓
名也而言者謂進避係叔
實閉誤當告之
腦熱未消午前不敢翻書
子原後來申言船款事

丁卯	水曜	六月十日 舊曆五月十七日	天氣	來客

約束

赴順天堂貞白偕行也
貞白[illegible]所聞告曰凡与英士商
着皆日本陸軍部之偵探蓋
被探得袁世凱將以外兵禦
第三次革命而日本無与焉
故欲探民黨之自利用否之
用之不可不注意也吾以言於
後生援到強均勢之局以
為袁不能借外兵且佑詑之
觀於后可也
中山頗感狂御其有心疾乎國
家前途判株生矣
飲敘癖將以明日選國

其人を知らんとせば其友を見よ（史記）

八九

目にかかる時はことさら皐月富士（芭蕉）

戊辰	木曜	六月十一日 舊暦五月十八日	天氣	寒暑

約束

送叔癡新橋午前八時二十分也
別後過黃湘屏樸齋還回
遠天送之因訪其縣料叔癡
然聞錦帆已來而船則人滿此
行必不舒展也
過伯康以別矣而伯康猶還
回也過少揚之弟保珩
蕭萱立譚至久中山可歎也
牋到五琴春
五弟今日受室吾命文命子矣

己巳	金曜	六月十二日 舊暦五月十九日	天氣	寒暑

約束

得叔實賤士俊及佩年牋 五月廿一
佩年主張眠邦士俊言劇
部事
鎮東來書決北行不被稱道
德弱教光徑低徊蓋自分
永訣也令人神往之
過錦帆乃譚風石缺事幾若不
吾人為主星此諸而王子寫
尤誤天下之善尤人而不自責
莫錦等若也當大事吃緊時
又得張沈姑求為事效尤甚
呼兩且睽諺月

九〇

己に如かざるものを友とするなかれ（孔子）

一圓銀貨引換法律の發布（明治三一）

京濱鐵道成る（明治五）

五月雨を集めて速し最上川（芭蕉）

六月十三日　土曜　庚午　舊暦五月十二日　天氣　發信

約束

晚士俊託料理劇部款以雲
岳奉倩助之如有欠款則
投資士俊公司遂將劇
部執事者即作為委託書
晚佩韋論敗鋪事合辦
本將收回也
五月二十一日
得倩長書孝春以程尹昌
衛事被捕因胡景伊穀查
通溺變無振嘆夫果無振
耶依不持兩端溺敢不敢昌
衛可錄誅戮

秀吉光秀を山崎に破る（天正一〇）

六月十四日　日曜　辛未　舊暦五月十三日　天氣　客來

約束

省後生董二自津來也
過賢佐相宅
蔡屬為招來往但報以勝
晚叔賓 邱侃 佩韋錫卿伯常
洪犀

公卿諸侯を廢して華族と改む（明治三）

九一

人の過失を見て吾過失を改めよ（西諺）

海游する兒も見えにけり参の秋（涙花）

壬申	月曜	六月十五日 舊暦五月二十二日	天氣	寒暖

約束

省後生過英士貞白 衛州起
事勢未定而劇處鐵引渡
浪之消息不徹有異也
特偕滄伯以岑雲堵事商後
生ノ當ニ今夜訪英士得
其究竟
得倩長書 六月八日川政敗壞由
旅京者致之ヒ吾言也倩不
謂然而特說実業
觀活動寫真於錦輝館
得

三陸地方の大海嘯（明治二九）

癸酉	火曜	六月十六日 舊暦五月二十三日	天氣	寒暖

約束

赴麻布區
得復初書鎮尭渓岸坐蕩哉人
張君 ヽ八夜北上復初悱
惆而鎮尭与張君皆不宜於單
獨行為之人也渓岸北行亦可
慮
晚到子虞燕料 鎮尭渓人
上課
訴吸滄伯今日稼穴籌備女
員之會
成錫卿 将斉斯所交其
君函

小包郵便の開始（明治二五）

道は迂くとも直きな行け（古諺）

九二

初鰹その後絶えて松魚かな（周竹）

甲戌	水曜	六月十七日 旧五月二十四日	天気 夜雨	来客

記事

黄克强託前因之柩款償權且
合當略意味今日復長膀予
之以得款為止
得叔實十二日書十九日膀別膀又述
敵網事也
上課
膀倩恩文告以日人爆詞之
経営又諭差恭被逮之消
息

乙亥	木曜	六月十八日 旧五月二十九日	天気	来客

記事

膀列五隔的渋岸鎮売之進退
者復生病飲薪丹魚微醉而
夜眠不穏也
居不擇地人将議之吾今日是
也
伯玉以電家索款相託
予康向叔假款無以應之而
来膀固明言我有者必不余
信

九三

栄枯盛衰は天運なり（ツセロ）

藩知事を置く（明治二）

京都に帝国大学を設置す（明治三〇）

南天の花と咲きけり一夜館（萬草）

丙子	金曜	六月十九日（舊曆五月二十六日）	天氣	寒暑
約束				

復佩年函代李伯玉發
家電
復叔笑
夜過蕭子敬遇唐雷樹三
人譚滅兵事夜深遂
歸

丁丑	土曜	六月二十日（舊曆五月二十七日）	天氣	寒暑
約束				

偕源伯看復生病過貞白見先
孫予復生書謂恐誤會將
不獲我函贊即與叔絶作
偉人夢看大概若是
偕貞白過蕭子敬譚湘事
程潛湘來

九四

過ぎたるは及ばざるが如し（論語）

萬國郵便聯合條約を頒つ（明治一〇）

德川吉宗薨ず（寶曆元）

腰のべて念佛申す田植かな（其角）

戊寅	日曜	六月二十一日 舊暦五月十八日	天氣	寒暑

約束

省後生病
過馮少褒謝虞李伯玉葉
江梓事
送董二還國
伯廉來值我外出也
見叔廉函已安抵上海也

林子平歿す（寛政五）

己卯	月曜	六月二十二日 舊暦五月十九日	天氣	寒暑

約束

晤錫卿卅白依
晤列子

臺灣總督府を開始す（明治二八）

九五

身を捨ててこそ浮む瀬もあらん．（空也上人）

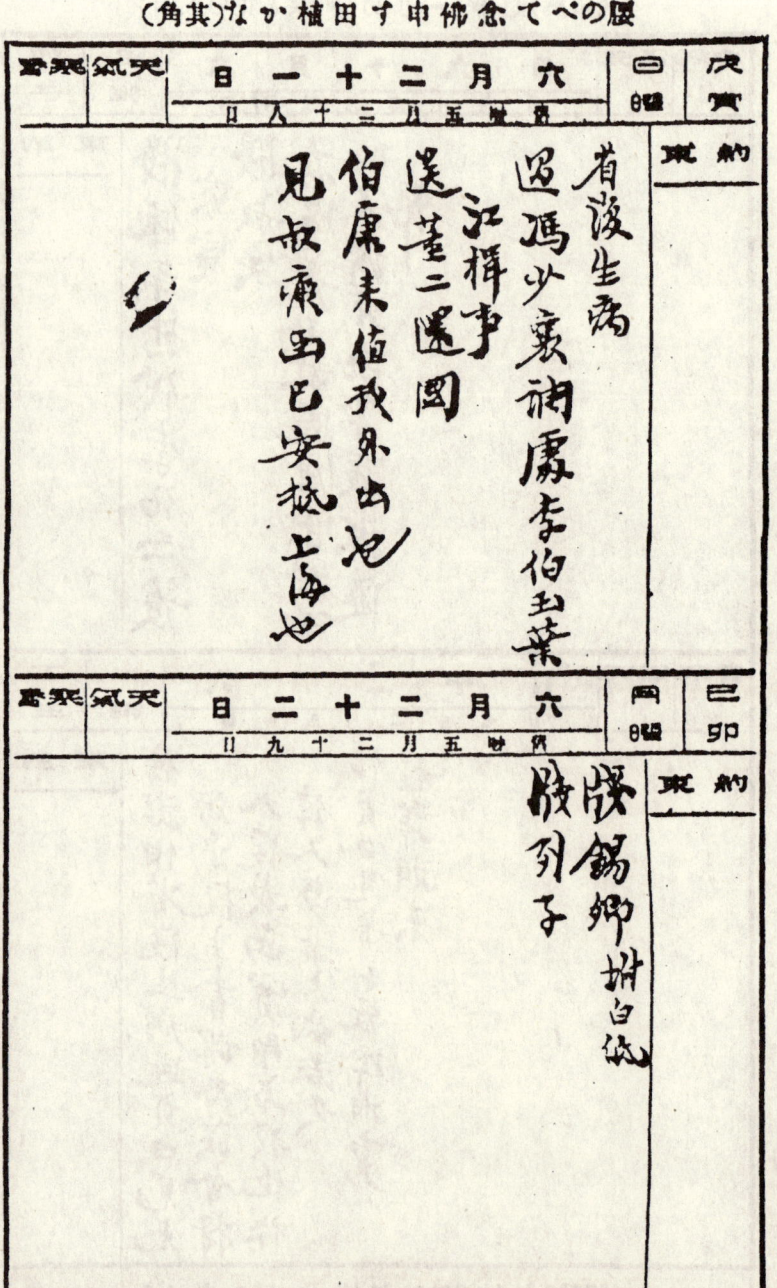

早乙女に結んでやらん笠の紐（闇指）

庚辰 火曜　六月二十三日　舊暦五月三十日　天氣　寒暑

約束

滬約偕省陵生病
午后[illegible]佩年言大同煤事
陵叔来為鹽弄付款於劉
英

辛巳 水曜　六月二十四日　舊暦閏五月一日　天氣　寒暑

約束

陵信要京師仲和成都
進伯玉伯康
伯康持送幼田致之飲酒
得田兄兩稟（六月廿九日 / 六月三日）許
款已到実收中佛五百四十元合
法幣千二百八十五法郎二十生
丁盡匯費耗六十元也
奉書來像交畫館使照
此片繪之但工半身
為度
此國生活月费食住約八十法郎零
用十法郎大学之费年三百法郎
预備校学费有五百、百五十兩种（[illegible]（[illegible]））

九八

和順中に積みて英華外に發す（禮記）

我軍新竹を占領す（明治二八）

加藤清正卒す（慶長一六）

短夜や無理に寝ならふ老心（太祇）

壬午	水曜	六月二十五日 舊曆閏五月二日	天氣	寒暑

約束

見叔厳條乃錫卿所將來
來也
過蘇丹桂財政学教案
過蔡虎齋
聞鐵引渡已擬就矣悲
夫
昨夜夢遇袁文舉敵恐
其不祥

知事藩縣を改定し士族を作る（明治二）

癸未	金曜	六月二十六日 舊曆閏五月三日	天氣	寒暑

約束

過商山略譚遂赴朱子康之約
中途過旗人某後返商山寓
早赴蔣富士ホテル
午后省後生病昨日又猶熱
也
澤湘別去為料理要件借
伯遠之袁橋上車澤湘曰
吾三年之目的今得償矣
嗟夫洗赧諸実概矣令人
仰天太息袁賊羅勝誅
然而自稱偉人者亦不足
食也

九七

澁川義俊蒙古の兵を殲す（應永二六）

誠とは自ら欺かざるなり（大學）

迷兒のなきなきつゝむ螢かな（流水）

六月二十七日 土曜 甲申　舊曆閏五月四日　約束　天氣　寒暑

餞伯康神田春日館託以事
望告之友生助村誠甫且
語之也伯康之適一饋救
文我
過只純
張伯祥被逐上海四月之
始也
南皇之請揭啟而救且有
所計愿啟當

六月二十八日 日曜 乙酉　舊曆閏五月五日　約束　天氣　寒暑

昨夜夢鼻衄甚厲
送伯康行不及還幼田
過子康
作啟分寄列五亮功玉章
風石言子康船既署名共
滬伯蘊蘭灼三錦帆子騫
子釗伯丑而救益被推嘗
書記之役
腹中大熱頗苦服ミロトール
者三日也

一の快樂には千の苦痛伴ふ（英國諺）

日本銀行條例公布（明治一五）

行政裁判所法發布（明治二三）

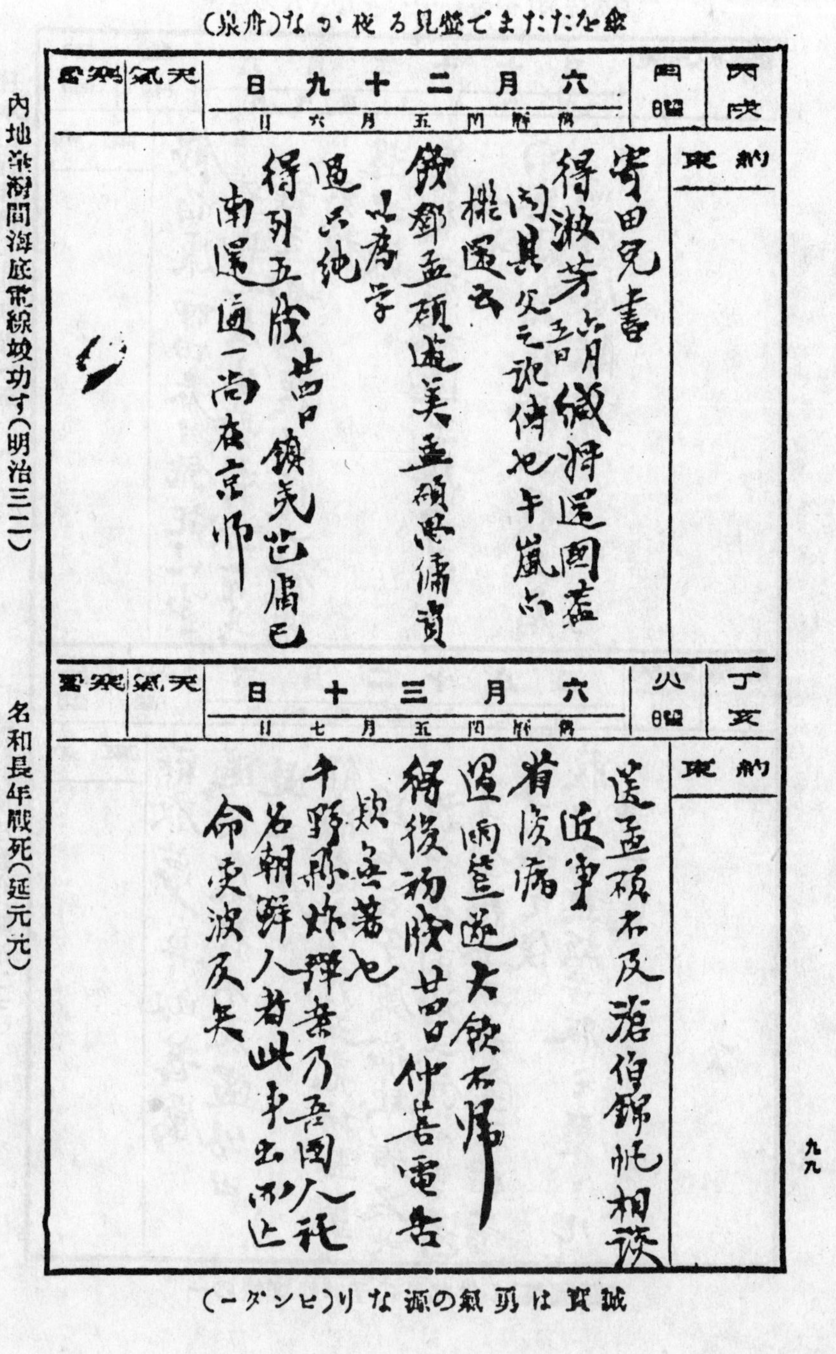

傘なたたまで盤見る夜かな（舟泉）

丙戌 日曜 六月二十九日 舊曆閏五月六日 天氣 寒暖

約束

寄田兄書

得淑芳六月五日書識將還國否

閱其父之訛傳也午嵐六

桃還去

飲鄰孟碩處美孟碩思儒貲

以房字

過只純

得列五股廿四日鎮夷芭屆已

南還適一尚在京師

內地朝鮮間海底電線竣功す（明治三二）

丁亥 火曜 六月三十日 舊曆閏五月七日 天氣 寒暖

約束

送孟碩不及落伯錦帆相談

近事

看俊病

還兩萱送大飲不歸

得後漪股廿四日仲甚電告

欺無著也

午野郎炸彈案乃吾國人託

名朝鮮人者此事出此

命吏波反矣

名和長年戰死（延元元）

誠實は勇氣の源なり（ヒンダー）

九九

七月

はんげ生　七月三日

土用　七月二十日

一日ハ山城ノ建勲祭十二日ハ攝津ノ湊川祭十五日ハ羽前月山祭廿八日ハ肥後ノ阿蘇祭ナリ○此月十一日ヨリ官衙ハ暑中休暇始マル諸學校ハ多クハ廿一日ヨリナリ○下旬ヨリ土用ニ入レバ海水浴水浴等ノ好期ナリ○十三日ヨリ盂蘭盆會ナレバ各所ノ寺院念佛讀經アリ十六日ノ藪入ハ一月ノ時ニ同ジ○小學校ハ多クハ本月末マデハ授業アレバ中旬頃ヨリ時間ヲ減ズルヲ常トス

夕立　只女

夏の日のかげろふたちの峰づたひ
よそに過ぎ行く夕立の雲

夏日即事　施肩吾

脩舍清涼竹樹新、初經一雨洗諸塵、
微風忽起吹蓮葉、青玉盤中瀉水銀、

夕立の月になりわるゝ鵜川かな（太祇）

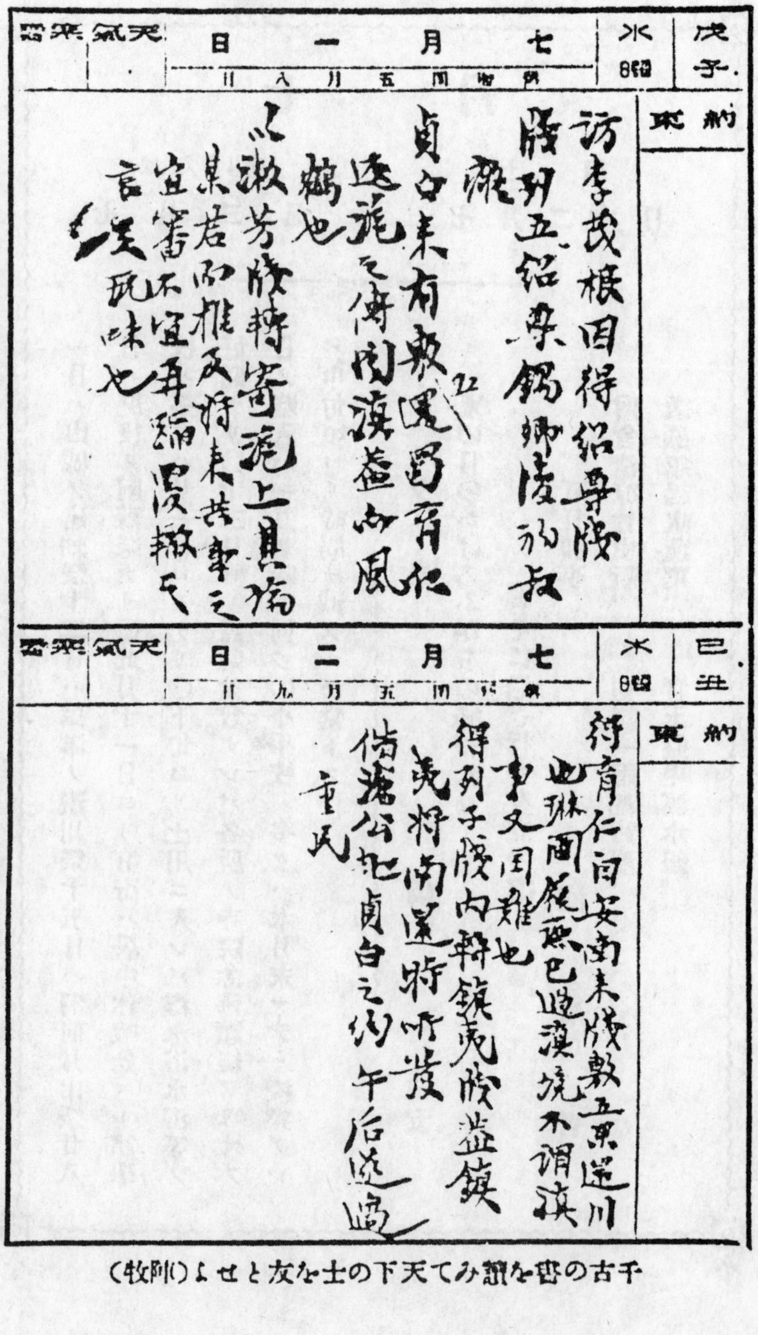

七月一日 戊子 水曜 天氣 來客
舊曆閏五月八日
約束

訪李茂根因得紹毋脩
脩列五、紹毋鍋、鄉凌孙叔
飛
貞白來有衆罠蜀育仁
遂施之傅問滇益如風
鶴也
又澂芳脩持寄施上其論
某君而推及將來共事之
宜審不宜再編罠撤之
言矣玩味之也

七月二日 己丑 木曜 天氣 來客
舊曆閏五月九日
約束

得育仁自安南來牋數五東還川
也琳罔屈燕巴過滇境不謂滇
事又困難也
得列子牋內稱鎮堯牋並鎮
堯將內渠將所發
備滬公批貞白之仍午后送過
重民

始めて官報を發行す（明治六）

小野妹子を隋に遣はす（推古帝一五）

千古の書を讀みて天下の士を友とせよ（附牧）

一〇一

夏の月御油より出て赤坂や（芭蕉）

庚寅	金曜	七月三日 舊暦閏五月十日	天氣	寒暑

約束

腹通一五章
腹錫卿精伯常家信由天
森來未余伝祈祝之
四煩熱是聊終日皆々當風而
臥
後生来商山洪計出醫院

辛卯	土曜	七月四日 舊暦閏五月十一日	天氣	寒暑

約束

錦帆朝来過即雲樓不遇
乃赴小網町為諸併取飲
雲樓左丞見来談廢蔣譚
赴帝陽館
待後福陵淑芳看仁鎮夫
當抵上海錫卿因於瘧
小林畫相館巳大概將吾母
尊影畫成驟拜見則奇處
我欲泣下急白柳判嗟乎

美人と云ふも皮一重（古諺）

一〇三

始めて京濱間に郵便を開始す（明治四）

北米大統領グランド来朝（明治一二）

文月や六日も常の夜には似ず（芭蕉）

壬辰	日曜	七月五日 旧暦閏五月十二日	天氣	寒暑

約束

稼復偕何公使剑川鄧人来谭
益南来
厳仲執暨四弟名列雍（合肥人）应列十四
錢池龍師謝縣長孫少荆暨浙
人池尚同并宴郭嘯樓
吾母之畫像成敬取以還
後生出院已来

蒲生君平逝く（文化六）

癸巳	月曜	七月六日 旧暦閏五月十三日	天氣	寒暑

約束

叔懐佩嚴儼来
叔宋病至不能作書
上海謝人皆臨非家因而
偵者亦知有盧某其人
後生出病院
翻甲寅雜誌竟其冊張君
民之敝而後改變人所
未發者也

不義の栄華は死に等し（カピツト）

一〇三

大婚紀念章授與式に擧げらる（明治二七）
第三皇子宮仁親王に高松宮の稱號を賜はる（大正二年）

英國皇族ギルリー殿下來遊（明治三一）

甲午	火曜	七月七日 舊曆閏五月十四日	天氣	寒暑

約束

伴俊生半日
遇雨笠 只能不過
股佩年叔実

外國奉行を置く（安政五）

乙未	水曜	七月八日 舊曆閏五月十五日	天氣	寒暑

約束

士俊六月二日之函寄山吹
町者竟未收到

得士俊六月十五日函 稱商公已將股
本及紅利公積共洋叄更訂成新
股 每股計壹百元 又公積四元
我共得貳股 按例股士俊於
我項下拼兩股 總成廿股 出
我尚餘九十餘元也 唯貳股
自六月一日起息 則六月前之
五箇月舊股之權利如何
即當函士俊詢之
得四弟六月十八日（第五号 舊五月廿五）仲言七妹屢
着書 是人歡健 但家中頗
虧空也

心な法ればー物なし（唯心論）

松風の中に青田のそよぎ哉（丈草）

丙申	水曜	七月九日 陰曆閏五月十六日	天氣	來客

約束

寄四弟仲執仲言七妹康若書（第十五号）以士俊所報各事我所见告四弟七仲執病酒 睃叔痴育仁後物弃给 後和家書

丁酉	木曜	七月十日 陰曆閏五月十七日	天氣	來客

約束

過只純遊偕赴麻布區游設草公園因一觀前設園 真地獄也 夜譚商山 滄伯述英士之名益彰具厰書而以势位相誘嘆其不知是耳

存亡禍福は皆己にあり（孔子）

一〇五

司法省を置く（明治四）

收容軍艦鎮遠號長崎に着す（明治二八）
有栖川宮威仁親王薨去（大正二）

いそがしき粗白縮みの團扇かな（許六）

戊戌 土曜 七月十一日 舊曆閏五月十八日 納東 天氣 寒暑

午前与瀘伯詳究英士
之旨仍決婉辭謝之
奉陪楊英伯竹戯消磨
我一日也
錫九来商藉高尚志之
還國以兵書遺張挺生
而託之挺生統巡防駐
越嶲也

己亥 日曜 七月十二日 舊曆閏五月十九日 納東 天氣 寒暑

藹丹来
得滬初七日書鎮吳又將
卜北门伯祥可以不死云
得四舅復將赴京阪參攷
工場不来東京也
追悼討袁軍死事者於帝
國教育會演說并編演
述行之內容書生也
昨夜內丸假寺凉

一〇六

船舶を見ずして船貨を見よ（ハンソオド）

羽柴秀吉に豊臣の姓を賜ふ（大正一三）

山口師團長宇品に凱旋す（明治三四）

迎鐘此夕聯も人や死ぬ(孚石)

為永春水歿す(天保一二)

寒暑	天氣	七月十三日 農曆閏五月二十日	月曜	庚子

約束

得譚湘書，志決而列子沮之不能沮也
得倩夫書，六日考春可無慮，大同煤礦略有斗萬
得叔實書，示此書編第二號，附一收條列第三號
中樹寄四川及味腴書

藩を廢し縣を置く(明治四)

寒暑	天氣	七月十四日 農曆閏五月二十一日	火曜	辛丑

約束

過錫九，偕訪高尚志，亦伯常書屬尚志還，回時亦過張捷生也
得田兄六月昔及林伯如含珍書
幼田發斯來訪不遇
伯玉均三夜來譚

學は忠と孝とを為す所以なり(陽城)

一〇七

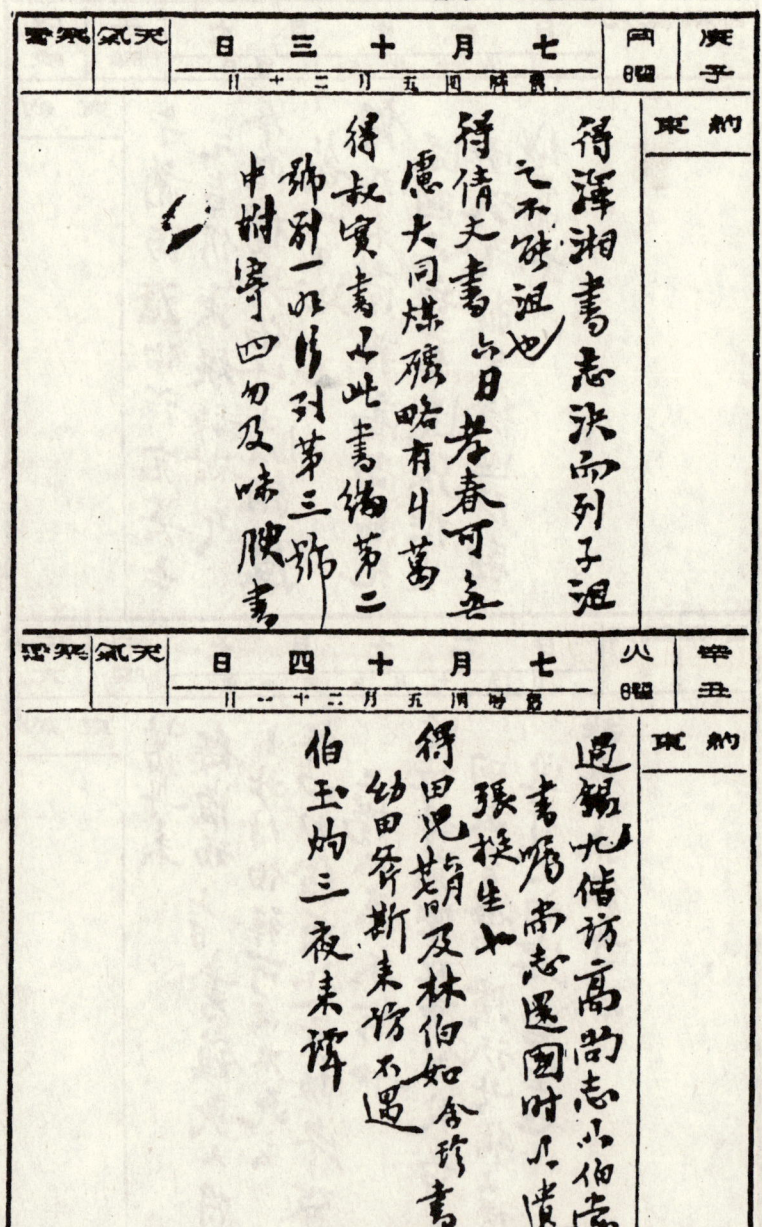

岩代磐梯山破裂す（明治二一）

民法及戸籍法を實施す（明治三一）

涼しさや盆の燈籠に月の影（也有）

壬寅	水曜	七月十五日 舊曆閏五月二十二日	天氣	寒暑
約東				

今閲楊巴縣江津通信機関
發覺捕三人起馬處之
過貞白又過蔡肩齋遇安
舜卿張士奇
過葛丹得俊莉緘
得叔麗九日叔實紹尊吉
晚私四方
得楊伯源美洲緘
伯康得精神錯亂之病殺
誤之也

癸卯	木曜	七月十六日 舊曆閏五月二十三日	天氣	寒暑
約東				

復叔寅第一號狀後席藏事
也以白紙書之
孫科夫方漢如未
納田未以伯康精神病為念
版列五勸其出游且告以勿沮
鎮夷澤湘、
晚錫卿復莉促儐君孫之歸而
吴崳之說勿有作懷十

一〇八

稀に花なきものは秋に實なし（諺四）

同じ年の人もありけり魂祭（雲口）

護良親王薨ず（建武二）

甲辰 金曜	七月十七日 舊暦閏五月二十四日	天氣	寒暖

約束

偕源伯訪陳英士継譚不可盡也兹是知李根源李烈鈞岑春煊之組織 過昨日人工藤十三雄時事新聞記者也 萩野良一自幼与吾国民党接近者也来言日本政府消息而英士已被真姓名語之矣 餞高尚志還国 她萬人

文部省を置く（明治四）

乙巳 土曜	七月十八日 舊暦閏五月二十五日	天氣	寒暖

約束

過貞白計事 過斧斯 可定何一變如是也 過蔚丹見慕款者 余祥輝劉祖章劉滄伯處来 仍蓋邀入某團而英士旨也 枉而不直 英為耶 蔚丹昨来 遂得伯常書 范味秋来訪 先約也 亮工到日本 快一快之陵

人を見て法を説け（古諺）

山岡鉄舟逝く(明治二一)

掛香や忘れ顔なる袖畳み(蕪村)

丙午	日曜	七月十九日 陰暦閏五月二十六日	天気	寒暑

約束

得叔実啟。上郵 蓋始得萬忠来電
過止沈渠託代假其花於武泰
得鐵橋校
賤負白扇方漢如謹過人也

岩倉具視薨ず(明治一六)

丁未	月曜	七月二十日 陰暦閏五月二十七日	天気	寒暑

約束

土川

倚沼伯赴横濱後生村到此
就療於瑞士醫者抵東站
後生錦帆先在矣診已遂
游鎌倉
午后入海習海水浴歌散歩
海岸人多賑不穩沼伯
後生錦帆溫南子劍及我
也主人安齋仙松其地
鎌倉町坂ノ下九八也鎌倉
浴場坦平而廣風浪靜弛
閑儀米名處云

謙は益を受く(書経)

一一〇

水打て路にしなへる門邊哉（太祇）

寒暑	天氣	七月二十一日（陽暦閏五月二十八日）	火曜	戊申

約束

朝起散步海岸十時浴水
浴午后二时又浴六时十七
分登車還東京九時半
抵寓
得貞白書　尚志未离路
欲将所得而予之
子純乃不戒事縮電車之
险也

寒暑	天氣	七月二十二日（陽暦閏五月二十九日）	水曜	己酉

約束

[illegible]取百元存滬伯家以償李
生
得列子陵報　減也
得復劝陵
陵余仁以王静一之名為渠作
入塾之保証也
晚過以純

二二

夫婦の和は家の肥なり（諺記）

幕府品川海に砲臺を築く（嘉永六）

日清通商條約を締結す（明治二九）

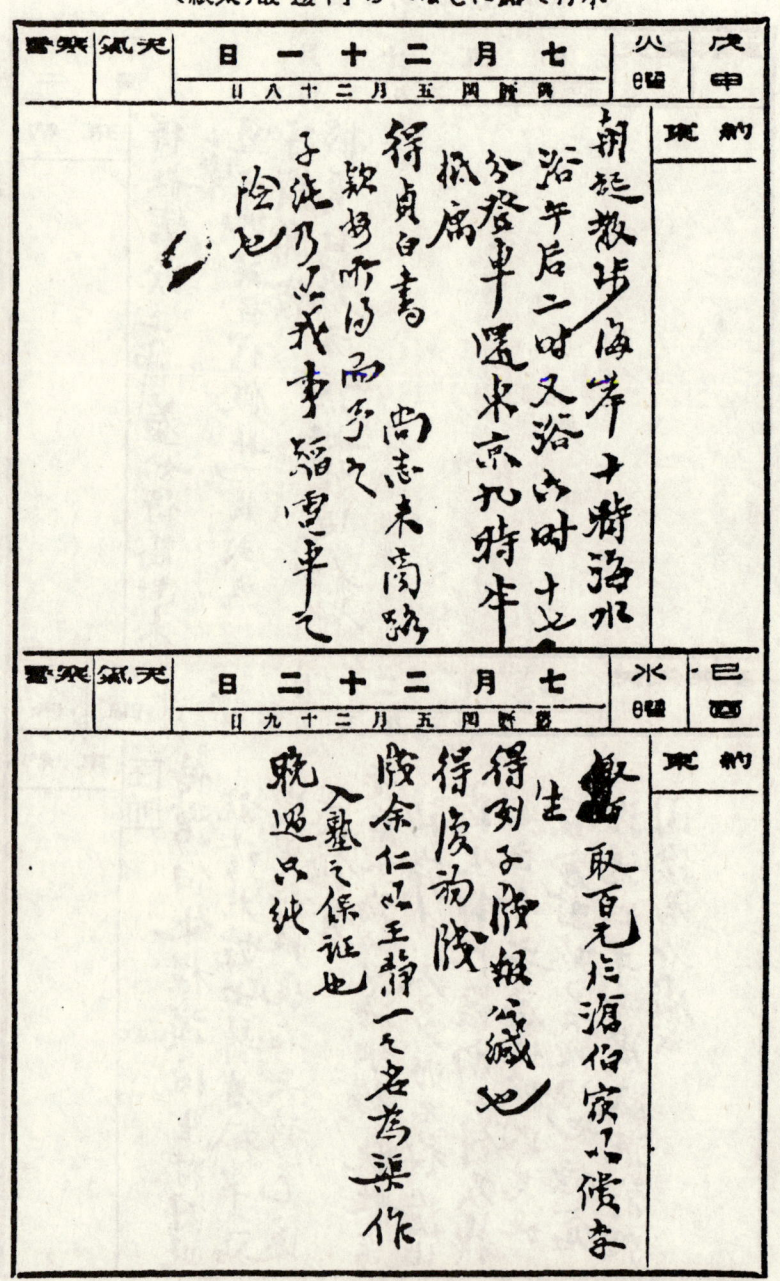

一等は死装束や土用干(許六)

庚戌	水曜	七月二十三日 舊暦六月一日	天氣	寒暑

約束

陵伯常樹轉王仲亞漢中書
報曾慕韓書交其兄錫蕃轉
寄
得佩嚴緘甚夫人病未瘥甚
予又病決秋初還蜀也同料事
已辭決仍歸原缺但期八月
月　香草師屬付甲寅稿
請代全

辛亥	金曜	七月二十四日 舊暦六月二日	天氣	寒暑

約束

午嵐乾生自南洋來迎之
新橋
後生濤伯自鎌倉還
得漢聲保定書
得叔癡叔實六郎書

一一二

はやり物はすたれる(古蹟)

大島公使朝鮮王城に入る(明治二七)

女官の位階を改む(明治二)

雨乞の雨氣怖がる借衣かな（丈草）

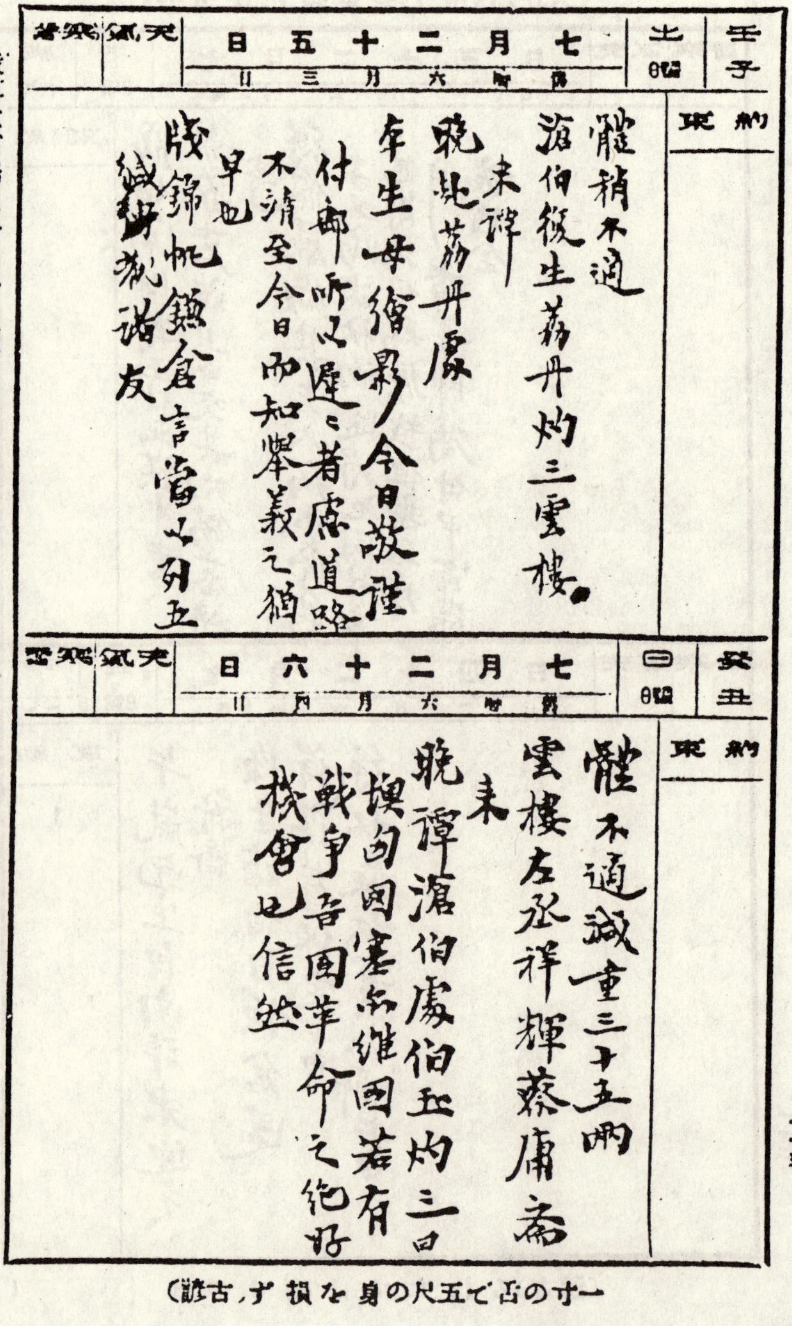
壬子 土曜 七月二十五日 舊曆六月三日 天氣 寒暑 約束

體稍不適
滬伯微生荔丹約三雲樓
未詳
晚赴荔丹處
本生母繪影今日敬謹
付郵所以遲遲者慮道路
不靖至今日而知寧義之猶
早也
晚錦帆錫倉言當以朔五
織錦坊汎諸友

癸丑 日曜 七月二十六日 舊曆六月四日 天氣 寒暑 約束

體不適識重三十五兩
雲樓左丞祥輝蔡庸齋
來
晚譚滬伯處伯丞均三回
澳匈因塞爾維國若有
戰爭吾國革命之絕好
機會也信然

一一三

我軍大石橋及營口を占領す（明治三七）

京阪間鐵道成る（明治九）

一寸の舌で五尺の身を損ず（古諺）

野社に太鼓打ちけり雲の峰(北枝)

寒暑	天氣	七月二十七日(陰暦六月五日)	月曜	甲寅

約束

晚佩年 裕三(第二号)
偕乾生中嵐過茘丹左
飛夜帰

熊沢了介没す(元禄四)

寒暑	天氣	七月二十八日(陰暦六月六日)	火曜	乙卯

約束

晨得叔実書(第七号)、蜀道
通上海審判権収回也、刃
晚商山同利款二千濟急
也、當辦者也、遲後之弄
晚九弟 來得叔處晚
偕琚伯譚中山處、慎激松
美論丞憲法不答論訓飲
因英士又氣多真無外也
過蔡廣裔、遂有路滇黔桂
粵利害相共之締結、而劉
紹先九可笑可慮者也、當
別記之

橘逸勢を伊豆に流す(承和八)

大笑の家は悲哀の家となる(ヤング)

石も木も眼に光る暑さ哉（去來）

丙辰	水曜	七月二十九日（舊暦六月七日）	天氣	寒暑

約束

遇源伯计事贞白来出杜
織幸滇事已無損也張
譯
得叔癡别朕內坿龢光益
凡及託名郭煥生者又鎮
堯天津書
朕育仁內坿寄瑆生書又
保定寄漢犀書
朕滰生子叔宾織寄覽

日清の軍成歡に戰ふ（明治二七）

丁巳	木曜	七月三十日（舊暦六月八日）	天氣	寒暑

約束

（明治天皇祭）
赴三湘别墅赔计事
遇楊社文殷勛頌吾行五日
中而得北九省之情形
遇齊斯恥工
得雪屋書 七月十二日
幼田来朕上海 有織函也
與塞果宣告開戰

明治天皇の御崩御（明治四五）
我軍牙山を陷る（明治二七）

二一五

仁者は敵なし（孟子）

桐の葉にほこりのたまる暑哉（孤屋）

戊午	金曜	七月三十一日 旧暦六月九日	天氣	寒暖

約束

讀朱子二屆言列事
讀叔疑叔実（第三号）白
行新未遂赴銀行
訪馬從驎　候先認訂人
飲荔丹處

衣にも風の涼しくなりぬるが秋立つ日と
はむべも言ひけり　　　　讀人不知
あき萩な色どる風の吹きぬとも心はかな
し草ばならねば　　　　　業平
時鳥血になくこゑは有明の月より外に知
る人ぞなき　　　　　　　久阪通武
昨日こそ早苗とりしがいつのまに稲葉そ
よぎの秋の風吹く　　　　讀人不知
ちゝとのみなきくらす間に我蟲のこゑよ
はりゆく秋のくれかな　　平重盛

一一六

八月

立秋 舊暦七月ノ節

處暑 同七月中ノ節

立秋ノ日ヨリ始メテ秋ナリ〇二百十日ハ立春ヨリ數ヘテ第二百十日目ノ日ニテ農家ニテ大厄日トス〇一日ハ武藏ノ氷川祭信濃ノ下諏訪祭三日ハ肥後ノ八代祭山城ノ北野祭十日ハ安房ノ安房祭十三日ハ和泉ノ大鳥祭十五日ハ大隅ノ鹿兒島祭筑前ノ筥崎祭十六日ハ伊豆ノ三島祭廿日ハ相模ノ鎌倉祭廿五日ハ筑前ノ太宰府祭越前ノ藤島祭ナリ〇溫泉海水浴其他旅行盛ンナリ

立秋　　參議經卿

夏の夜はみじかき蘆のふしの間に
いつしかかはる秋の初風

江上納涼　　徐蘭坡

四顧山光接水光、凭欄十里芰荷香、
淸風明月無人管、併作南樓一味涼、

夕立や川追ひ上るはだか馬（正秀）

八月一日	土曜	己未
舊暦六月十日		

天氣　寒暑

約束

幼田已逸訪之不遇
晩柳亜光謝長恩
子原来言船事
游両國橋観花火
匯款支董二
晩蔡膚寄

八月二日	日曜	庚申
舊暦六月十一日		

天氣　寒暑

約束

晩後生
過柳亜光遇貞白
赴麹町驛署訪幼田不
遇

二一八

成功とは精神の別名なり（エマルソン）

大阪大火あり約二萬戸を焼く（明治四二）

花房公使兵を率ひて京城に入る（明治一五）

一九一四年

我軍海城牛莊を占領す（明治三七）

日佛改正條約調印成る（明治二九）

涼しさや向ふの店は月がさす（眼閑）

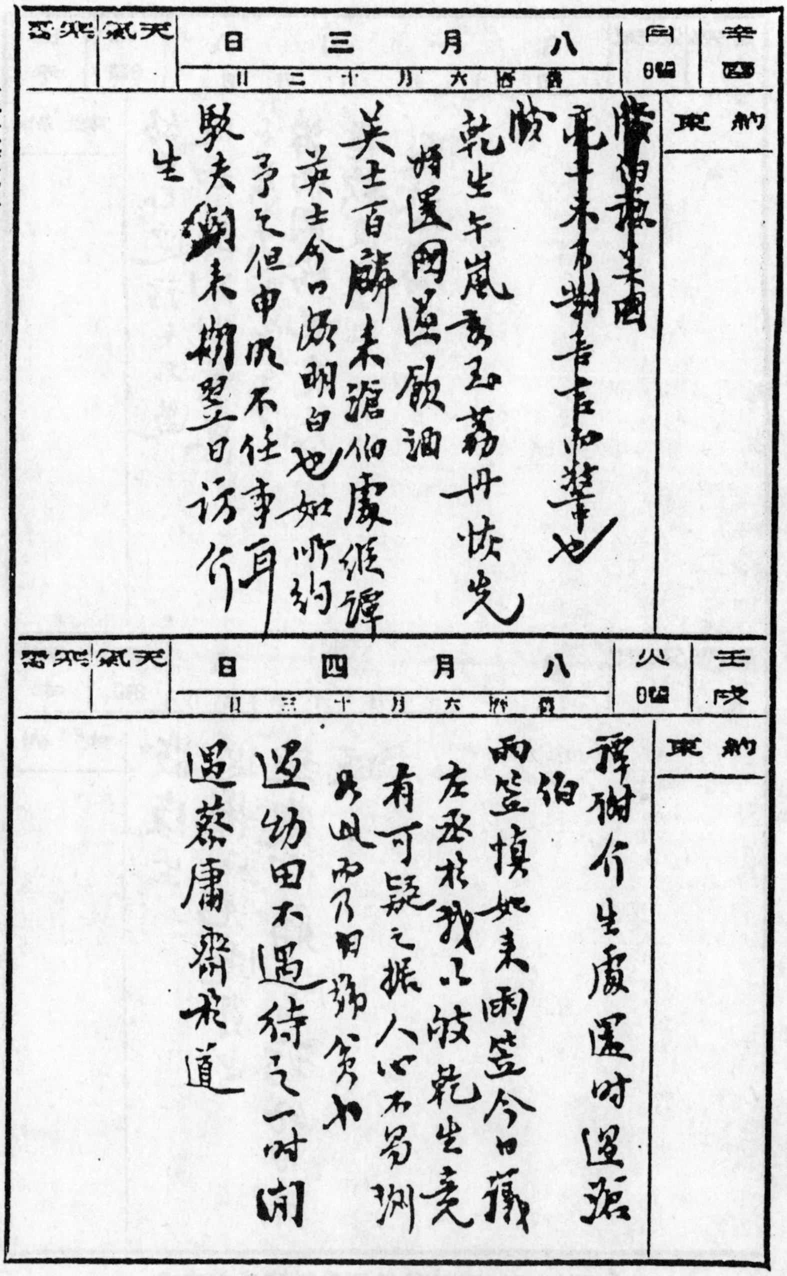

辛酉　日曜　八月三日　舊曆六月二十二日　天氣　寒暖

約束

晴　伯循來　國
民十米市料者亦不答也
陰
乾生午嵐來致茘丹快先
偕隱岡過飲酒
英士百齡來滬伯處維譚
英士今日始明白也如所約
予之但申風不任事耳
與夫獨未期翌日訪行
生

壬戌　火曜　八月四日　舊曆六月二十三日　天氣　寒暖

約束

譚卿介生處遇時遜
伯
雨笠慎如未雨笠今日識
左丞於我小故乾生亮
有可疑之振人心不易測
與此而乃田歸炎也
過幼田不遇待之一時聞
過蔡庸齋於道

一一九

私情を以て公事を害せず（古諺）

八九間苦な見上る済水かな（明左）

天氣	寒暖	八月五日 舊曆六月十四日	水曜	癸亥

伊藤博文に大勲位侯爵を授く（明治二七）

約束

訪楊伯穗美国
彦工来譯
待貞白未至
還荔丹幼田列子寄風石
表之署字之護而伯庸此
寄之幼田
訪叔実四飾白叔瘦錫卿

天氣	寒暖	八月六日 舊曆六月十五日	木曜	甲子

十返舍一九歿す（天保二）

約束

荔丹還國送之高橋逝俤
午後乾生赴鎌倉
海水浴有益腸胃人也
孩生病又流鼻血南小甘枯湯
進之
晚偕左丞雲樓余徳児遊来
京巳十一時矣
得佩卓書什同利事

一二〇

和順は家を齊ふの本（朱文公）

非才散るや部に誰か咳拂ひ（野衛）

乙丑	金曜	八月七日 舊曆六月十六日	天氣	寒暖

約束

過滬伯見漢存織謂倩丈
住偵探有鐵証源田言黃
和厓山殷雨笠內探有人見
軍政執法處者單倩丈月
領薪水乜賊出之全网不信
赴神田燔甘枯黃麥湯加銀
花土袋參
殷列五正江味北言告之
殷佩年爲入串數而仍填借
伯交列五云云
殷鐵橋一

丙寅	土曜	八月八日 舊曆六月十七日	天氣	寒暖

約束

得列五殷疑倩丈者固多也
而列五亦不信
偕滬伯赴民國社投身中山之
黨寫志願書也見者約二
十餘人曾立深池智勇
徒從此了罵所謂械與金
錢恐不能達此希望
殷復生以列五陵害之
晚譚滬處
美將以勢逼日本使不致日
英同盟之約加入戰爭

人な誹るは自ら誹るなり（荀子）

商法施行條例公布（明治二二）

始めて史官を諸國に置く（履仲天皇四）

二三

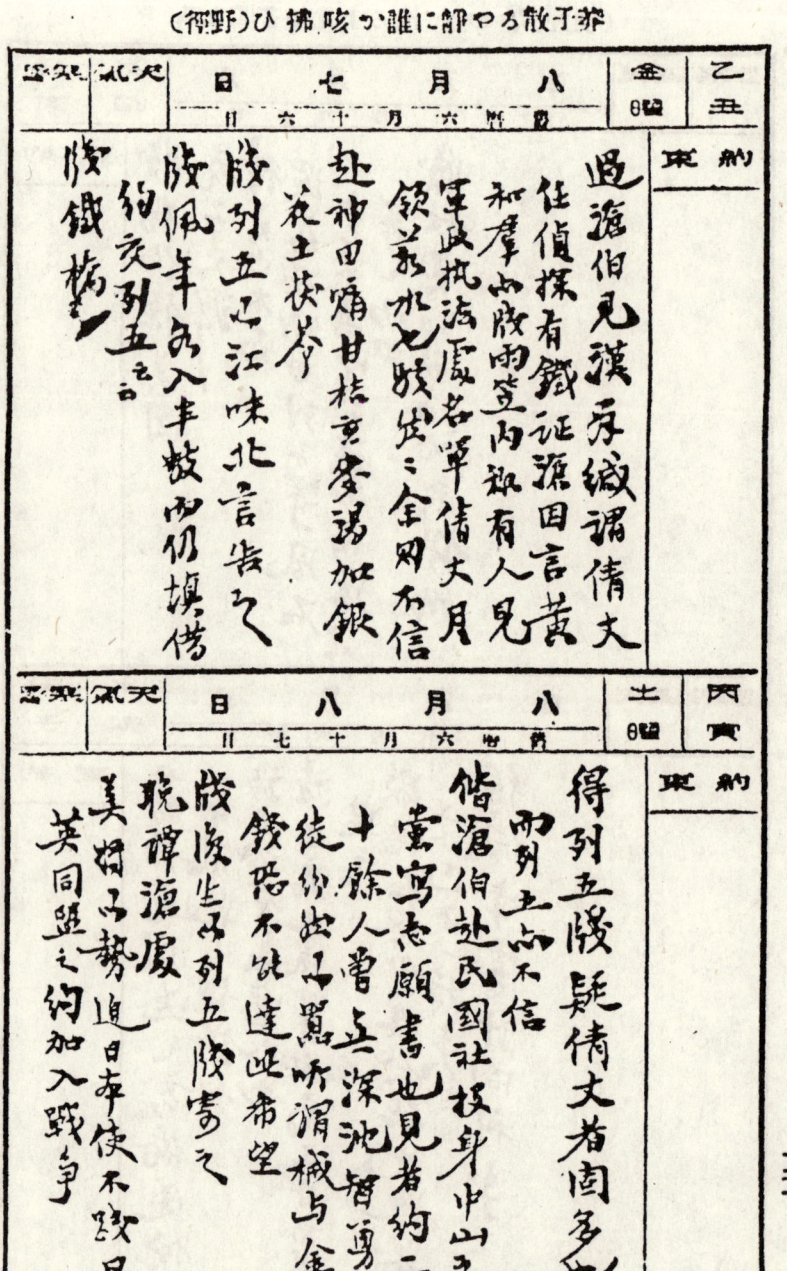

北海道日蝕皆既（明治二九）

井原西鶴没す（元禄六）

筒井筒朽にけらしな苔の花（因番）

丁卯	日曜	八月九日	天氣	寒暑
		舊暦六月十八日		

約束

夜列五陵歐人争戦報銷そ

事可以緩也

得萄丹神丘西舟停不前

進

日本通牒英使執行同盟義

務則東洋戦事起矣吾國

中立之局危

前聞揭雲南起義

得叔祖四叔嫂八郷会育

仁颯光陵　十三日

育仁病咯血

戊辰	月曜	八月十日	天氣	寒暑
		舊暦六月十九日		

約束

遣館人女送金甲寅雑誌

陵叔祖叔父諸人　同五郎

陵陵生

一三三

急ぐ鼠は穴に迷ふ（古諺）

豊頤にこと足る蝶の日陰哉(只恩)

巳己	火曜	八月十一日	天氣	寒暑
		舊暦六月二十日		
約束				

得俊初函汪載之竟悲惜而死悲夫

庚午	水曜	八月十二日	天氣	寒暑
		舊暦六月二十一日		
約束				

發叔實叔疲分号白
發漢庠育仁復初
上香草帥書

東京大洪水あり天明以来なりといふ(明治四三)

離宮を芝浦に置く(明治八)

一二三

一丈を説かんよりは一尺を悟れ(古跡)

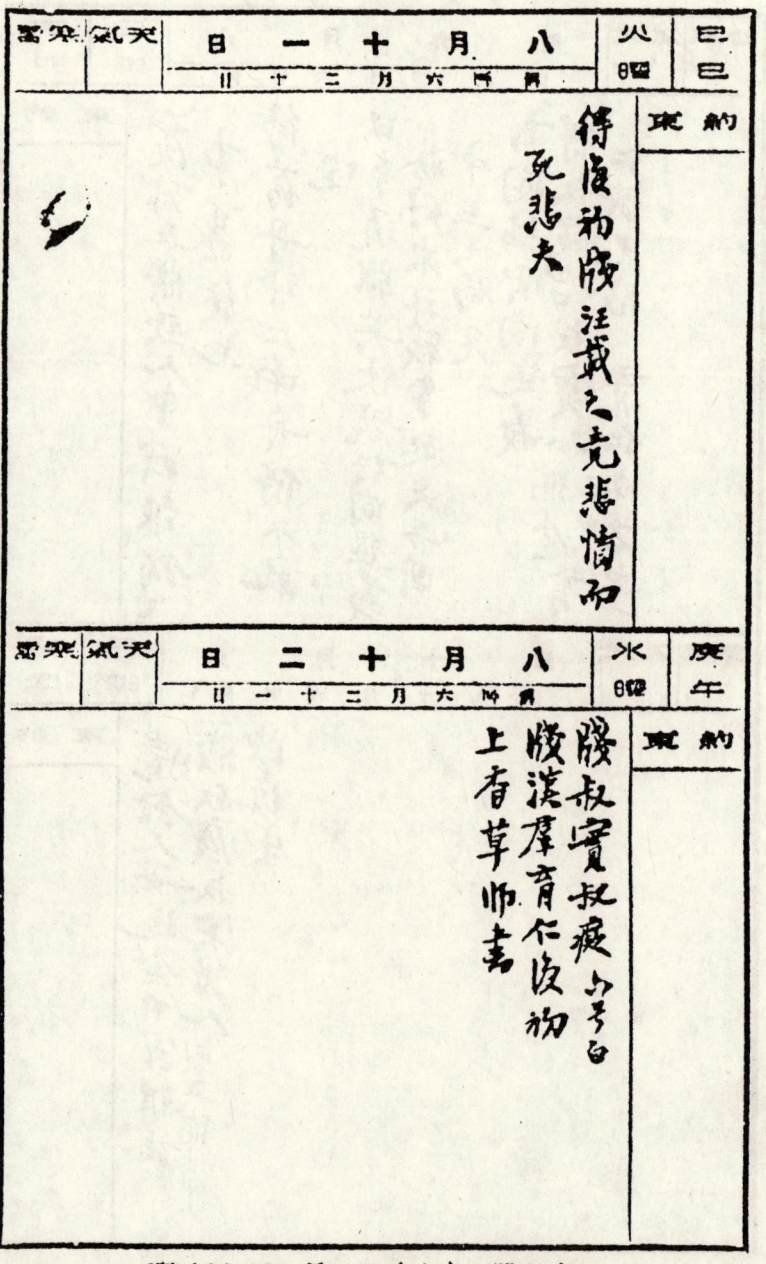

夕顔や一丁殘る夏豆腐(六許)

豐臣秀吉薨ず(慶長三)

寒暖	天氣	八月十三日 舊暦六月二十二日	木曜	辛未
				約束

近江の地大に震ふ(明治四二)

寒暖	天氣	八月十四日 舊暦六月二十三日	金曜	壬申
				約束

英士來源慶父譚
張樊兩君來談事
晚迎宮崎
余訪克剛廣唐未詳
晚更向報そや

一二四

常に休息すれば倦む(スメーン)

撫子や河原の石の焼けるまで（鬼貫）

癸酉 土曜日 八月十五日 旧暦六月二十四日 天気 来客

納東

遇雲南叙交来千元

寄癡侠書第七号白

楊社交来

国立銀行の創立（明治五）

甲戌 日曜日 八月十六日 旧暦六月二十五日 天気 来客

納東

吾父今日誕辰傑木彙字若六十三壽矣

返贞白宫崎

遇雲南叙

与吴士論事不合

晚後生

閲蒋士立来花函慎来

昨年今日適保獨逸直欲奪膠州也

狀逸程談德膠州於我袁世凱乃不敢受之告汁之大失也

後生邀東京

鳥島噴火住民全滅（明治三五）

一二五

孤掌鳴り難し（韓非子）

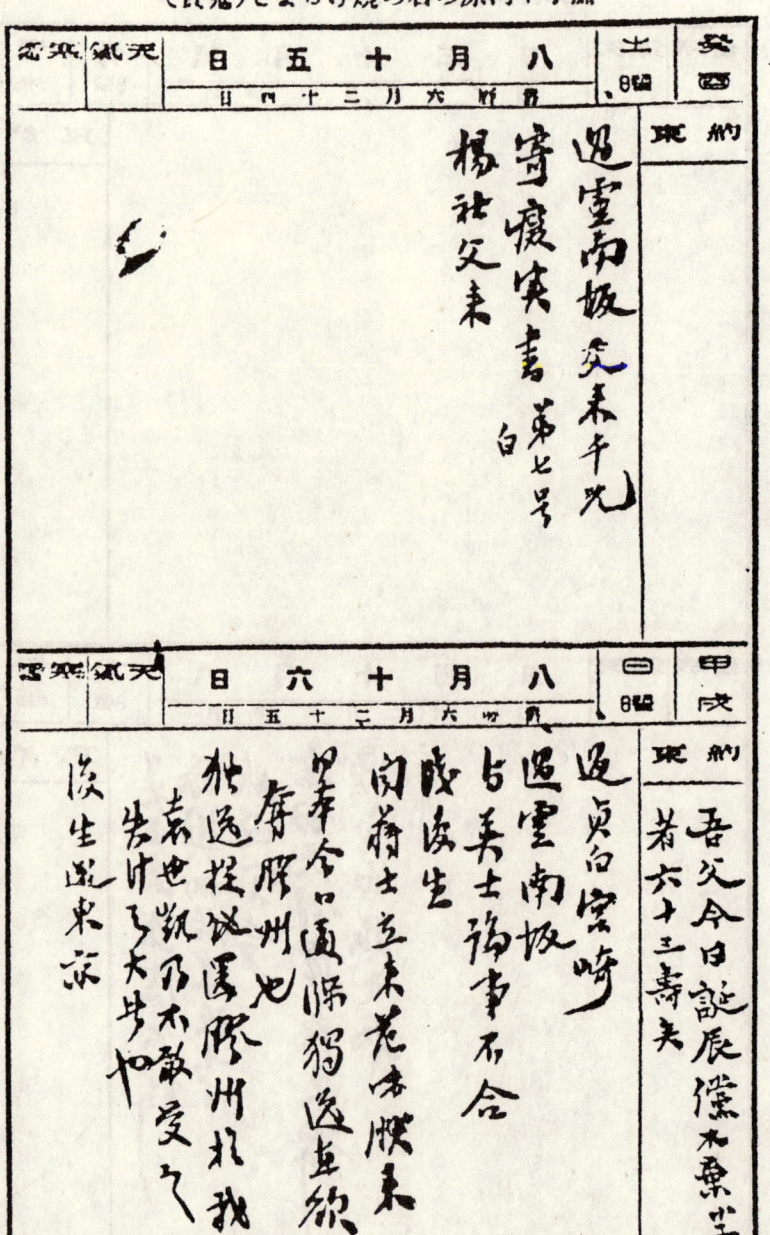

源頼朝兵を伊豆に擧ぐ(治承四)

日獨改正條約批准(明治二九)

蕺の花面白がるは慮外なり(支考)

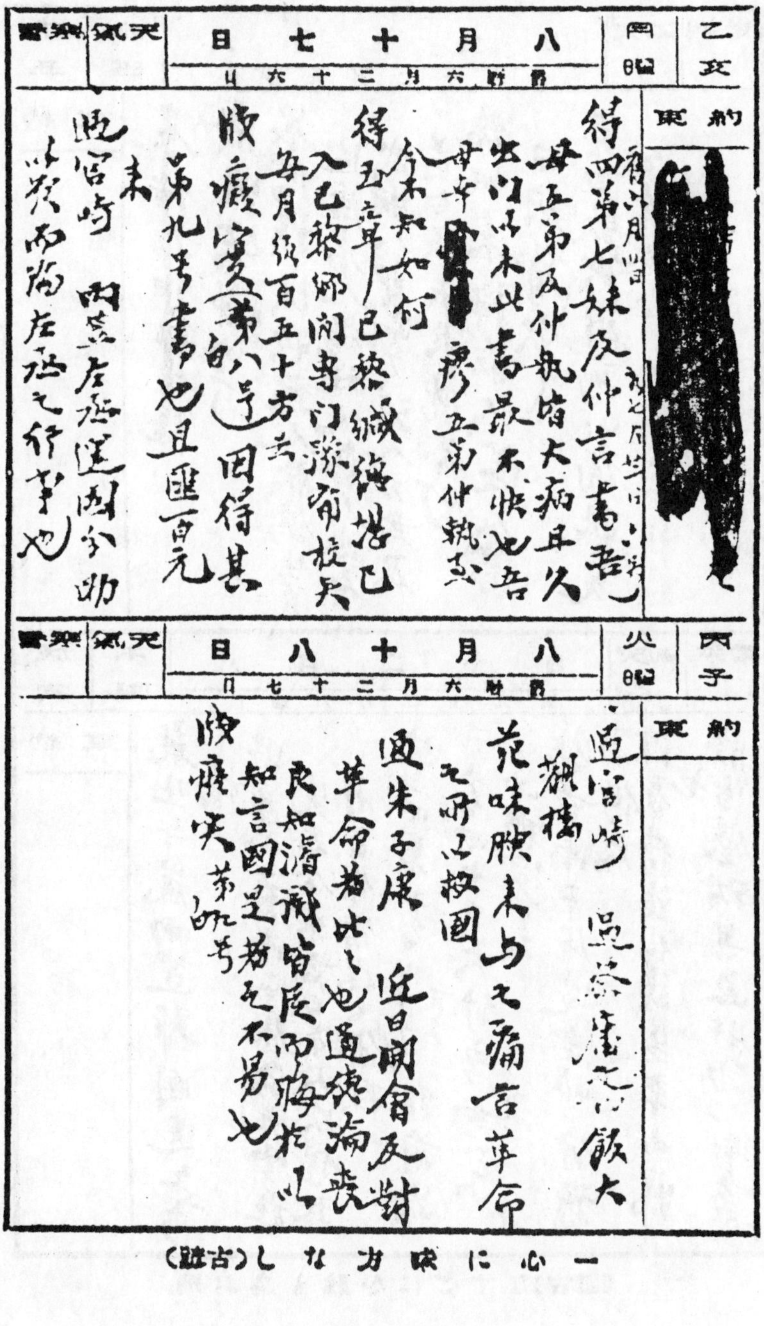

一心に味方なし(古諺)

一二六

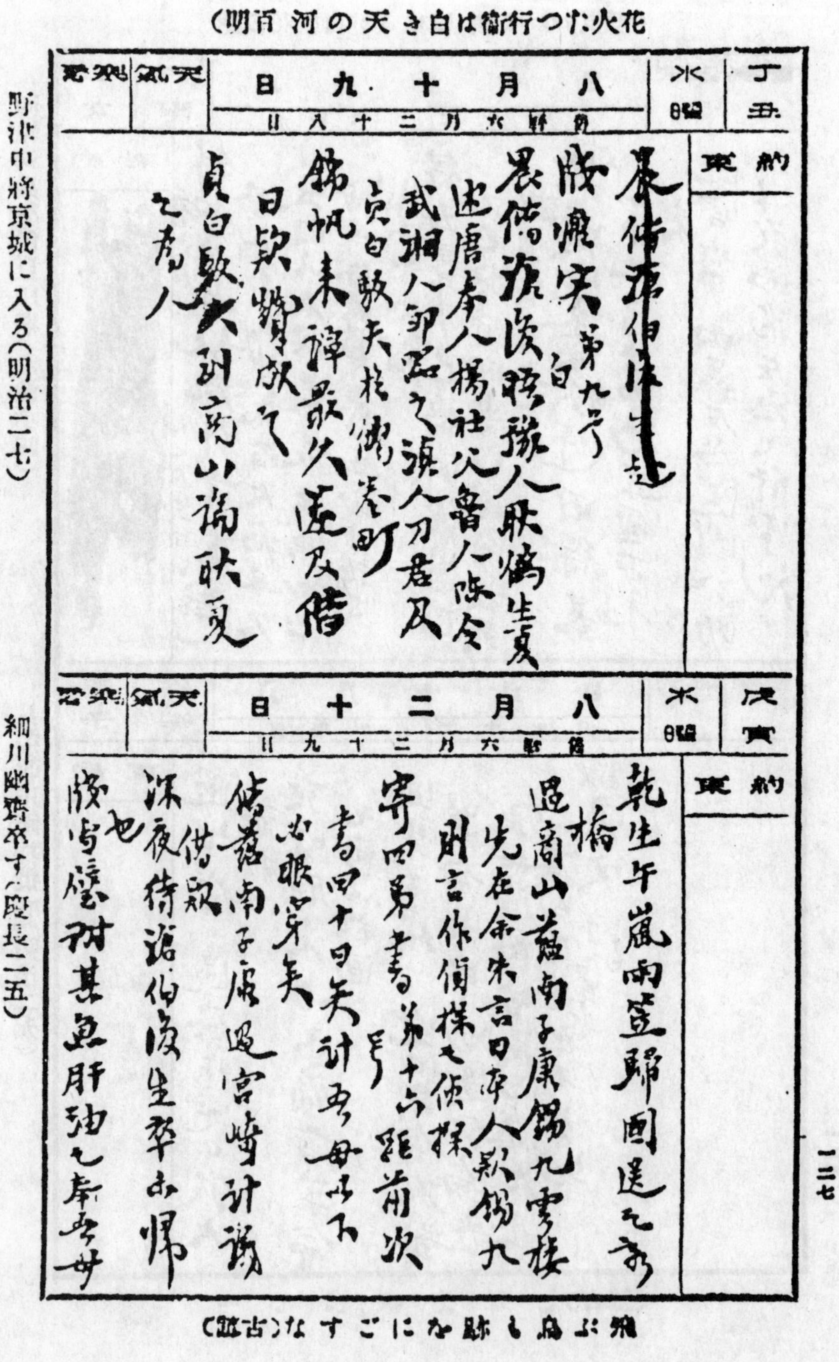

花火たつ行衛は白き天の河（百明）

丁丑	水曜	八月十九日 旧暦六月二十八日	天氣	記事

約束

晨偕蒋伯谦先生起
晚佩实第九号白
晨偕族侄孙人朕鸿生及
述唐春人杨社父鲁人陈令
武湘人邓治之汉人刀君及
贞白敦夫往衡巷町
锦帆来谭最久并及借
日钦赞欲之
贞白敦夫到商山论秋夏
之者人

戊寅	木曜	八月二十日 旧暦六月二十九日	天氣	記事

約束

乾生午岚雨岚归国送之新桥
遇商山萧南子康锡九雪楼
先在余宋言曰本人欺锡九
刚言作侦探之侦探
寄四弟书第十六号距前次
书四十日矣计母亲下
必眼穿矣
偕萧南子康遇宫崎计议借款
深夜侍涵伯後生卒亦归也
晚宵灯时甚鱼肝油之奉安舟

一二七

野津中将京城に入る（明治二七）

細川幽斎卒す（慶長一五）

飛ぶ鳥も跡なにごすな（古諺）

中部屋に蚊の聲弱し秋の風（芭蕉）

己卯	金曜	八月二十一日 舊曆七月一日	天氣	來書

約束

夜出赴饒倉
過民國社遊巡望南城

庚辰	土曜	八月二十二日 舊曆七月二日	天氣	來書

約束

張敬五借四角未數五元於
上月抵家矣
午后過亮功參斯頗佐
晚黄天許及炯之來
按摩腰部數日未復散痛
也

一二八

誇く驕るものは落つ（淮南子）

薩藩の士英人を生麦に斬る（文久二）

山縣大弐刑死す（明和四）

稲妻や二本まて読む小松原（私及）

八月二十三日（舊七月二十三日）	日曜	辛巳
天氣	寒暑	約束

返寓南坂
日与德竟已断絶國交
得田兒七月十三日影片二張
發癡寅第十號

始めて出羽國を置く（和銅五）

八月二十四日（舊七月二十四日）	月曜	壬午
天氣	寒暑	約束

朝赴譚叔平處　付贈貞伯先
生計議民黨聯絡之道
得列五牋道近境頗詳
倩夫又被逮已加刑矣聞
禍烈於去年吾人前
方疑之今乃至此疑者固
可憐然而罹禍者生死不
可知也
寄田兒書　并牋五章
覆林伯如
以吾母像片敬託伯玉付像
館重攝之

陸奥宗光卒す（明治三〇）

罪を天に得れば祷る所なし（孔子）

一二九

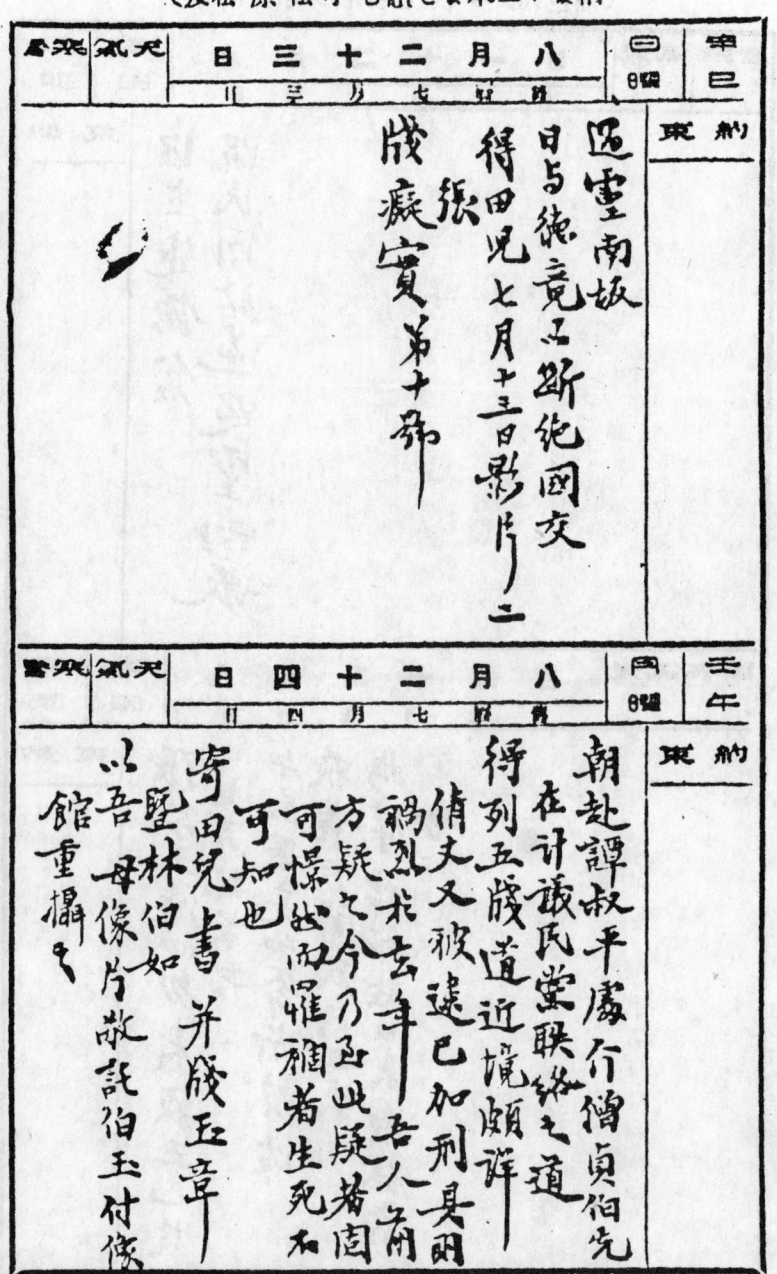

朝霧やきのふは東けふは西(其角)

癸未	火曜	八月二十五日（舊曆七月五日）	天氣	寒暑

約束

劉儆三未譯延潢去年見於北京其後守吳淞也
四月教五未四月備紙筆屬書
孫斯及張尚摩余資甫來
余祥輝劉祖章來譯潢了
民志
訪居覺生不遇 赴張百麟
徇渠等猶未返也
立丹以十五日抵上海

甲申	水曜	八月二十六日（舊曆七月六日）	天氣	寒暑

約束

偕游臨靈南坂後過民國社飯松而歸矣
余祥輝蔡輯五朝來
余資甫決以次日行夜來別
得叔痴叔寰書 十六日十八日發 八事之幻不可測度吾於此民復悔
叔寰另報其以佩年為我計畫切矣

長者に貸を罰るな(古諺)

中江藤樹逝く(慶安元)

江月開府三百年祭を行ふ(明治二三)

一三〇

一九一四年

明治天皇御即位（明治元）

秋立と目にまや豆の太り哉（大江丸）

乙酉	木曜	八月二十七日（舊七月七日）	天氣	寒暖

納柬

朝稽祥輝輯五廟遺趾自白
慶沢行事也
過曽子玉非游處
慶笙潤泉書　観治朝回
真耶穌死非十字架
伯玉来後告病
右丞今日還国将送之来
橋又錫九言而止

丙戌	金曜	八月二十八日（舊七月八日）	天氣	寒暖

納柬

夜大風雨

劉儆三朝来
後叔凝叔実後　在月十一号
夜飲北雷芳楼錫九所邀也
倣後生囮欺鎌倉
於戴天仇映邦沈顧可采
右

一三一

穢多非人の称を廃して平民とす（明治四）

親ほど親な思へ（古諺）

日韓合併成立發表す（明治四三）

第二次桂内閣瓦解西園寺内閣成立す（明治四四）

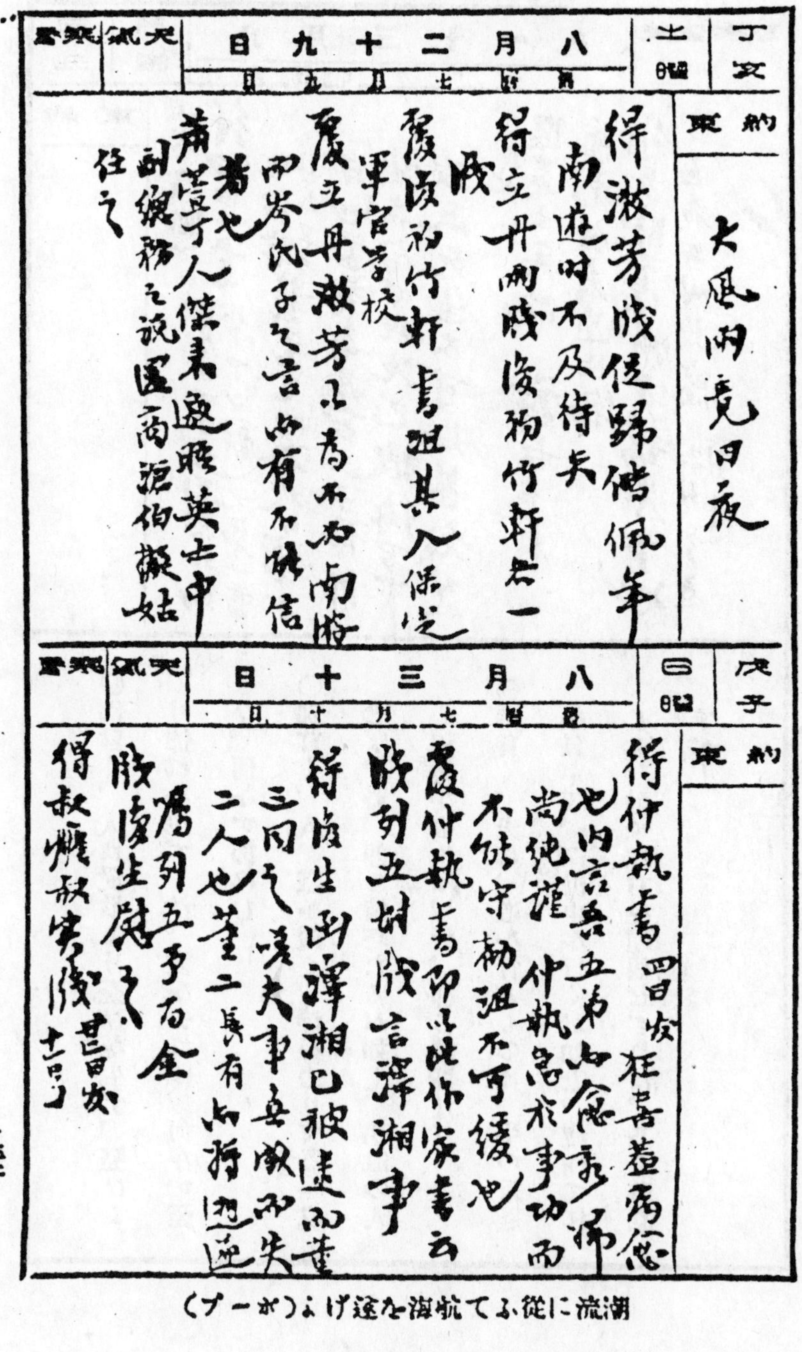
初秋の心動きぬ縄すだれ（嵐雪）

丁亥	土曜	八月二十九日	天氣	寒暑

大風雨竟日夜

得澂芳促歸德佩筝
南遊時不及待矣
得立丹兩賢後物竹軒君一
賢
覆滄初竹軒書 担其人保定
軍官學校
覆立丹澂芳不為不去而南游
而参氏子之言亦有不能信
者也
蕭萱丁人傑來邀雅英士中
副總務之說匿而沮伯擬姑
任之

戊子	日曜	八月三十日	天氣	寒暑

得仲執書 四日發 狂喜蓋病德
也內言吾五弟亦愈矣 歸
尚純謹 仲執急於事功而
不能守勅阻不可緩也
覆仲執書印以此作家書云
賤剄五姊賤言澤湘事
得滄生函譯湘已被逮而董
三同之 嗟夫事變將不失
二人也董二長有以將邏逆
馮列五予百金
賤滄生慰之
得叔雅叔實賤 廿四日發 十一日

潮流に従ふて航海を遂げよ（カープ）

蜩啼ぶはや初秋の旭かな（牧野）

巳丑	日曜	八月三十一日 陰暦七月十二日	天氣	寒暑

約束

〈天長節〉

得田兒書七月廿四日由巴黎北偏ルーアン（朗）之第一書也紙字廿六号叢書乞日入校乞第十日也学费每月百三十佛郎然在今日此地已被德軍攻取死生不可知甚念之

之

遇英士病院　譚叔平来

鄭克成来巡止宿

作長陵西陵癡實福岑事也

丙夜二時始寢　未刊字序列十二

〇佛曰く、人は愛欲より憂ひを生ず、憂ひより怖れを生ず、汝。愛を去れば、何をか憂ひ、何をか怖れむ

〇佛曰く、人、鐵を鍛え、滓を去りて器を成せば、器、即ち精巧たるが如し、學道の人心垢染を去れば、行、即ち清淨なり

〇佛曰く、夫れ、道を行ふものは、牛の重きを負ふて、深泥中を行くが如し、疲極すれども、敢て左右を顧視せざれば、乃ち蘇息すべし

一三三

今上天皇の御降誕（明治一二）

九月

二百十日	彼岸入	社日
九月二日	九月二十一日	九月十九日

秋分ノ日秋季皇靈祭ヲ行ハル次第春季祭ニ同シ○一日ハ常陸鹿島祭四日ハ越前氣比祭九日攝津生國魂祭十三日紀伊國山祭十五日山城男山祭大和石上祭十八日山城豐國祭十九日大隅霧島祭廿一日山城白峰祭廿二日遠江井伊谷祭廿六日紀伊日前祭同國ノ懸祭廿七日大和吉野祭廿八日豐前英彥祭ナリ○秋ノ野邊蟲聲魂カニ白露滑シ萩桔梗女郎花等ノ秋ノ七草モ今ヲ盛リト咲キ亂レ朝夕ノ氣候轉タ清冷ナリ○諸學校官衙等ハ十日マデ休暇ナリ

女郎花　　藤原基俊

あたし野の心もしらぬ秋風に
哀れかたなる女郎花かな

秋夜獨蟲　　藤田東湖

金風颯々醸群陰、玉露漙々凋萬林、
獨蟲三更天地靜、一輪月明照丹心、

二百十日一日雲に心あり(七四)

庚寅	火曜	九月一日 舊暦七月三十日	天氣	寒暖

約束

歐五四分以我將歸遂復往
藤寫真館三人合撮影
佐藤日本第一之寫真家
五四分如此令人有無窮之
思
貞白特遞來久牌雲南軍
隊持備之以為收拾之局殿
不謬也
蘇南木牌止宿飲以解酒狩
復以川田未

日露全権休戦條約に調印す(明治三八)

辛卯	水曜	九月二日 舊暦七月三十日	天氣	寒暖

約束

二百十日

赴靈南坂遂遇英士商總
務之組織也過許崇智周
應時遇陳家鼎於路
貞白晚約明晨遊植物園

梁川星巌逝く(安政五)

一三五

雀の千聲よりも鶴の一聲(古諺)

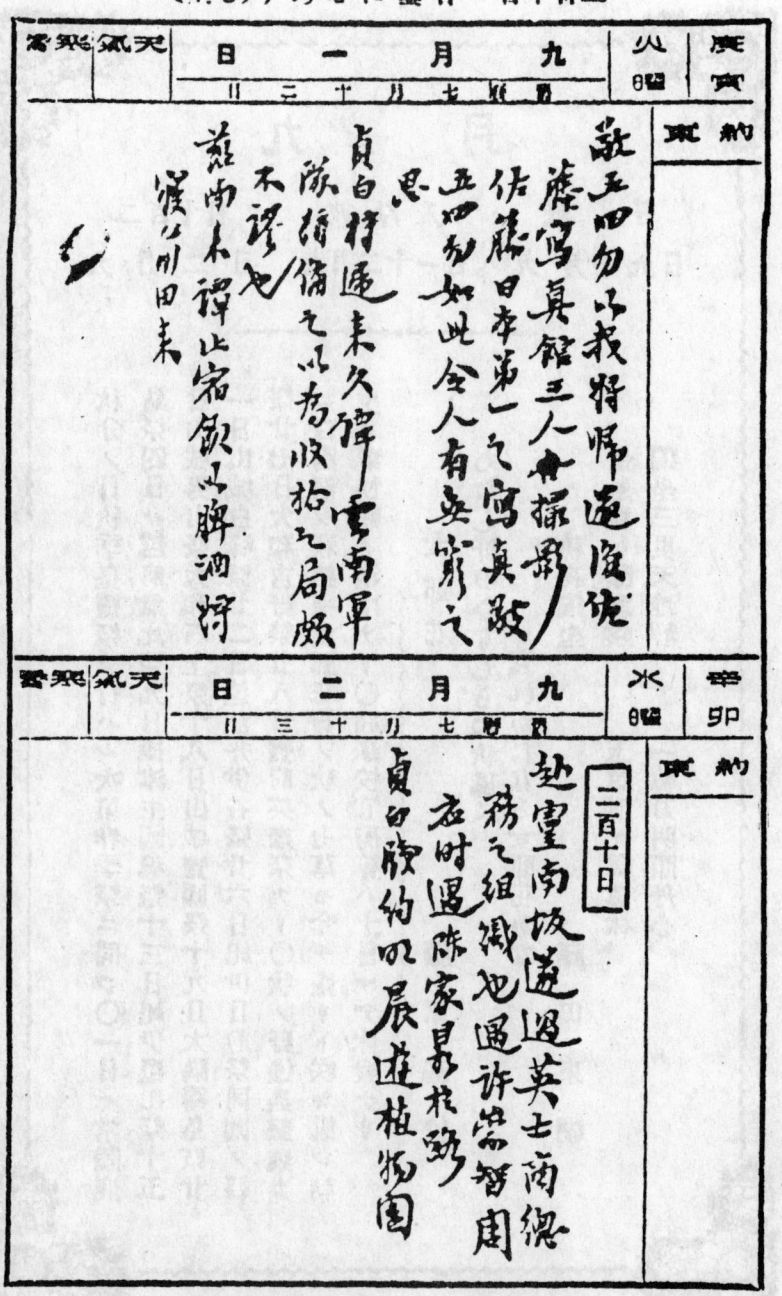

白露や無分別なる置所(宗因)

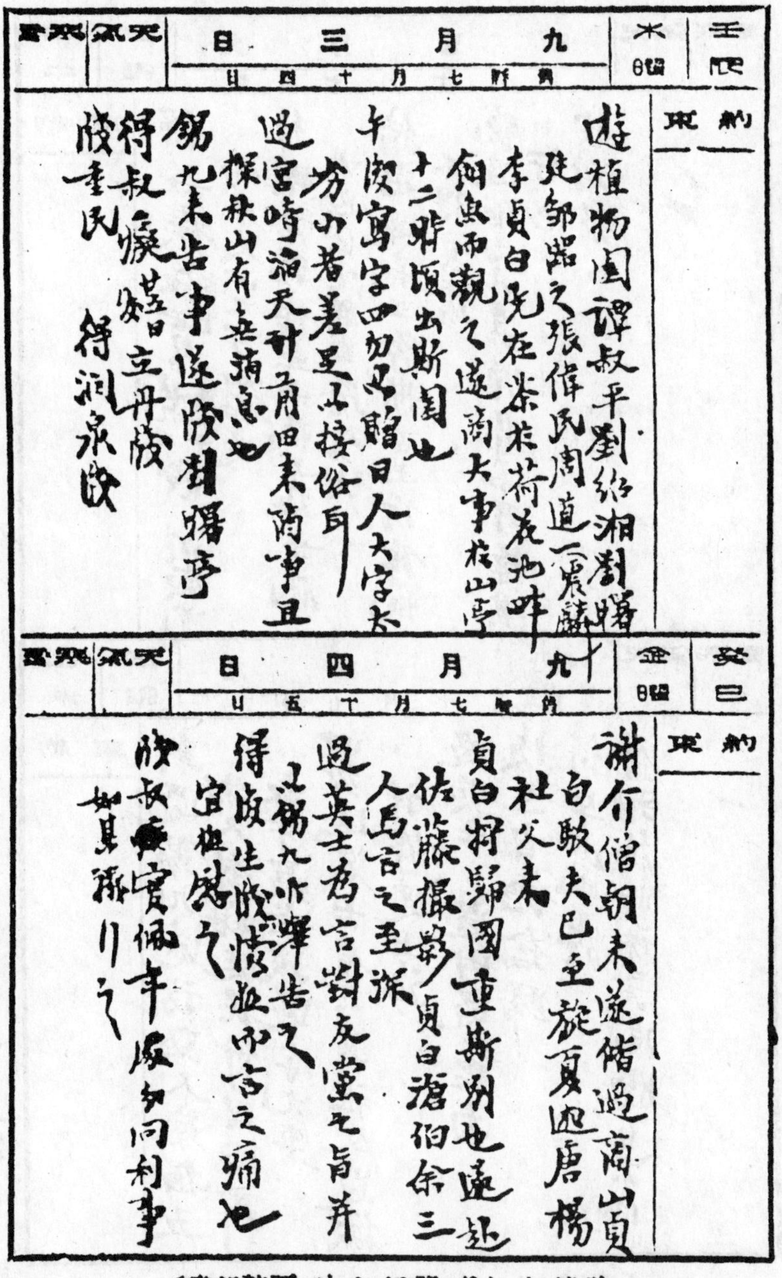

壬辰	木曜	九月三日 舊暦七月十四日	天氣	寒暑

約束

遊植物園譚叔平劉紹湘劉暘廷鄒器之張偉民周道一(震鱗)李貞白兄在茶社荷花池畔飲與而觀之遂商大事於山亭十二時頃出斯園也
午後寫字四幅贈日人大宇太方小若菱里以換俗耳
過宮崎滔天訪前田來商事且探秋山有無消息也
錫九來告事遂訪對暘亭
得叔凝緘昔日立丹緘 得潤泉緘
緘重民

癸巳	金曜	九月四日 舊暦七月十五日	天氣	寒暑

約束

謝介僧朝未遂偕過商山貞白敗夫已至旋夏廻唐楊社父來
貞白將歸國重斯別也遂赴佐藤撮影貞白渚伯余三人為言之至深
過英士為言對友黨之旨并以錫九昨晚告之
得復生緘情極而言之痛也宜柤慰之
緘叔安實佩年服如同利事如其撕り之

一三六

陰徳あれば陽報あり(野説報甫)

郵便爲替規則を制定す(明治七)

我軍瀋陽を占領す(明治三七)

泥の水しつくりて落す野分哉（鬼城）

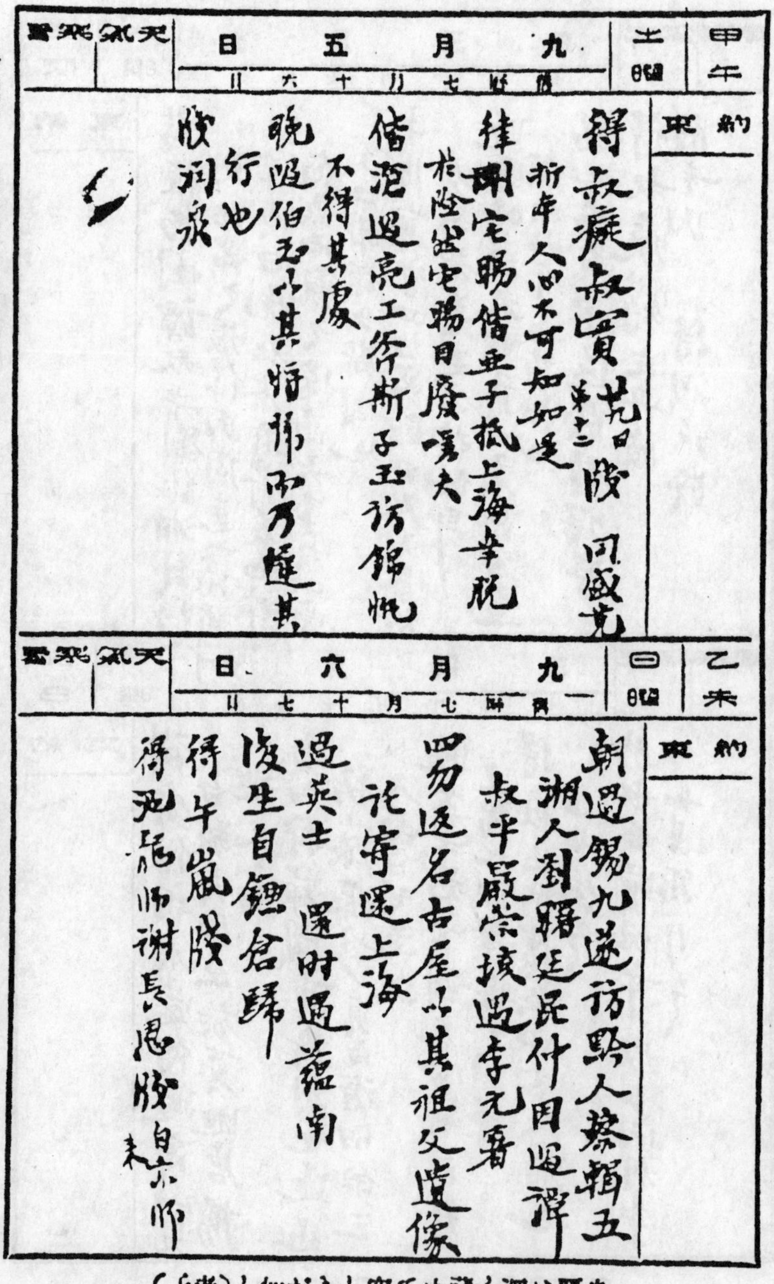
甲午 土曜 九月五日 陰暦七月二十六日
天氣 寒暑 約束

得叔凝叔賓廿九日發 同盛充
祈年人心不可知如是
律聞宅賜借亞子抵上海廿號
於陸笙宅賜目廢嘆夫
借范過亮工斧斯子玉訪錦帆
不得其處
晚過伯玉小其將歸而乃遲其
行也
欣河水

乙未 日曜 九月六日 陰暦七月二十七日
天氣 寒暑 約束

朝過錫九遂訪野人蔡輯五
湘人劉輯廷氏什因過譚
叔平嚴崇璣過李元著
四刃返名古屋小其祖父遺像
託寄還上海
過英士 還时過蘊南
復生自鍾倉歸
得午嵐發
得丞龍帥謝長愚發 白示帥未

一三七

清國謝罪使那桐入京（明治三四）

東京府に戒厳令を施く（明治三八）

良賈は深く蔵めて空しきが如し（老子）

朝顔や夜は明けきりし空の色（史邦）

北條時宗元使を鎌倉に斬る（建治元）

丙申	日曜	九月七日	天氣	寒暑
		舊暦七月十八日		

約束

蔡鍔五舍拜輝未計漢事消叨
耿洽話語為主不偏於一面
其內容軌儀軌勞而不知問
也我說於此蔡君似不盡
晤英士
與陳民祖甚母歸并後之缺

明治と改元す（明治元）

丁酉	月曜	九月八日	天氣	寒暑
		舊暦七月十九日		

約束

偕筱生過宮崎處晤英士
夜譚洛伯所計退出幹部之
事蓋英士善用術也
得四弟及大女書 舊六月廿日 八月十日 五弟
仲執二妹皆未斃於金地而
羅利順表兄死數月矣
得韓利生陳請而不獲
吾婦生吾及田兄之逝歸吾
念之矣其不有所感也

大人は國の爲に生命ある血となる（スマイルス）

白露しこぼさぬ萩のうねり哉（芭蕉）

正午の號砲を設く（明治四）

九月九日　陰曆七月二十日　水曜　戊戌　天氣　寒暑

約束

得余賓甫牋十二日到上海乃
無所稽查也
劉文錦張偉民郵案之蕩天
保王子騫曾子玉来
孫敬夫来

川中島の合戰（永祿四）

九月十日　陰曆七月二十一日　木曜　己亥　天氣　寒暑

約束

得叔實牋十六日發并（弟五日）
宋牋為十三
得列五牋緒倩夫已出獄与澤
湘同抽者蓋推之人
得佩牋
退幼田見伯康宜昌牋

夫の智惠は妻を見て知れ（西諺）

一三九

大根は隣に背し蒋萎の花(蕪賦)

軍艦三笠火災の為沈没す(明治三八)

庚子	金曜	九月十一日 舊曆七月二十二日	天氣	寒暑

約束

發叔凝叔賓信復之七十三號
發午嵐、及韓耀生
[illegible]
得夏迪唐耿鶴生

塙保己一逝く(文政四)

辛丑	土曜	九月十二日 舊曆七月二十三日	天氣	寒暑

約束

得美士
發雍宾十四號
發晉佐語以無錢
得蔡歸五遇山東人邸君有此殺
之氣我自大連被日本人干
涉而出若謀山東之事不成

一四〇

神は非禮を受けず(菅家)

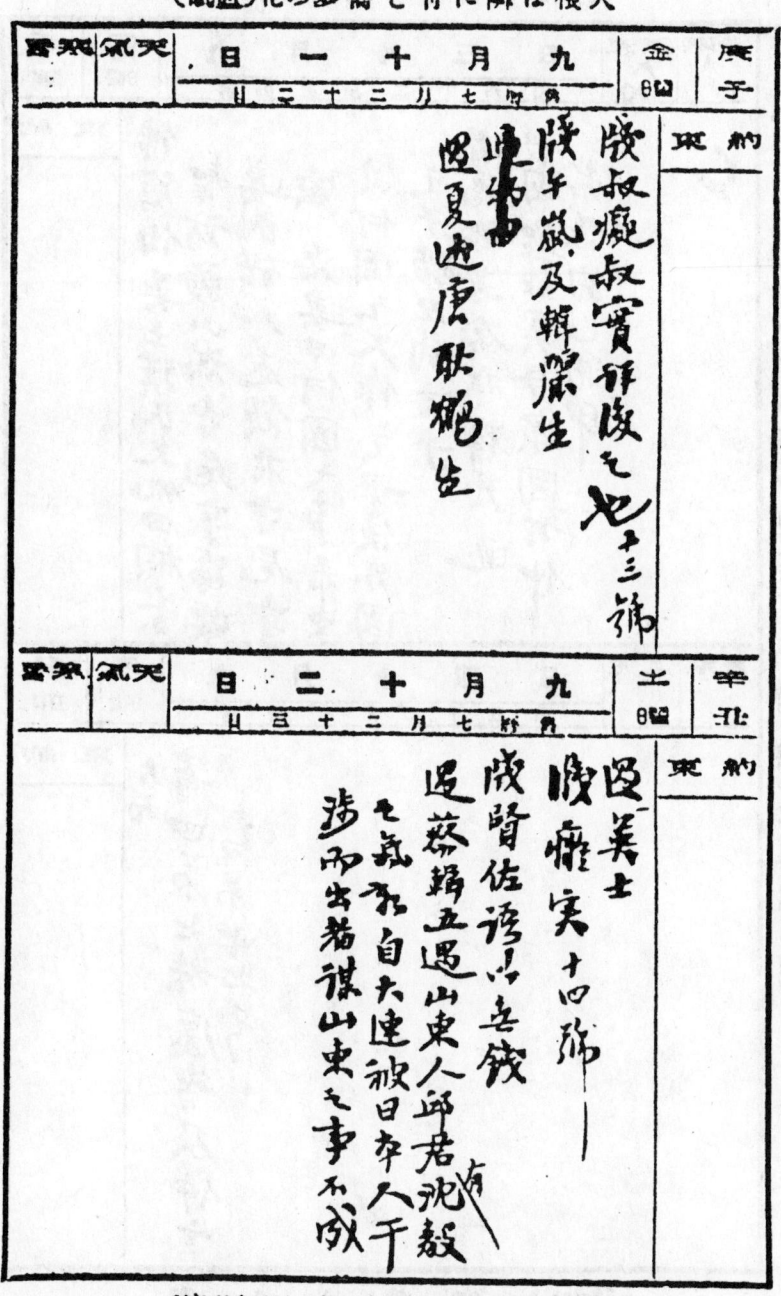

朝露の花すき道る格標設(柳樹)

壬寅 日曜 九月十三日 舊暦七月二十四日 天氣 大雨

偕滄伯兵士漢民天仇田桐崇智訪頭山滿寺尾亨海樓妻民謀人遂飲於寺尾亨家 海妻曰何國之事希望以何國之人作之毋使外國之干涉至哉言乎

過馮裕芳余祥輝於道

晤國學北美合衆國訪仲裁條例已調印

癸卯 月曜 九月十四日 舊暦七月二十五日 天氣

大雨

寄四弟七妹慶簪及仲宣書弟十七号

明治天皇の大葬儀を行ふ此日乃木將軍殉死(大正元) 關ヶ原の大合戰(慶長四)

若ば れ 若 窓 し(古諺)

一四一

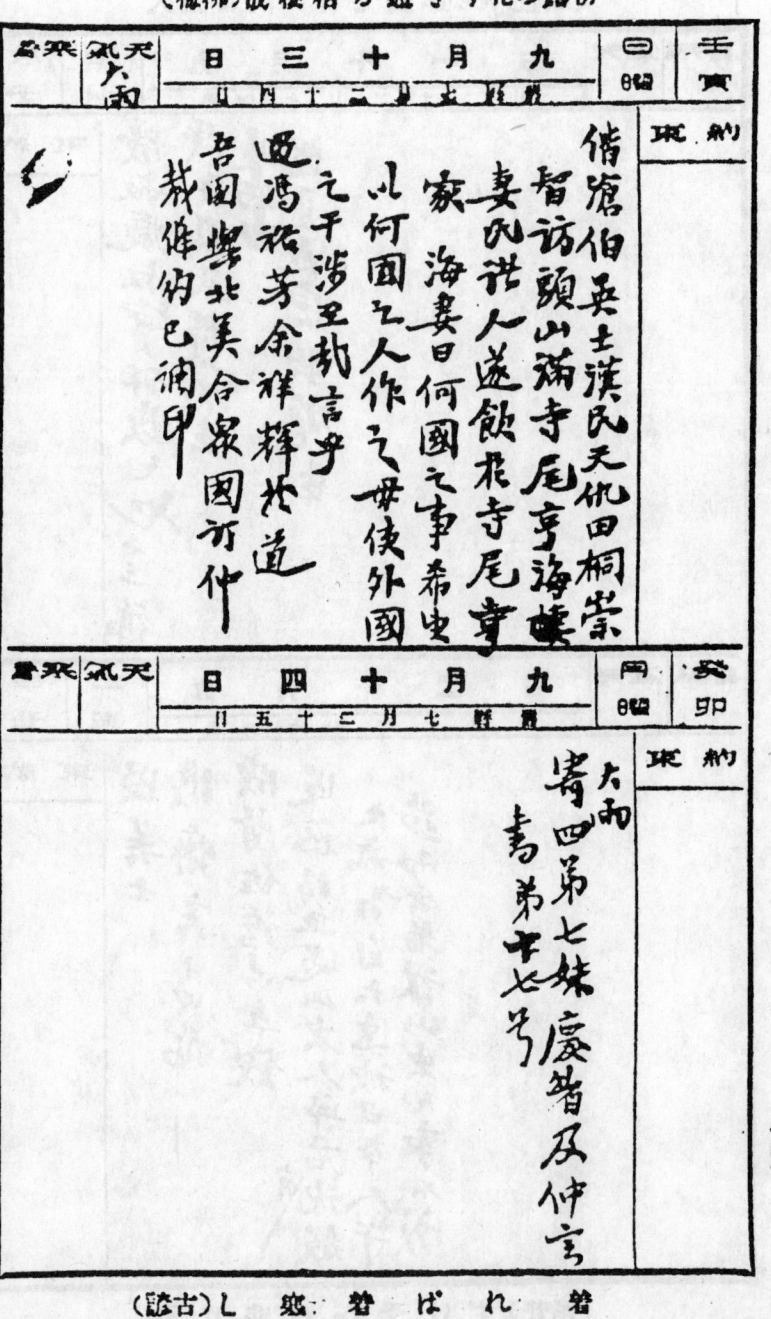

明月や門へさし來る潮かしら（芭蕉）

甲辰	火曜	九月十五日	天氣	寒暑
		舊曆七月二十六日		

約束

得四弟書 舊七月四日發有七
廿四日第十号
妹堅吾婦吾三女皆多病也 士
俊將赴北京云裕商公紅息自
三年一月起計算
得立卅鎮堯賓甫午嵐贈
髏稍不適
滬伯鹿工子五來譚
得叔㿗贈八日 第十四号

乙巳	水曜	九月十六日	天氣	寒暑
		舊曆七月二十七日		

約束

贈叔旋 第十五號 立丹鎮虎 白
午嵐
晚呂伅來告少甫已自美國
歸 遂偕暨幼田又偕幼田
赴吳君叔處始得晤初相
見也 并過重民
過秦人楊君振譚

一四二

故郷には錦な飾れ（古諺）

川村軍沙河に戰ふ（明治三七）

山崎闇齋歿す（天和二）

十六夜は僅に闇の初哉（芭蕉）

丙午 木曜　九月十七日　舊暦七月二十八日　天氣　寒暑

日清海軍黄海に戦ふ（明治二七）

約束

遇係少峩
少蘭以今夜在日本飲酒
春日館踐送之新橋
少蘭述真如吉甫意切望滬
子出遊歐美数女得贊文
徽有異同未雌取之計畫
特大概告之
以陪少蘭飲約諸友而為主
人者只純与我然只純似
不如意者有所言我當引
咎之
得叔瀛叔實戩十二月第十五号

丁未 金曜　九月十八日　舊暦七月二十九日　天氣　寒暑

吉村寅太郎等大和に戦死す（文久三）

約束

戩只純引咎以釋之
遇英士覺生
丁人傑以戩未名期來日赴雲
南旅計公理報事
戩叔瀛叔實短牋未列号

一四三

盗なれば栄な得（論語）

平民の苗字を称するを許す（明治三）

落行やここは浮世の嵯峨の鮎（皿頼）

寒暑	天氣	九月十九日（舊曆七月三十日）	土曜	戊申

約束

偕泡伯也靈南坂十附遊偕
中山先生及田桐居正胡漢民
陳其美凌鉞赴美以伏館
午后始歸

寒暑	天氣	九月二十日（舊曆八月一日）	日曜	己酉

約束

得叔實信 第十六號
舊廿六日
午后赴靈南坂研究方略

一四四

證券條例の制定（明治一七）

大功は細瑾を顧みず（史記）

誰が畑ぞ案山子の腰の忘れ鎌（孫草）

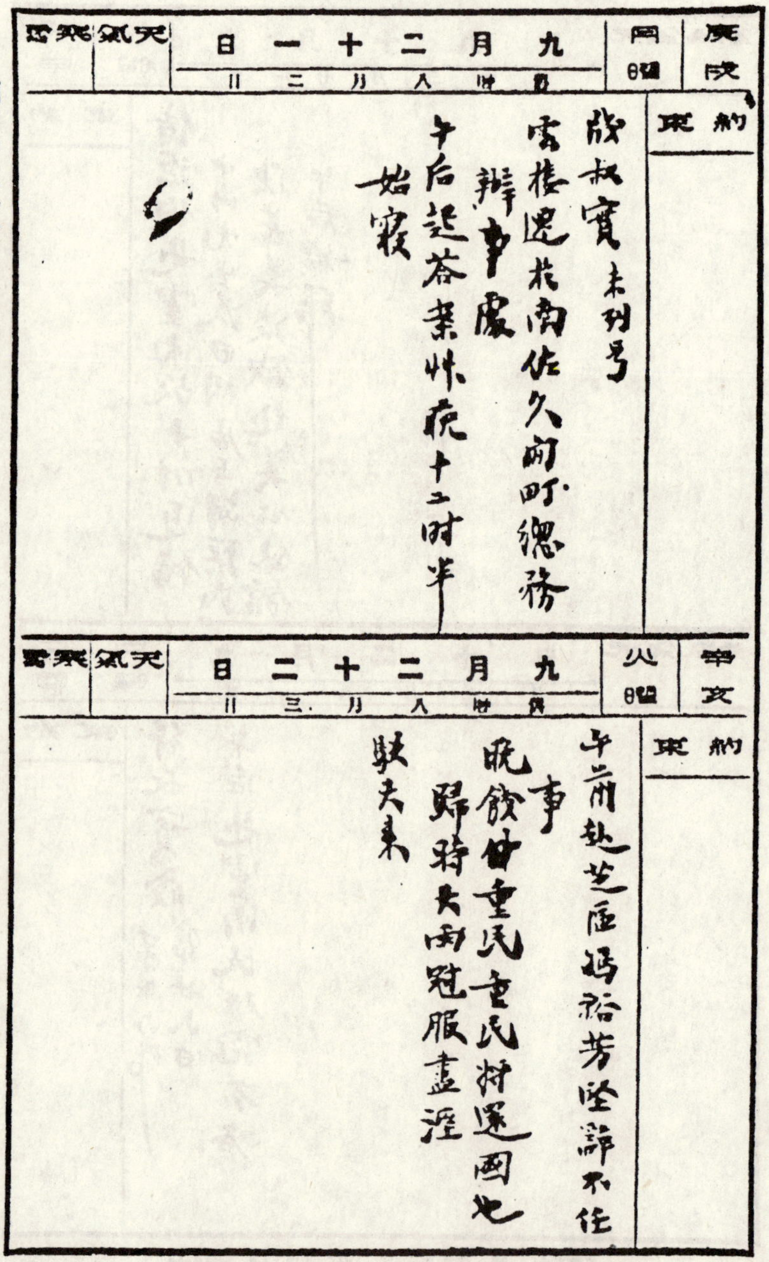

時のある時に時を得よ（西諺）

青銅補助貨を發行す（明治三一）

松平容保降り會津平ぐ（明治元）

阿呆と鹿は見もやらん鳴子虫(其角)

壬子	水曜	九月二十三日 舊暦八月四日	天氣	來書

約束

得叔龐叔実第十七號誤
作十六号七日
堅真如一日[illegible]
得四兄殿病加属遂為殿余紹
琴[illegible]薬[illegible]
脳病特劇如振動也
得立丹信

頼山陽没す(天保六)

癸丑	水曜	九月二十四日 舊暦八月五日	天氣	來書

約束

(秋季皇靈祭)

得復初殿偽帰事又言有姓李
謝者占[illegible]殿言有内不同知
王正塘江香国江味北遊欲
以此留錫師[illegible]不可致
黄士林日巳還
今夜不治事脳似稍好

一四六

西郷隆盛戦死す(明治一〇)

公平は治化の本(應厚)

子の泣てしばし止みたる砧哉(山川)

甲寅	金曜	九月二十五日 舊曆八月六日	天氣	寒暑

約束

修叔來述錫卿去瀘
未刊

和氣清麿呂大隅に流さる(神護景雲二)

乙卯	土曜	九月二十六日 舊曆八月七日	天氣	寒暑

約束

徐叔旋叔实 第十六号 伍言新
事其详待读沟报 白
订继务办事细则

維新の功臣に賞典祿を賜ふ(明治二)

一四七

仁義の郷に盗賊なし(四諺)

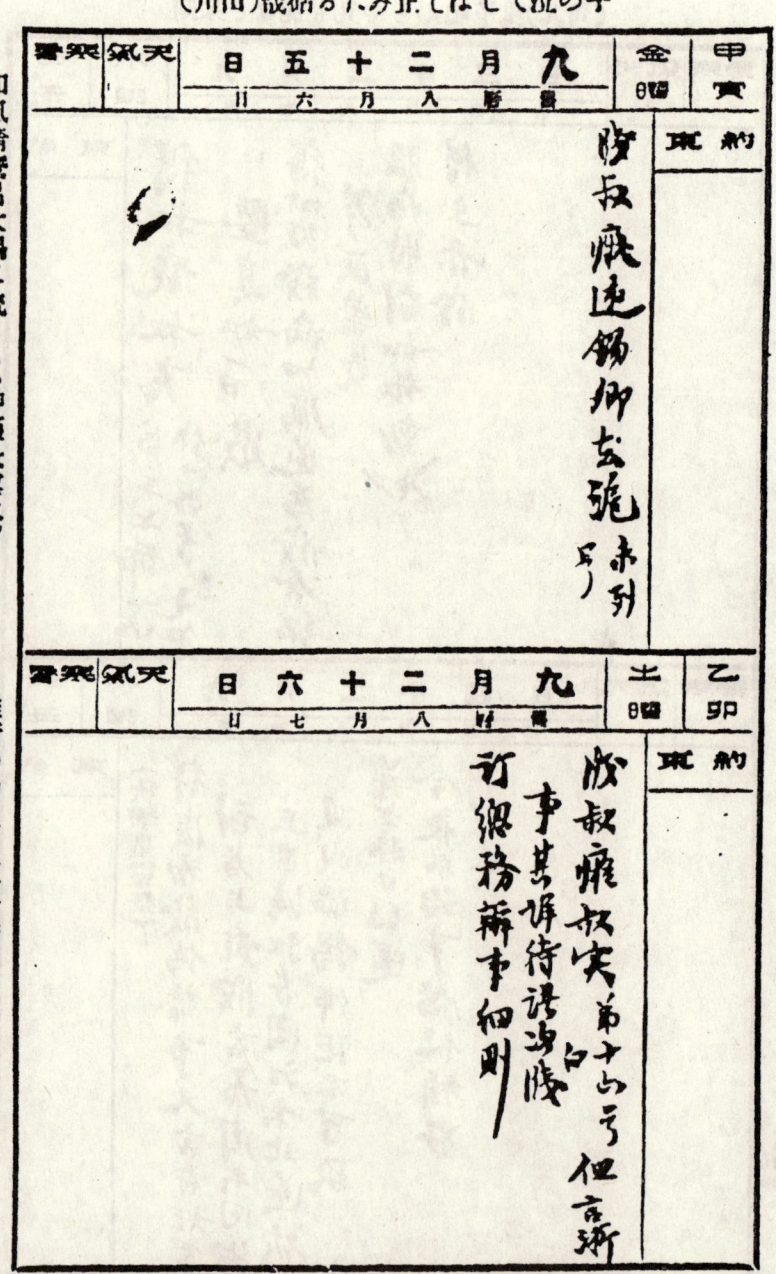

坂上田村麻呂蝦夷を平定す（延暦二〇）

芭蕉葉や在家の中の浄土寺（露川）

丙辰 日曜 九月二十七日 舊曆八月八日 天氣 寒暑

約束

晨起時計及銭嚢不見始知
夜來被盗遂過警察所失
去値四十元ヤ今年運蹇
前後損失已耗累人一家之
產可為慘然
獲得叔樂叔實書 九月廿二日 第十七号
得佃姉啟
得田兒稟 八月十七日 第[redacted]廿号

丁巳 月曜 九月二十八日 舊曆八月九日 天氣 寒暑

約束

午前九時往警察署其刑事
（偵探）謂無直路可以入盗者果
主人盗之
偕後生伯玉游植物園
与吳士評洪事偉民以漠
然見示也
駁夫來不遇

一四八

惠みは人の為ならず（西諺）

笠置落城す（元弘三）

瓜小屋の月にやおはす隱君子（蕪村）

約束	天氣	寒暑
戊午 火曜	九月二十九日 舊曆八月十日	

赴雲南坂待半日而事未就午后
二時事畢而赴美使館則過
時矣
兩山川織付濮氏美士親之
四川今日開選舉矣議生被選
考試部長
寄四弟書 離來書十有五日
照自致之 第十八号 致裕南
晚裕南公查五月以前舊服本
公之關係
剣恩痛法大半若誤矣此
於盈利亦聞不小也
晚立丹後初

約束	天氣	寒暑
己未 水曜	九月三十日 舊曆八月十一日	

晚雪壓久不得來書也
晚午嵐
得錫卿書 未署日
赴美使館文件已交美使但
有退乃約期發誓登字耳
因雨未還寓遂赴[illegible]事處午
后五时始歸
得信丈晚言之傷人甚當於
所以慰藉之

艱難を経て初めて真の友を知る（シセロ）

奈良の大仏を鋳る（天平七）

皇妹常宮御生誕（明治二一）

一四八

十月

土用　十月二十一日

十七日ハ神嘗祭トテ新穀ヲ伊勢神宮ニ薦メ玉フ祭儀ナリ○一日ハ周防野祭七日ハ長門赤間祭八日ハ大和上丹生川上祭十日ハ山城梨木祭十一日ハ播磨海祭十八日ハ攝津長田祭二十三日靖國神社秋祭大祭日廿五日ハ下野唐澤山祭廿六日ハ日向宮崎祭廿八日ハ薩摩照國祭廿九日ハ筑前香椎祭ナリ○秋寂ヒ漸ク佳趣ニ入ル菊花ノ滿盛ハ下旬ヨリナリ○學校ニテハ運動會遠足等ノ催シ多シ、三十一日ハ天長節祝日にして國民一般國旗ヲ揭ゲテ聖壽ノ萬々歲ヲ祝ス、

菊　　藤原隆祐

いろかはる千草の花は散り果てゝ
籬に殘る秋の白菊

楓葉　　朝川鼎

霜風一夜染丹黃。知是天孫試七襄。
十里錦江三日雨。恰看雲漢爛成章。

醤油醸む小屋の堺や雲の花（其角）

庚申	水曜	十一月一日（舊暦八月十二日）	天氣	寒暑

約束

午前過介僧數夫午后過譚
叔平
得叔凝叔實第十八號談川事 苦口
似有可為校前附大進矣

高野長英死す（嘉永三）

辛酉	金曜	十一月二日（舊暦八月十三日）	天氣	寒暑

約束

寄叔凝叔實長函 第十八號 白
函錫卿勸其毋狭隘以
今日乃收拾人心之時也
介生約午前來待之不至午
后來而我不在渠告復生
吳士自以為謹慎而知之
者固然然也
函倩亞丈勸其勿返北京
虎口不可入也

江戸大地震藤田東湖壓死す（安政二）

富貴なるときは朋友多し（古諺）

初茸の香に降り出す小雨かな（智月尼）

十月三日　舊曆八月十四日　土曜　壬戌　天氣　寒暑

約束

良鐵橋
赴美使館美使乃称得美
政府訓電以案情關係太
大非涉外交使館不能干
与中山告以此係能律家
美法庭所令美使謂未
得法庭通知遂退而電
公理報寓有對法庭通
告美使也
研究方略以總務部印知電
稽收藏了

明治天皇東京御臨幸（明治元）

十月四日　舊曆八月十五日　日曜　癸亥　天氣　寒暑

約束

遣介儒邀赴周道腴處稀
冷公劍
中秋日張飲神田廣昌和
晚過亮功亮功世伯人也
晚過斧斯
得列五緘殊令人惶悚八月
未日條所言兩事皆不明白
書以諭敬柳文不違訣
得通一牋詩此京華矣

畿内東海南海大地震（寶永四）

一五三

三人行けば必ず吾師あり（論語）

電話機發明者ベル氏來朝(明治三一)

貧乏におひつかれけり今日の秋(蕪村)

甲子 月曜 十月五日 舊暦八月十六日 天氣 來客

納來

復生赴横濱参局
晚列五

乙丑 火曜 十月六日 舊暦八月十七日 天氣 來客

納來

赴宮崎家 晚復生
只純夜来

一五三

六日の菖蒲十日の菊(古諺)

小學校令を公布す(明治二三)

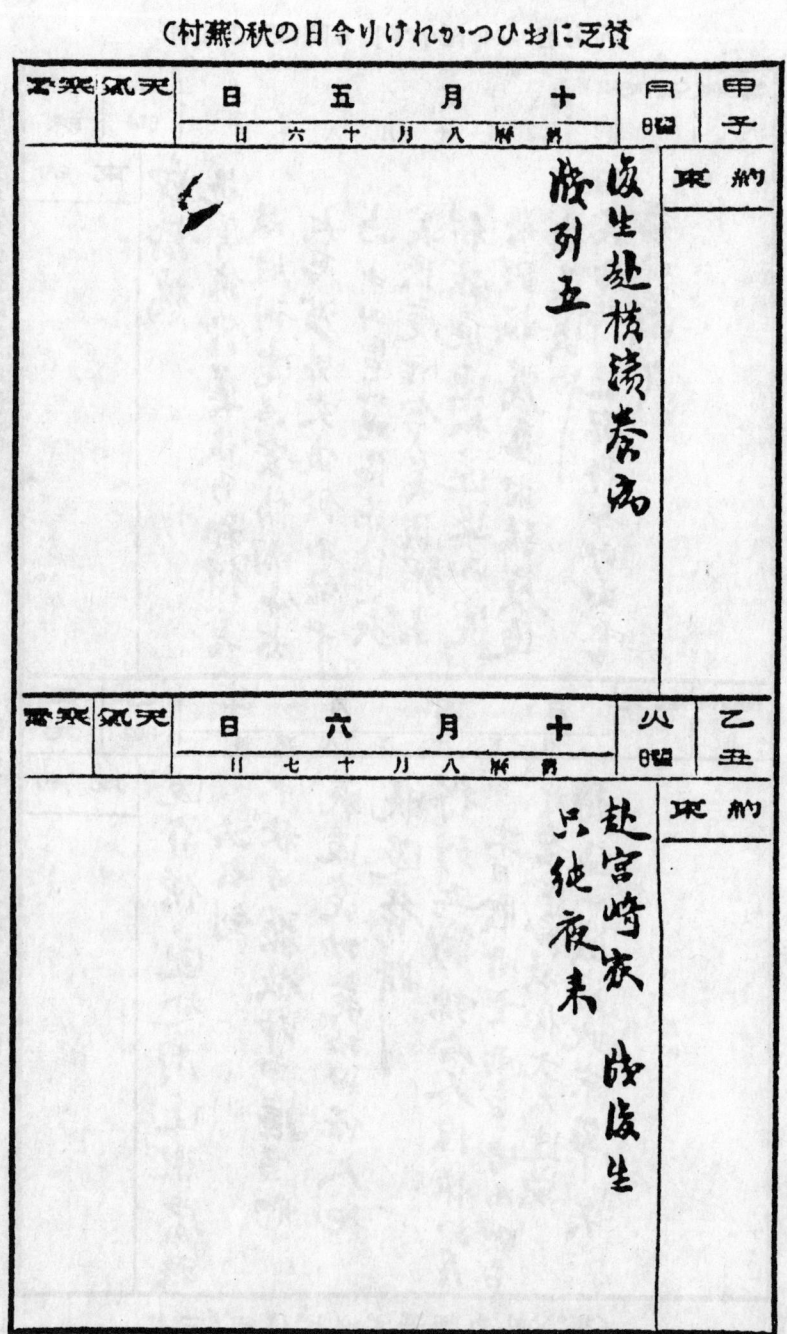

頼三樹三郎橋本左内等の刑死（安政六）

藤森弘庵歿す（文久二）

秋の蝶閼伽汲む袖に散り込みぬ（重顕）

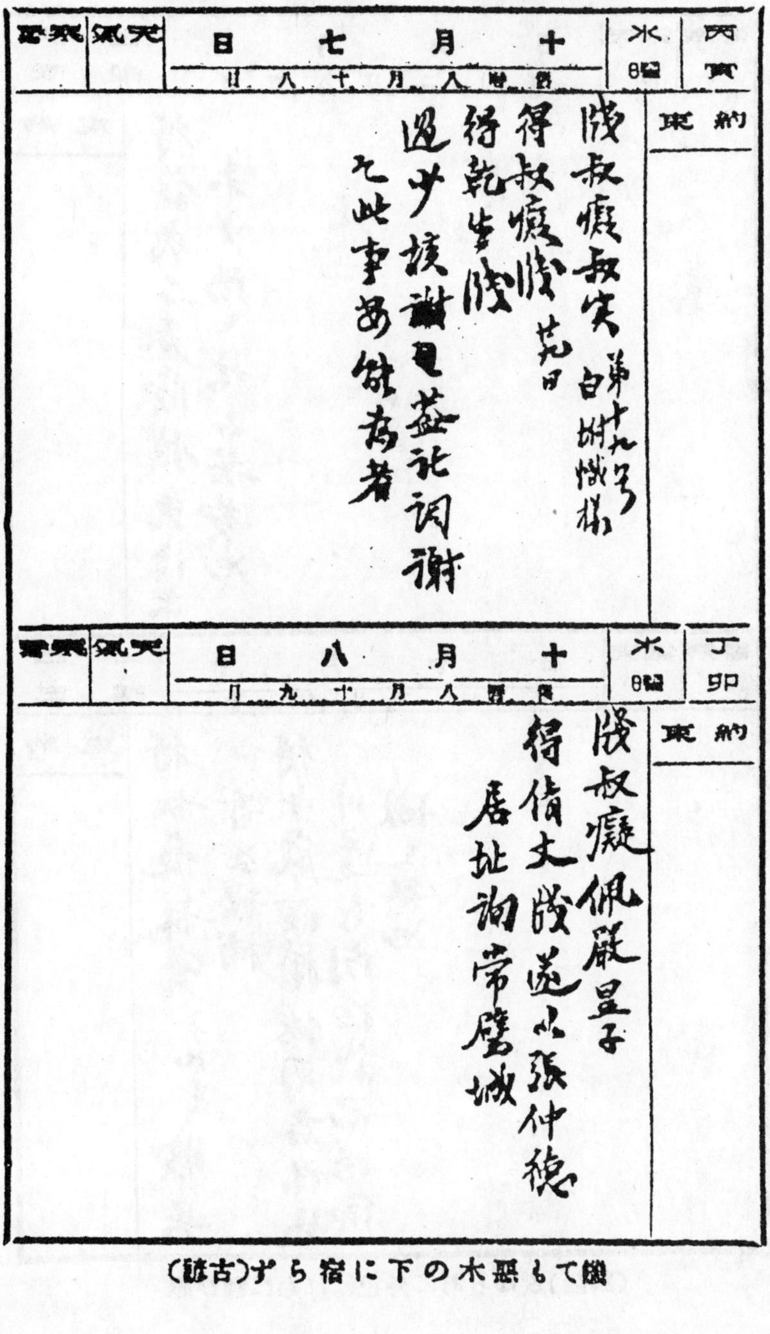

丙寅　水曜　十月七日　旧暦八月十八日　天氣　寒暑

約束

賤叔假叔実　第十九号　白洲懺梅

得叔假賤　莵日

得乾生賤

過少読謝□益託詞謝

乞此事而能為者

丁卯　水曜　十月八日　旧暦八月十九日　天氣　寒暑

約束

賤叔凝佩嚴呈子

得倩文賤送小張仲穂

居址詢常磐城

一五四

渇しても悪木の下に宿らず（古諺）

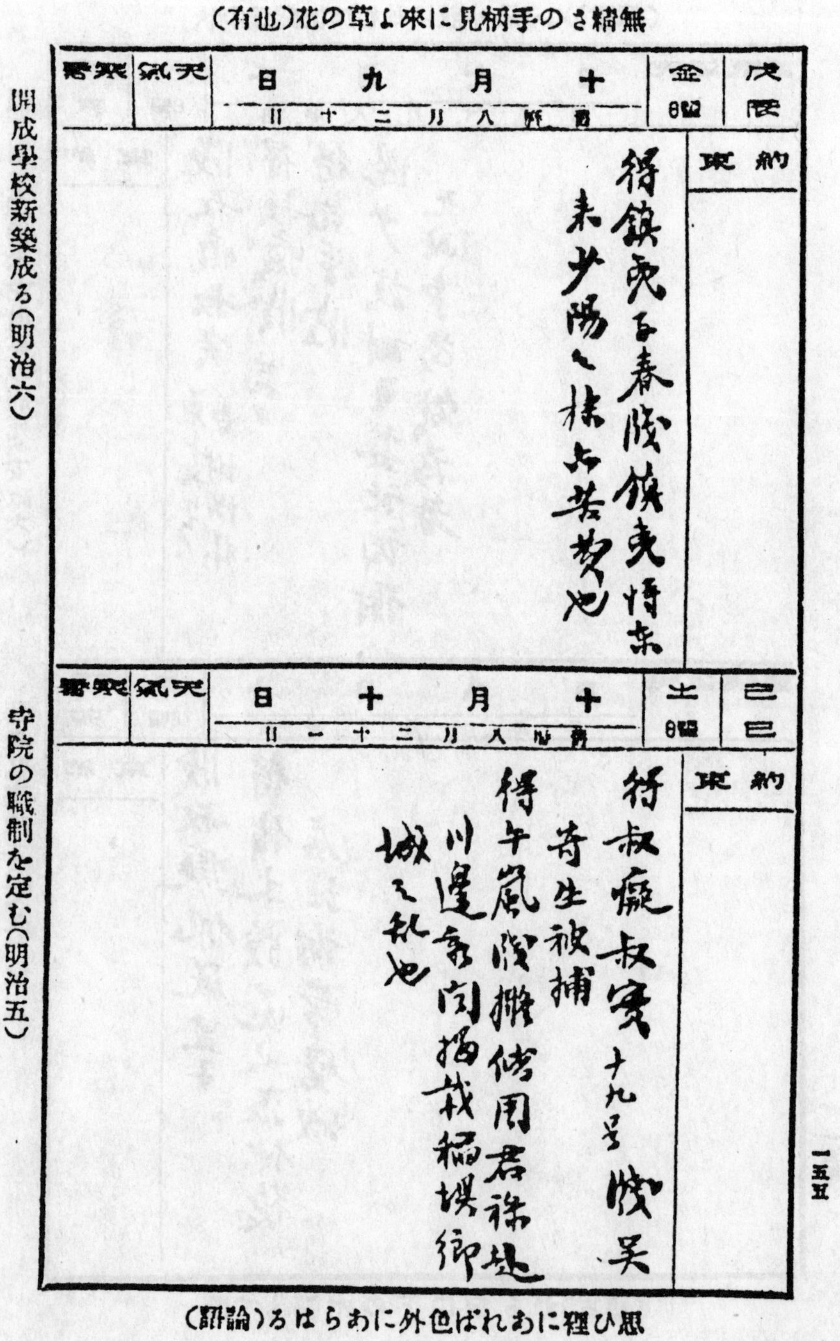
開成學校新築成る（明治六）
守院の職制を定む（明治五）
無精さの手柄見に來よ草の花（也有）

戊辰	金曜	十月九日 舊暦八月二十日	天氣	寒暑

約束

得鎮東五春階鎮東持來
來少陽之林上若契也

己巳	土曜	十月十日 舊暦八月二十一日	天氣	寒暑

約束

得叔癡叔實十九號階吳
寄生被捕
得午嵐階撫傚周君祿堪
川邊帝向楊裁稿撰卿
城之札也

一五五

思ひ裡にあれば色外にあらはる（論語）

渡邊崋山逝く（天保一二）

俳聖芭蕉逝く（元祿七）

白髪ぬく枕の下やきりぎりす（芭蕉）

庚午	日曜	十月十一日　舊暦八月二十二日	天氣	寒暑
約束		赴霊南坂山懐唐午嵐及渡人書示某々 張偉氏与張人書出觀 訪張輝臣不遇冒雨帰		

辛未	月曜	十月十二日　舊暦八月二十三日	天氣	寒暑
約束		得士俊自北京来緘裕商 公事已交渉自一月起計 利云 十月廿五号 復叔癡并将午嵐家書 發 得叔癡叔實書 廿二日		

一五六

起てる農工は坐せる紳士より高し（フランクリン）

一九一四年

脇差の錆に霜あり後の月(涼苑)

十月十三日　西暦八月二十四日　壬申　火曜　天氣　寒暑

約束

遇介僧敗夫
訪張輝瓒
持老母影片赴像館

日蓮上人入寂す(弘安五)

十月十四日　西暦八月二十五日　癸酉　水曜　天氣　寒暑

約束

赴憲南城議事
晚偕吳士訪戴天仇
得良白書香港所發
滬出兩箋書見示

日露媾和條約批准濟む(明治三八)

一五七

薔薇の美なる刺なきを得ず(西諺)

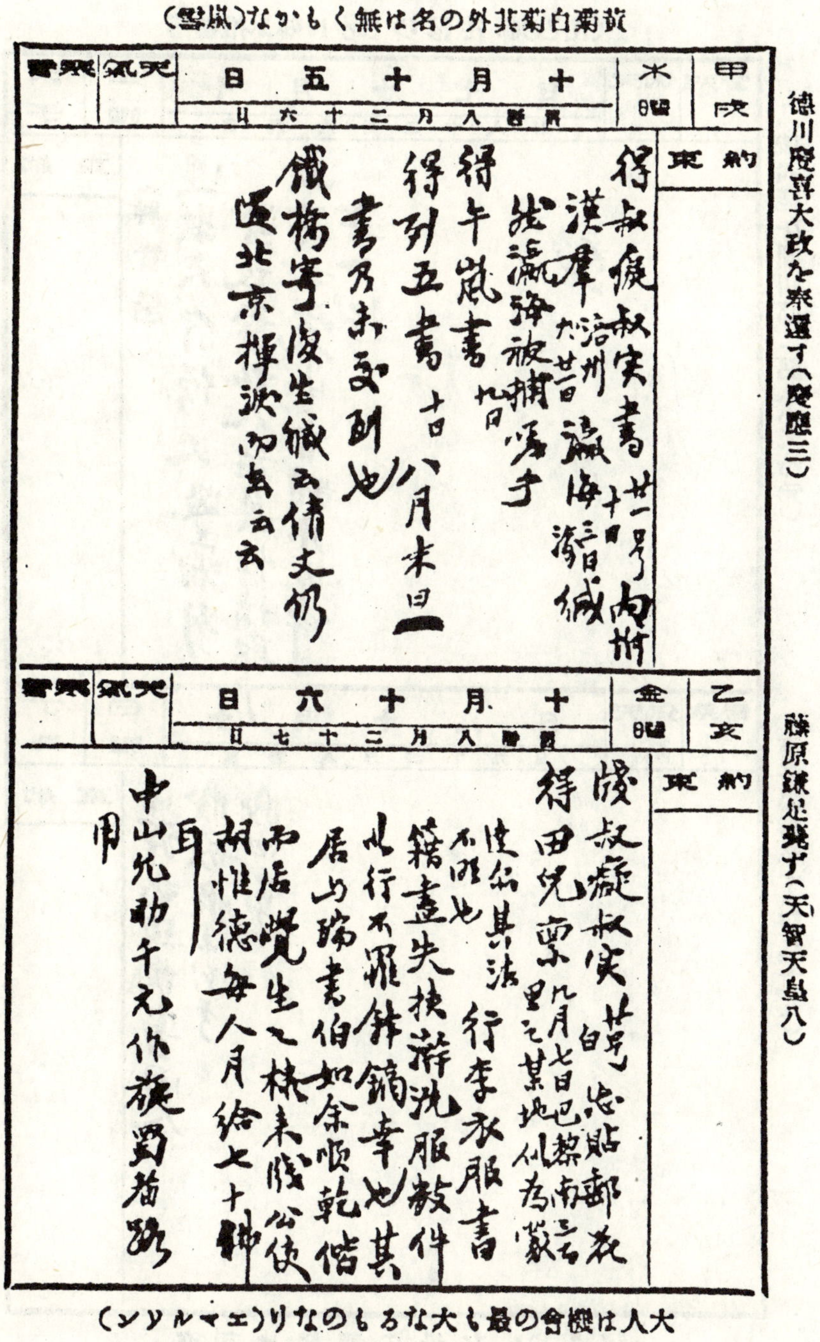

黄菊白菊其外の名は無くもがな(嵐雪)

甲戌 木曜 十月十五日 舊暦八月二十六日

天氣 寒暑

約束

得叔俴叔実書廿一号十四日内附
漢章於沿州廿四日瀛海三日滬緘
然瀛海被捕溺于
得午嵐書九日
得列五書十四日八月末日一
書乃未受到也
鐵橋寄復生織云倩丈奶
返北京揮淚而去云云

乙亥 金曜 十月十六日 舊暦八月二十七日

天氣 寒暑

約束

俴叔寀叔実廿号白忠貼郵花
得田兄票九月七日巳離南京三里之某地似為叢
使仍其法不可也 行李衣服書
籍盡失挾游洗服數件
以行不羅鉢錦幸也其
居山瑞書伯如余頃乾借
而居覺生之林來假公使
胡惟德每人月給七十錦
耳
中山先助千元作旅蜀費用

大人は機會の最も大なるものなり(エマルソン)

徳川慶喜大政を奉還す(慶應三)

藤原鎌足薨ず(天智天皇八)

一五八

一九一四年

落穂拾ふ如に夕日の影法師（乙山）

寒暑	天氣	十月十七日 舊暦八月二十八日	土曜	丙子

約束

（神嘗祭）
過馭夫介侯文過三湘刑
暨攻擊私人詆真性情耶
与美士覺生言對外大倖
無了也

昌俊義經を堀川邸に襲ふ（文治元）

寒暑	天氣	十月十八日 舊暦八月二十九日	日曜	丁丑

約束

小澤拓殖叔寄國人
俊叔頫来到了
俊田弟

本多忠勝卒す（慶長十五）

一五九

必用は發明の母なり（西諺）

一九一四年

征清第二軍大同江に着す（明治二七）

元老院を廃す（明治二三）

野社な穏かくしたる[illegible]哉（山川）

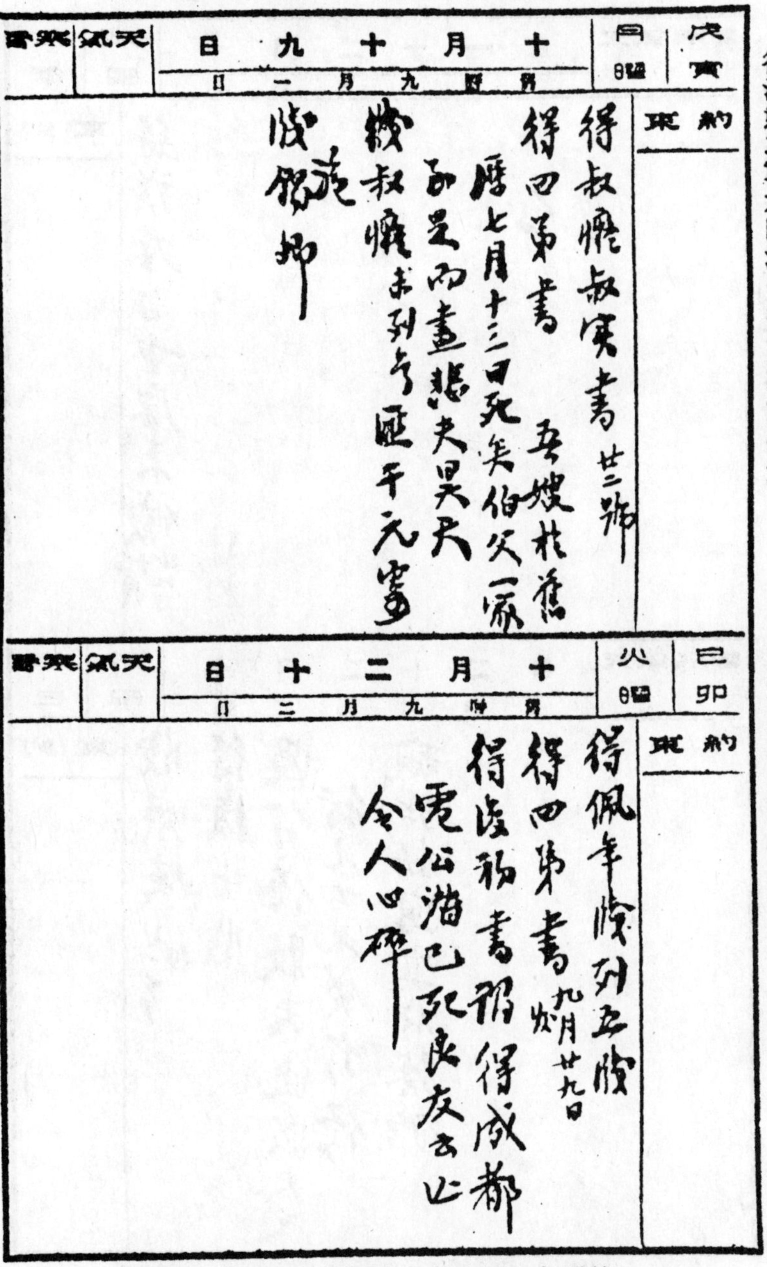

十月十九日 月曜 戊寅 舊曆九月一日 約束 天氣 來書

得叔雅叔實書 廿三號
得四弟書 吾嫂於舊曆七月十三日死矣伯父一家至是而盡悲夫昊天
撥叔雅未到乎匯干元寓
施成偲卿

一六〇

十月二十日 火曜 己卯 舊曆九月二日 約束 天氣 來書

得佩年除列五股
得四弟書 九月廿九日發
得復初書覆得成都電公澔已死良友云亡
令人心碎

美麗なる花は永く路傍にあらず（西諺）

朝寒や盛ならべたる飯の湯氣（支考）

庚辰	水曜	十月二十一日 舊曆九月三日	天氣	寒暑

約束

得漢羣自重慶來緘 九月廿日

淨瑠璃作者竹田出雲歿す（寶曆六）

辛巳	水曜	十月二十二日 舊曆九月四日	天氣	寒暑

約束

晚癡実 廿一夕
得復生函
函介侯敗走連敗走之
行以后元榮介侯
觀活動寫真於葵館

京都市民平安奠都祭を行ふ（明治二八）

一六一

大樂は大苦の後にあり（西諺）

秋の夜に寝たらぬ人の聲とさよ（許六）

壬午	金曜	十二月十三日（舊曆九月五日）	天氣	寒暑

納東

儀仕俊及倩亘二丈
啟張用五㡕金十元昇之
得叔暇賤廿三日七口律所亞休
緒於錦帆且無足以而尚
詐
復叔飛俊 廿三日 沮鶴帅与
岳生供行

癸未	土曜	十二月十四日（舊曆九月六日）	天氣	寒暑

納東

赴雲南坂
商川須事遂欲許汝為家
賞菊池邊頗怡然也

一六二

早く熟するものは早く腐る（拉丁諺）

東京灣にて觀艦式を行ふ（明治三八）

熊本神風連の暴動（明治九）

一九一四年

松風の軒をめぐりて秋暮れぬ(芭蕉)

甲申	日曜	十月二十五日	舊曆九月七日	天氣	來書

見電聞浙事失敗午後遂
得浙電此大挫也死若不
知若干人
敗大未諱
得四分勝

高時能伊地山に戦死す(延元元)

乙酉	月曜	十月二十六日	舊曆九月八日	天氣	來書

浙事略有轉機以次日定
局云
見張士奇与人說及後生
未說川事敗壞極矣
只他聞於孫學淵乃知截
錫九之難袁堯鈞造小團
體以殺孫學淵且不止殺
孫一人之謠以挑撥也
寄四弟第十九号 田兒書函立廣
又寄情
復列五佩年叔实
復莊叔实 廿三号 白

征清軍九連城を占領す(明治二七)

一六三

失望は人の断案なり(ビーコンスフヰールド)

吉田松陰刑死（安政六）

苗株や水田の上の秋の雲（野堂）

丙戌	火曜	十二月十七日 舊暦九月九日	天氣	寒暑

約束

晚四句收慊实但言董二欵也

得慊叔实收 廿日發 第廿号

民中央方内重慶革命軍

不禁狂喜

尾張美濃大地震あり（明治二四）

丁亥	水曜	十二月十八日 舊暦九月十日	天氣	寒暑

約束

得叔慊牋 廿四日未刻号

夜飯許汝為家兼生日也

譚根廣東人学於美國精航

空学能製飛艇年廿四経

飛律賓匿回袁世凱之

偵探随之至上海遂捕於

美人華兜而来日本足

衣之縣譚君与島其人實

厚無華賓飛於美合

世界知名者而得肯選也

一六四

河海は細流を擇ばず（戰國策）

百舌啼や入日さしこむ小松原（凡兆）

天氣	來書	十月二十九日 舊曆九月十一日	水曜	戊子
				約束

待叔實踐廿四歲（卅四日）瀛海已死又張羣來電舟霞矣步成公潜汝不生也悲夫浙事未電無也

征淸第一軍安東縣を占領す（明治二七）

天氣	來書	十月三十日 舊曆九月十二日	金曜	己丑
				約束

鐵橋夫婦及翠九妹到東京迎之孟橋韓利生之弟同行復生自平沼迎之也過介生駿夫駿夫以今日行夜過兩山評約二時黃二之一家亦可念也華友乃變地方官產階者

教育に關する勅語を下し給ふ（明治二三）

直進直行せよ（エムオツト）

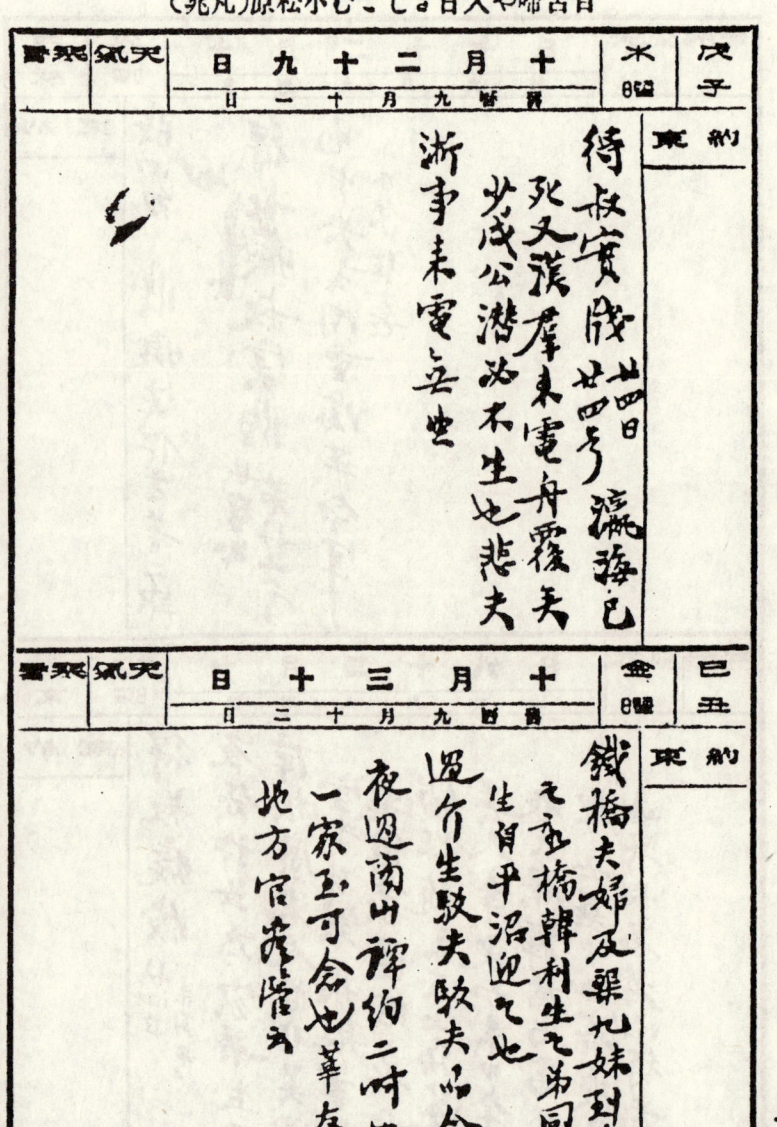

初雁や腹に物置く其夜より（柳居）

庚寅	土曜	十月三十一日（旧暦九月十三日）	天気	晴

約束

（天長節祝日）
赴堂南坂沈先生管廣西
与幼田期待我還而幼田去
矢逐還南山ん竹戲消
遣
五章守夜生画徭堪果与
蔡元培李石僧同偏巴黎
之南但不知日夕用功否

吹笛秋山風月清、
誰家巧作断腸声、
風飄律呂相和切、
月傍関山幾処明、
胡騎中宵堪北走、
武陵一曲想南征、
故園楊柳今揺落、
何得愁中却尽生、
（杜甫）

一六六

十一月

立冬　舊暦十月ノ節

小雪　同十月中ノ節

立冬ヨリハ冬ニ入ル○三日ハ天長節ニテ厳粛ナル儀式アリ○二十三日ハ新嘗祭トテ天皇陛下新穀ヲモテ神祇ニ奉リ玉フ○四日ハ駿河淺間祭六日ハ武藏ノ靖國祭十五日ハ筑前宗像祭筑前筥門祭十七日ハ大和談山祭二十二日ハ鎮魂祭ナリ○紅葉狩ハ下旬ヨリナリ

冬　家持

神無月時雨にあへるもみぢばの
吹くは散なん風のまに〱

初冬夜坐　小原正修

寒燈如豆照殘更、聴盡松聲聴雨聲、
飲炭到頭無氣力、老湯劣作土龍鳴、

牛叱る聲に鳴立つ夕かな（支考）

十一月一日	日曜	辛卯
舊暦九月十四日	天氣	寒暑

約束

得佩年函四川銀行索款也而
佩年復函云待謝静宛適
期不履行时保证人自當負
責
得叔獻叔寅函 十月廿七日 第廿五号 閲悉
已收到
萬厩来曁小[illegible]吉多訂李皆心
所厭也
楊吉甫自美來函已入大学
真如且能插二年级也
過幼田

十一月二日	月曜	壬辰
舊暦九月十五日	天氣	寒暑

約束

函到五託轉匯五十金於滄州
函佩年
函叔獻叔寅 函列廿四号 白
蘊初夜來邀圍碁三局

一六八

前車の覆るは後車の誡（古諺）

天保銭の通用を始む（天保八）

郡區の制を定む（明治一一）

あらかじめ二里は來つらん帰鍋(百明)

癸巳	火曜	十一月三日 陰曆九月十六日	天氣	寒暑

約束

晚後初立丹
作寄美洲晚未果
夜譚源伯嚴
過介生而冷公劍言不衷
非理作乞伽彼自足必
以我為攻擊點矣

立太子の盛典を挙行せらる(明治二二)

甲午	水曜	十一月四日 陰曆九月十七日	天氣	寒暑

約束

葛天保來譚及軍部用段嚴詞
拒之
赴雪南坂計事之前有若庚氣
予人者前途乜堪矣
過亮功鐵樵子密子五剩生

國內平定を各國公使に告ぐ(明治元)

一六九

人に高下なし心に高下あり(古諺)

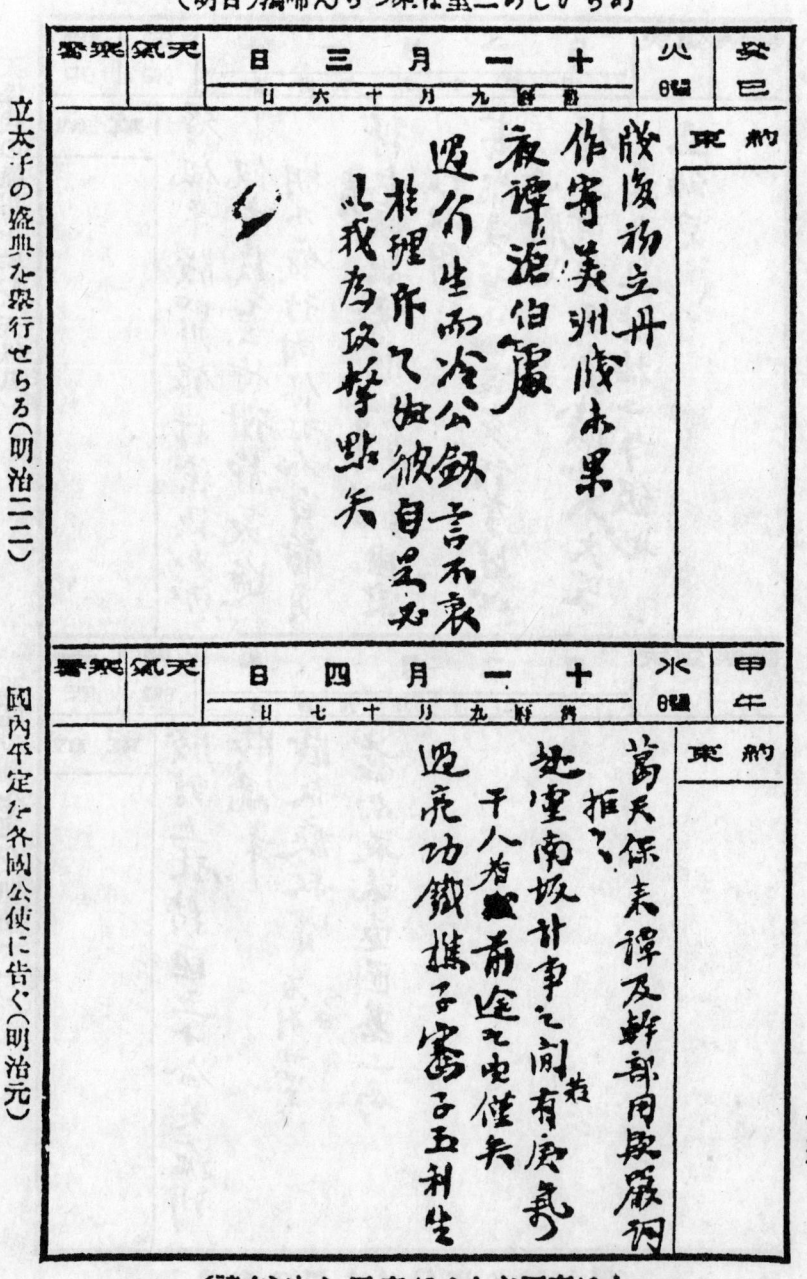

北白川宮殿下の薨去（明治二八）

鹿の聲或夜は川を越えて來る（鳥醉）

乙未 木曜 十一月五日 舊曆九月十八日 天氣 寒暑

約束

得斧斯信送得雪壁書
十月廿二日雪壁山古城而致未見
友於其兄真可賤也
檢立丹行李
任壽祺使我不快也

瀧澤馬琴歿す（嘉永元）

丙申 金曜 十一月六日 舊曆九月十九日 天氣 寒暑

約束

晚四弟敬寄吾母像片十
三張還家戒吾弟謹言無
結怨鄉里
覆雪壁書寄示吾母像片
竹生來晚被盜也

千里の道も一步より始む（老子）

一七〇

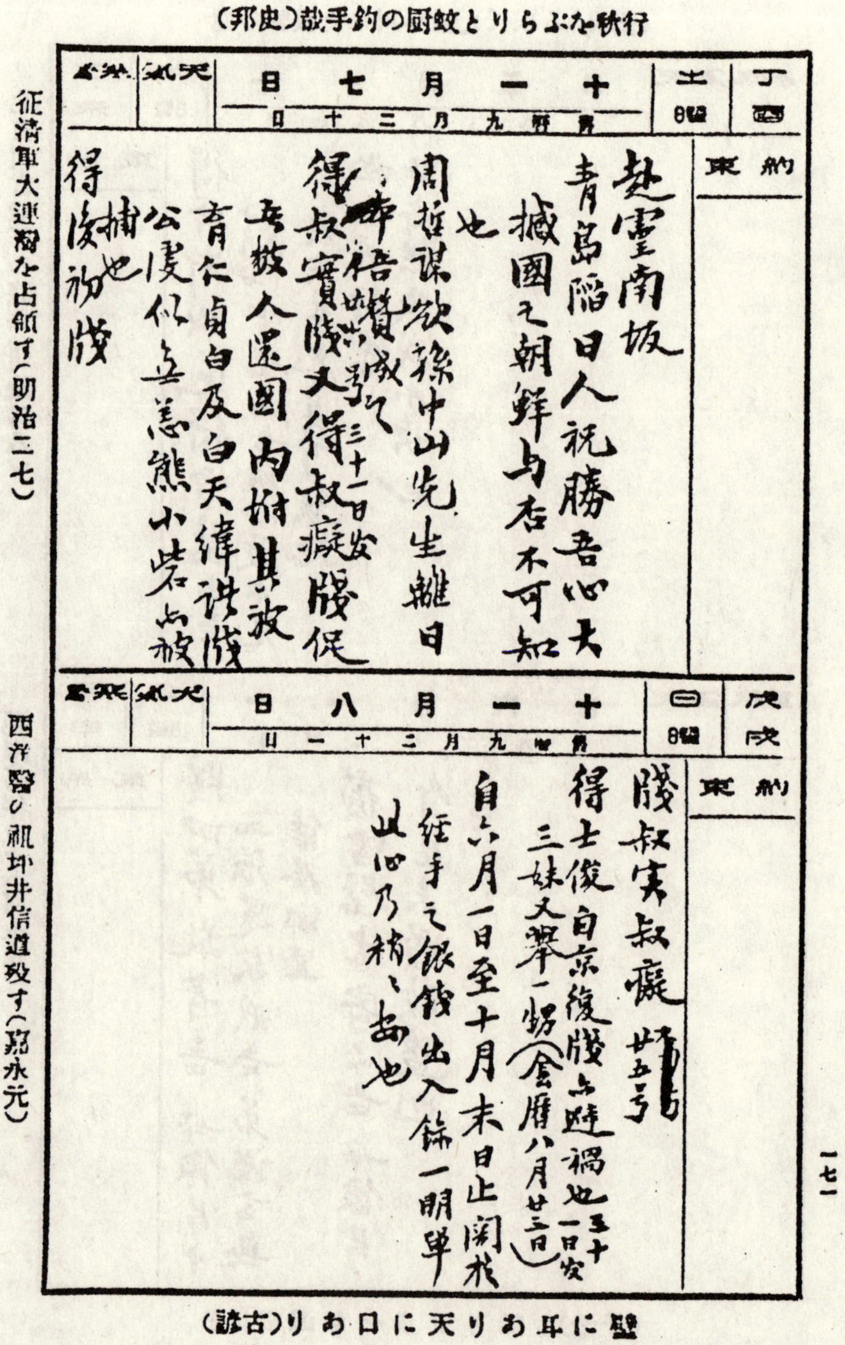

行秋なふらりと蚊厨の釣手哉（史邦）

十一月七日 丁酉 土曜
舊暦九月二十日
天氣 寒暖 約束

赴雲南坂
青島陷日人祝勝吾心大
慽國之朝鮮与否不可知
也
周哲謀欲綵中山先生離日
本（?）稽（?）贊成（?）
得叔實賤又得叔癡賤促（三十一日安）
吾救人還國内附其敌
育仁貞白及白天緯諸賤
公虞似無慕態小岩石被
捕也
得伋初賤

征清軍大連湾を占領す（明治二七）

十一月八日 戊戌 日曜
舊暦九月二十一日
天氣 寒暖 約束

賤叔実叔癡（廿五号）
得士俊自京復賤去蹤禍也（三十一日安）
三妹又罕一扐（舍曆八月廿三日）
自六月一日至十月末日止関於
经手之银钱出入餙一明单
以心乃稍之安也

西洋醫の祖坪井信道歿す（嘉永元）

一七一

壁に耳あり天に口あり（古諺）

初時雨猿も小蓑を欲しげなり(芭蕉)

己亥	月曜	十一月九日 舊暦九月二十二日	天氣	寒暑
約束				

太陰暦を廃し太陽暦を行ふ(明治五)

庚子	火曜	十一月十日 舊暦九月二十三日	天氣	寒暑
約束				

鎮夷至自上海遂得叔実
第廿七号暨昱子微 柑来
聖祥秘書及成都織編海
之被逮陶澤坤害之而少咸
尚在獄也 鎮夷之来促
鈸与人而錫之不前与虞
在錢而結办事
大風不甚自娯

内務省を置く(明治五)

商機は猶軍の如し(西諺)

一七二

秋晴れに田端の友を訪ふ日哉（水松）

十一月十一日	水曜日	辛丑
舊暦九月二十四日		
天氣	寒暑	約束

北條時頼建長寺を立つ（建長元）

謁河南曾傑及浙人夏次岩氏
仲而与復生悻此何為若耶
赴堂南坂而中山竟專決
矣士聯閣論事亦專決矣
禮於我旅欲引退而川事
未結未始入地獄致觸則
去之者是也
飯寓移宿

十一月十二日	木曜日	壬寅
舊暦九月二十五日		
天氣	寒暑	約束

大禮服、通常禮服の制を定む（明治五）

晤叔痕叔實 未列名 倪錫卿
謝鹿
韓利生來商事
晤介生復其函並之計
且予以四元日幣也
得叔痕函 廿六号

一七三

損の大ならざるものは益も亦小なり（古諺）

夜かぐらや鼻息白き面の穴（其角）

十一月十三日 金曜 癸卯
旧暦九月二十六日
天気
寒暖
約束

[illegible]

十一月十四日 土曜 甲辰
旧暦九月二十七日
天気
寒暖
約束

赴霊南坂
訪幼田不遇

一七四

素見は花街の一の客（古諺）

西南役戦死者を招魂社に祀る（明治一〇）

戦捷御報告の為聖上伊勢へ行幸（明治三八）

稽若に今日も狂はぬ童かな（鬼翁）

十一月十五日　乙巳　日曜
舊暦九月二十八日
天氣　寒暖

記事

田兄京自是日由上海轉

得叔癡儆 廿九号 十日發
得田兄京[redacted]
安 十月一日由巴黎之西南風坡
城安已入中学校去
儆叔癡叔矣 未列号 在列廿七 白
辦事處開会
被一偕鎮一訪少垓

神武帝即位の年を紀元とす（明治五）

十一月十六日　丙午　月曜
舊暦九月二十九日
天氣　寒暖

記事

譚南山
同慶東起事不幸而又敗
陳英士病 也

一七三

僧月照西郷隆盛と薩海に投す（安政五）

成功は一に發揮にあり（古諺）

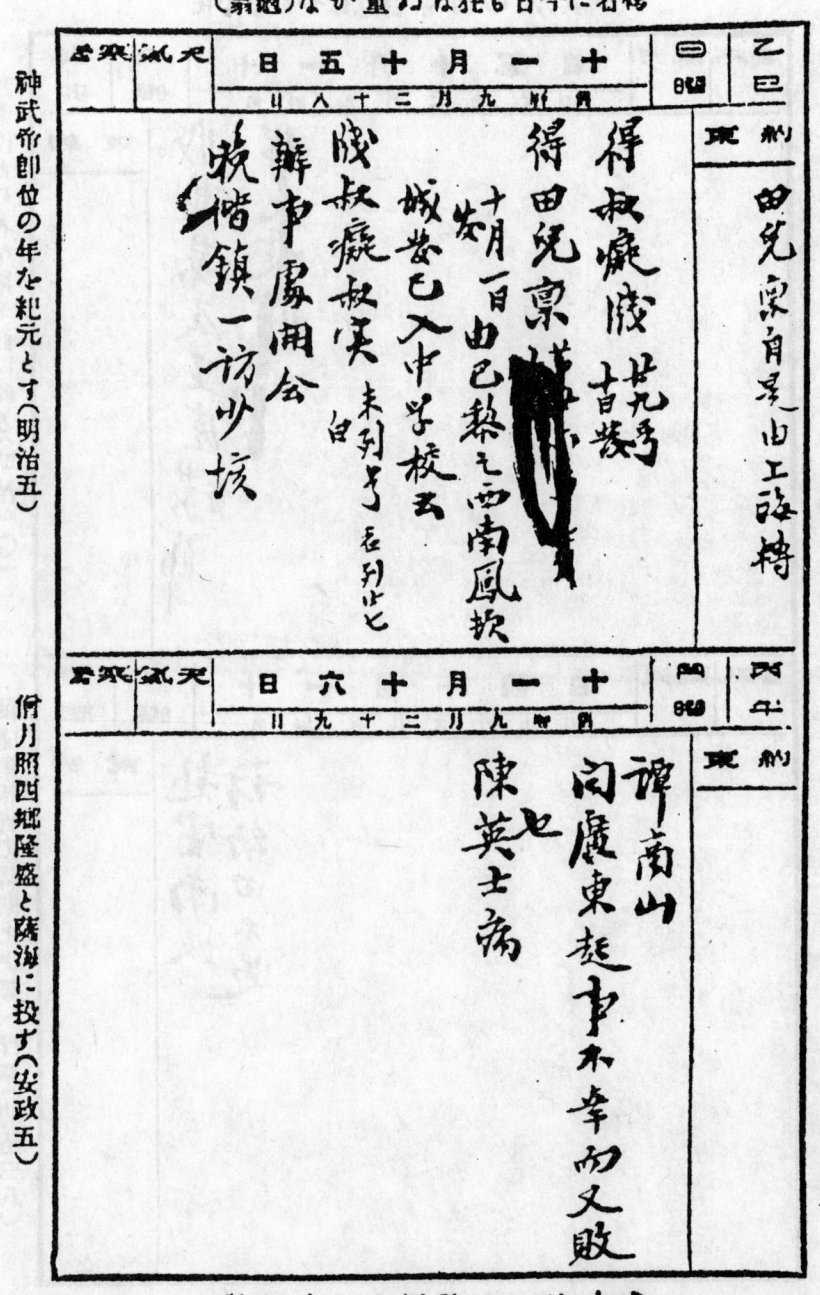

鞍坪に小坊頭乗るや大根引(芭蕉)

十一月十七日 火曜 丁未
舊暦九月三十日
天氣 寒暑
約束

雲樓来遊
游日比谷

始めて大嘗會を行はせらる(明治四)

十一月十八日 水曜 戊申
舊暦十月一日
天氣 寒暑
約束

赴靈南坂
得列子書人亦於其通草
命紫夫

清國軍艦始めて長崎に来る(明治八)

一七六

難き希望は出世の種(古諺)

参詣や死なぬつもりの親父達（百明）

十一月十九日　己酉　木曜　天氣　寒暑
舊曆十月二日

晚到五勸其速離去國
夜過亮工鐵樵
得叔癡晚十三夜寄（未到了）有西巡開
餘姓名之事云

和宮の御降嫁（萬延元）

十一月二十日　庚戌　金曜　天氣　寒暑
舊曆十月三日

晚叔埃叔飛廿八号
偕鎮亮視吳士為
周少之來久譚
夜偕雲樵過商山

丸橋忠彌等を品川に磔す（慶安四）

一七七

勉強は幸福の母なり（西諺）

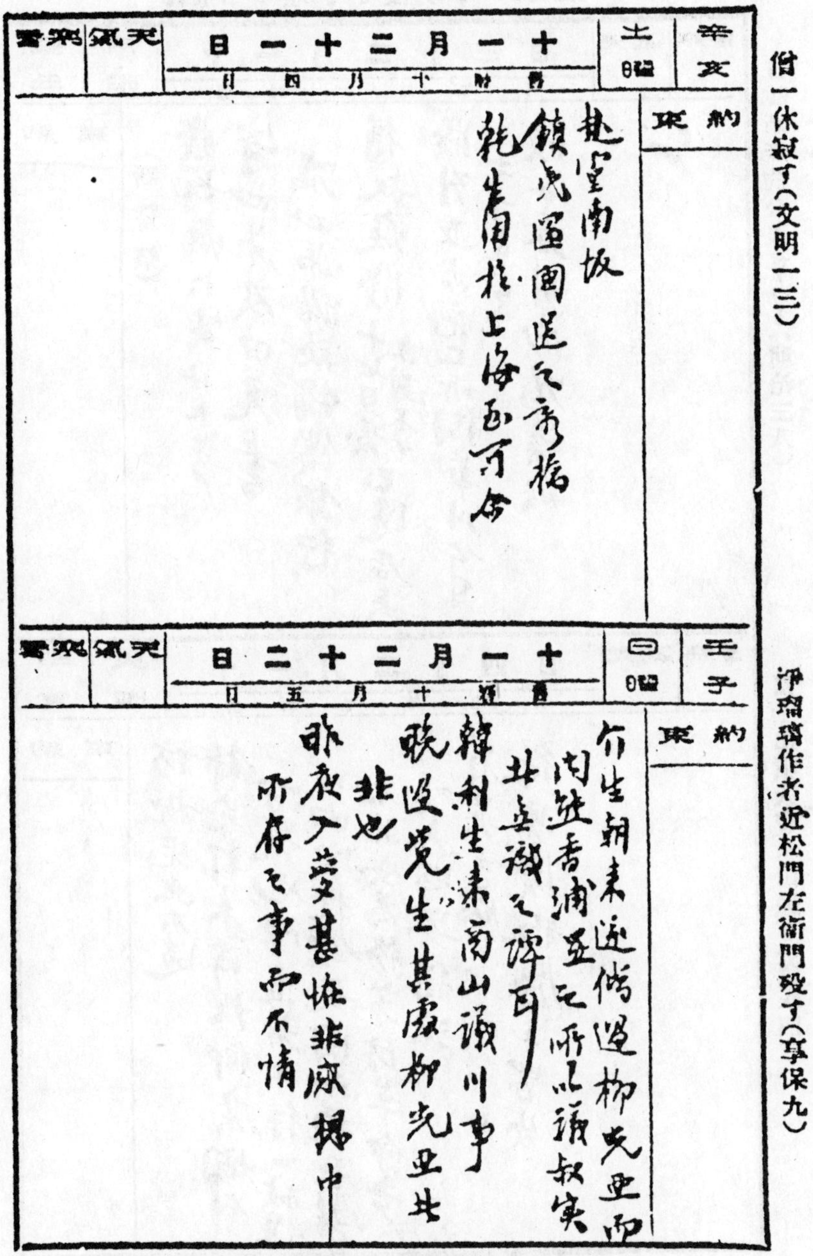

一人にも卅出す頃や川千鳥（希因）

十一月二十一日　土曜　辛亥

天氣　寒暑

附　十月四日

納東

赴望南坂
鎮虎医園送之新稿
乾生用於上海函可否

一休寂す（文明一三）

十一月二十二日　日曜　壬子

天氣　寒暑

附　十月五日

納東

介生朝来述備送柳先生而
同往香浦並之所以顧叔实
北岳識之譯耳
韓利生来商山瀬川事
暁路先生甚厭柳先生せ
非也
昨夜入夢甚惜非麻揚中
所存を事而不情

浄瑠璃作者近松門左衛門歿す（享保九）

一七八

己の私に勝て天理に復れ（公文米）

歸花日の短きぞ恨みなる（乙由）

十一月二十三日 舊曆十月六日 癸丑 月曜

天氣 寒暖

約束

（新嘗祭）

復叔癡叔实廿九号
寄四弟及田光書
囑四弟储款備償銀行
得叔癡復十七日發 未列号 已遷居矣
復列五小光工所內華川公司 乙事告之
復子春別後囑儲款

日韓新條約公表せらる（明治三八）

十一月二十四日 舊曆十月七日 甲寅 火曜

天氣 寒暖

約束

訪柳光亞不遇
舒芝軒來譚故鄉康烟不
可説也當道者不行一政惟
驚官搜飲是問而擁兵者
不治安為務第防革命党
唯大国安得治
省吳士病
得易俊初復 十四日發

富士山噴火寶永山顯る（寶永四）

聽は聰を尋び知は明を尋ぶ（鬼谷子）

一七九

茶の花の世にはさし出ぬ香かな(正秀)

天氣	寒暖	十一月二十五日 舊十月八日	水曜日	乙卯
				約束

赴霊南坂有本事計頁寿
只當陰進取之議 廿一日發
得叔凝牍 張列廿九號 當為卅三号
小園以納人生障害而必欲
納之既納及生煩悩宜取
出之耕之也
得荔丹牍 廿日發

天氣	寒暖	十一月二十六日 舊十月九日	木曜日	丙辰
				約束

詳牍叔凝叔実 第三十号
別牍佩弟叔実念叔実之病
且覆之也
牍荔丹

始めて帝國議會を召集す(明治二三)

大久保辦理大臣清國より歸朝(明治七)

一八〇

千羊の皮は一狐の腋に如かず(趙簡子)

破葉の石蕗に顔出す廸かな（竹調）

日米改正條約成る（明治二八）

十一月二十七日　丁巳　金曜

舊曆十月十日

天氣　寒暖

約束

晤子春鎮兒從匯款
周正摩唐健來譚南部事
夜過利生讀其良工報
劉山利生急欲歸亮
工評子康事

親鸞上人寂す（弘長二）

十一月二十八日　戊午　土曜

舊曆十月十一日

天氣　寒暖

約束

晚過子康
晤方健飛
赴靈南坂

一度違約すれば生涯信を失ふ（大和俗訓）

一八一

東京府の戒嚴令を解除す(明治三八)

枯蘆に氷を残す夜潮哉(翠皆)

己未 日曜 十一月二十九日 舊暦十月十二日 天氣 寒暑

約束

得叔實牋（[illegible]）其病少愈
而猶似有動機
得四弟及仲執及大女三女五女
書（十月廿五日發）吾母齒落耳失
聰矣裕商公果自一月起
病也
得田兄稟（十月四日發）貲已罄矣
將辰何措耶
蓋天保來既不解事理且祇
知一己也

庚申 月曜 十一月三十日 舊暦十月十三日 天氣 寒暑

約束

晨五時即起
寄叔實牋（[illegible]）囑其
与張偉民以礼也
過柳光亞其言頗窮而索
要又累我散十元也
陸佩年據壓右元寄法不
知能應我否

一八二

土地賣買讓渡規則を定む(明治一三)

小人罪なく玉を抱て罪あり(古諺)

十二月

冬至　十二月二十三日

此月十三日ヨリ年ノ市立ツ○六日ハ桃園院天皇祭七日ハ水無瀬祭十二日ハ光格天皇祭廿一日ニ大祓アリ六月ノ時ニ同ジ○廿五日以後ハ注連飾松竹ナドノ用意スベシ煤掃ヒ○餅ツキ歳暮ノ回禮進物ナドモ三十一日迄ニハ濟マスベシ○諸學校ハ多ク二十五日ヨリ休業トナル○諸官廳ハ二十九日ヨリ休ム○諸團體ニテハ忘年會ノ催シ多ク○廿五日耶蘇教會ニハくりすます祭アリ

歳暮　深守法親王

過易きひのくま川の歳の暮
水かふ駒のとまる瀬もなし

除夜　陳文錦

鷄聲人語漫繽然、酒盡殘灯尚未眠、
三十六旬都混過、偏將一刻惜流年、

一九一四年

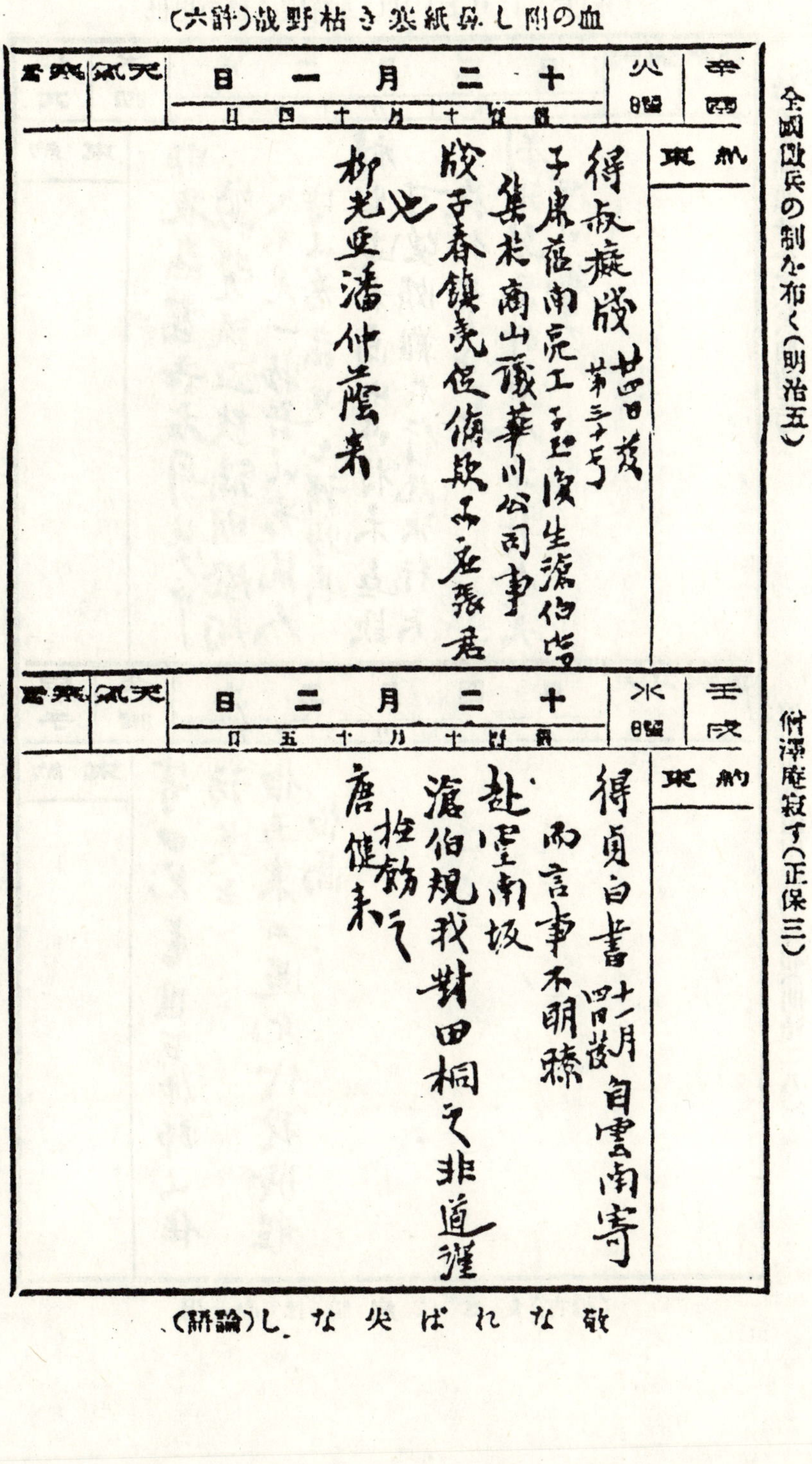
血の附し尋紙淡き枯野哉（許六）
十二月一日
舊曆十月十四日
辛酉
火曜
天氣
寒暑
得叔擬戌廿四日發 第三十号
子康莅南亮工予已復生滬伯皆
集於商山議華川公司事
脫予春鎮堯促備款不應張君
也
柳光垂潘仲蔭來
全國徴兵の制を布く（明治五）
十二月二日
舊曆十月十五日
壬戌
水曜
天氣
寒暑
得貞白書十一月四日發 自雲南寄
而言事不明瞭
赴堂南坂
滬伯規我對田桐之非道理
控勸之
唐健來
澤庵寂す（正保三）
一八四
敬なれば尖なし（論語）

枇杷の葉に脹落ちけりとまりけり（巴水）

十二月三日　舊曆十月十六日　癸亥　木曜　天氣　寒暖

始めて郵便法を定む（明治三）

約束

昨夜蟲囓吾右耳夢中
驚覺流血數滴明燈燭
之不見一物吾以爲鼠人
皆以爲蟲是之謂物異
利
生過於商山以將來無款
可望頗難於行既決行矣
旋仍止於東也
劉承烈昆仲自今活葬貧夫
可以儆矣

十二月四日　舊曆十月十七日　甲子　金曜　天氣　寒暖

遼東半島還附條約發布（明治二八）

約束

寄田兒書匯百佛郎之佳
訪英士
伯玉來不遇允代我發程
伯高

一八五

用心は臆病にせよ（古諺）

かひらたろ三非の仁王や冬木立（其角）

乙丑　土曜　十二月五日　陰暦十月十八日　天気　来書

約束

赴霊南坂
晤子春且別晤交張庠是也
復生相與飲酒
日人国民同盟聯合会竟欲朝
鮮吾國而以是不満政府之外
交其政党（政友会）如藉之以推
倒現政府吾國危機直眉睫
矣
進歩党議員王家襄王揖唐華
二十餘人分赴内地及南洋各埠
演説明年當開立法會議而袁
世凱乃暗柱為総統府諮議官
支那水與馬賀嗜異哉吾
國之政党

丙寅　日曜　十二月六日　陰暦十月十九日　天気　来書

約束

覚居不得訪英士不得
得叔癡牋十一月廿八日將与錫
卿來日本而覚信張子鈞
之履言光明磊落之説動人
如此
得田見寰十月廿一日尚可以謀
黄石曾議依以譯業自
活也
得子春鎮一書廿八日四百啓
未得而雨堂左丞欲行
訢於錫卿与我耶
飲滬伯家

一八六

虎穴に入らずんば虎児を得ず（班超）

冠位十二階を制定す（推古帝一一）

徳川光圀薨す（元禄一三）

風や天非扱らぬ堂の中（林紅）

滿洲軍總司令部凱旋す（明治三八）

丁卯	月曜	十二月七日	天氣	寒暑
		舊暦十月三十日		

約束：囑四弟以後每事必先商而後行

寄四弟暨仲執及慶翁姊妹三人書

與佩年中止赴巴黎之款

復叔疑叔實（未列号白）

東北平定を伊勢神宮に奉告す（明治元）

戊辰	火曜	十二月八日	天氣	寒暑
		舊暦十月二十一日		

約束：

伴俊生朱商山從禪半日

送俊生行

一八七

商業は親戚と朋友とを知らず（西諺）

餘の木には紛れぬ冬の柳かな（越人）

己巳	水曜	十二月九日 舊暦十月二十三日	天氣	寒暑

約束

牋列五嗎匪董兵有之歎
得役初牋激芳竟田人之
碍索松米捕房擁資而
致此也彼索著亦奇禁矣
蓋其存心敲竹槓耳
得叔凝叔實牋 弟卅二号 叔
實多鶩而財力不及矯滋
伯先復之
赴雲南坂

庚午	木曜	十二月十日 舊暦十月二十三日	天氣	寒暑

約束

赴雲南坂
晚得叔凝牋 卅三号 子東
事已了結捕房判惡索者
拘留兩星期也
得倩文牋牢騷極矣芹春
已出与倩文同居也衆以
韓利生以孔正業函來商
得子春牋四百元得也

一八八

腹は能く頭を制御す（西諺）

平治の乱の始め（平治元）

王政復古の詔勅下る（慶應三）

今少し年寄見たし鉢叩き（嵐雪）

辛未　金曜　十二月十一日　舊曆十月二十四日　天氣　寒暑

約束

赴靈南坂与周應時約也
与覺生商分配款項先極
困者覺生慨然允似此君
較公矣英士則ハイカラ也
非是知往日丁景梁之言
不謬丁言因分配款項居陳
諸人之部殊不平
周正羣唐健來

平将門下野に陥る（天慶二）

壬申　土曜　十二月十二日　舊曆十月二十五日　天氣　寒暑

約束

赴靈南坂　晤英士
終日碌々無大計畫皆衣
食之餘害也
後生自門司來談情頗樂也

坂本龍馬暗殺せらる（慶應二）

一八九

倩な人に得れば財の足らざるなし（一茶）

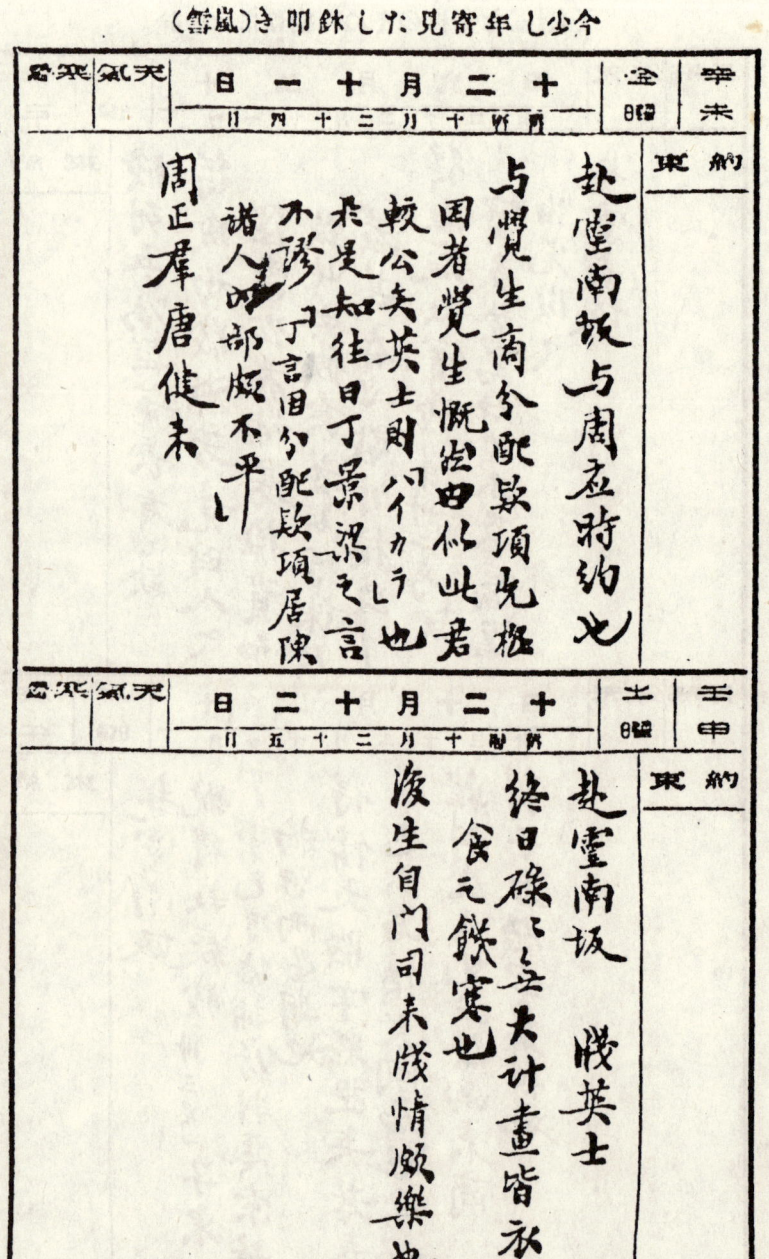

一九一四年

水仙の花の亂や敏郎（惟然）

癸酉	日曜	十二月十三日（舊暦十月二十六日）	天氣	寒暖

約束

啓叔擬叔実 第卅三号
得用五陂

甲戌	月曜	十二月十四日（舊暦十月二十七日）	天氣	寒暖

約束

赴三年町
見張伯麟寄中山書歟
中理而言錫卿之苦也
美士奇特乃[illegible]据白於我
一笑置之
与陸惠生及淬卿談西南
置重之理二君皆賛成
也

競爭は人生の利なり（ヘシオド）

一九〇

征清軍海城を占領す（明治二七）

赤穂義士の復讐（元禄十五）

枯野から兎追ひ出す霞かな（柳居）

十二月十五日　舊暦十一月二十八日　乙亥　火曜　天氣　寒暑

約束

贈倩文孝丈用五
得陵初勝鄭雨笙張左丞
開會不已攻錫卿淑芳人
索則溫於二人云然淑芳
固自取也

十二月十六日　舊暦十一月二十九日　丙子　水曜　天氣　寒暑

約束

曉霆南坡
利生文甫川屆渠以全省木
推定一尊必致互不相下且
雖非議名遂由武恭提出
陵生議遂定
何曉柳以追英士辭職告我
而謂我亦贊成此舉者是
真賀賀而英士被亦不餅
無告皆少被之所致

一九一

学子は日な愛す（楊子）

横須賀鎮守府を置く（明治一七）

河村瑞軒歿す（元祿一〇）

非のもとの草葉に面き水性哉（鬼貫）

大學校を大學と改む（明治三）

十二月十七日 木曜 丁丑

舊十一月一日

天氣 寒暑

約束

唐健来
湘人魏鎚来未兩言而大哭心
頗為動
赴何小柳之約子瓚壽元大
同浚至以背總章為說
其論甚也惜目的在攻一
人
晚赴靈南坂而中山竟橫決
以制人英士知無自知不
是之處見微知著前途
殆未易測也
得芬春啟故態未改其術倚
愚既老之戒頗中之也

平賀源内歿す（安永八）

十二月十八日 金曜 戊寅

舊十一月二日

天氣 寒暑

約束

啟叔凝叔賓 第三十四號 言
利生子詳
後南發逕得叔凝兩啟
一八日發第卅四號一、十二日發
第卅五號係同函付郵
又得後生啟澂芳已矣
竟因病而自投於敵取友
觀人良足深歎眾凡後言
家國而醉心金錢者皆澂芳
之流特未即發耳 吁險矣
武又啟叔凝並人
左孤雨堂未識識澂芳而詆
錫卿也

艱難は最善の良師なり（古諺）

一九二

初霜やとけかかりたる橋の上(蕪村)

十二月十九日 土曜 己卯
西暦十一月三日
天氣　寒暑　約束

北還南坂
郭雲樓以蘊南之寄來函
益田於剛之來擬提錦帆
合理川事之議余答以合
理所極出但須無違律於
內治撲一致是首欲借指乃我
必為首領指將之見則渠將
自瞞之可也未
訪於剛花灼三處不遇

國税滞納處分法發布(明治二二)

十二月二十日 日曜 庚辰
西暦十一月四日
天氣　寒暑　約束

律剛芝軒留日本備灼
三蘊南伯玉來
夜過灼三

新律綱領を定む(明治三)

一九三

果斷は勇氣の上乘なり(古諺)

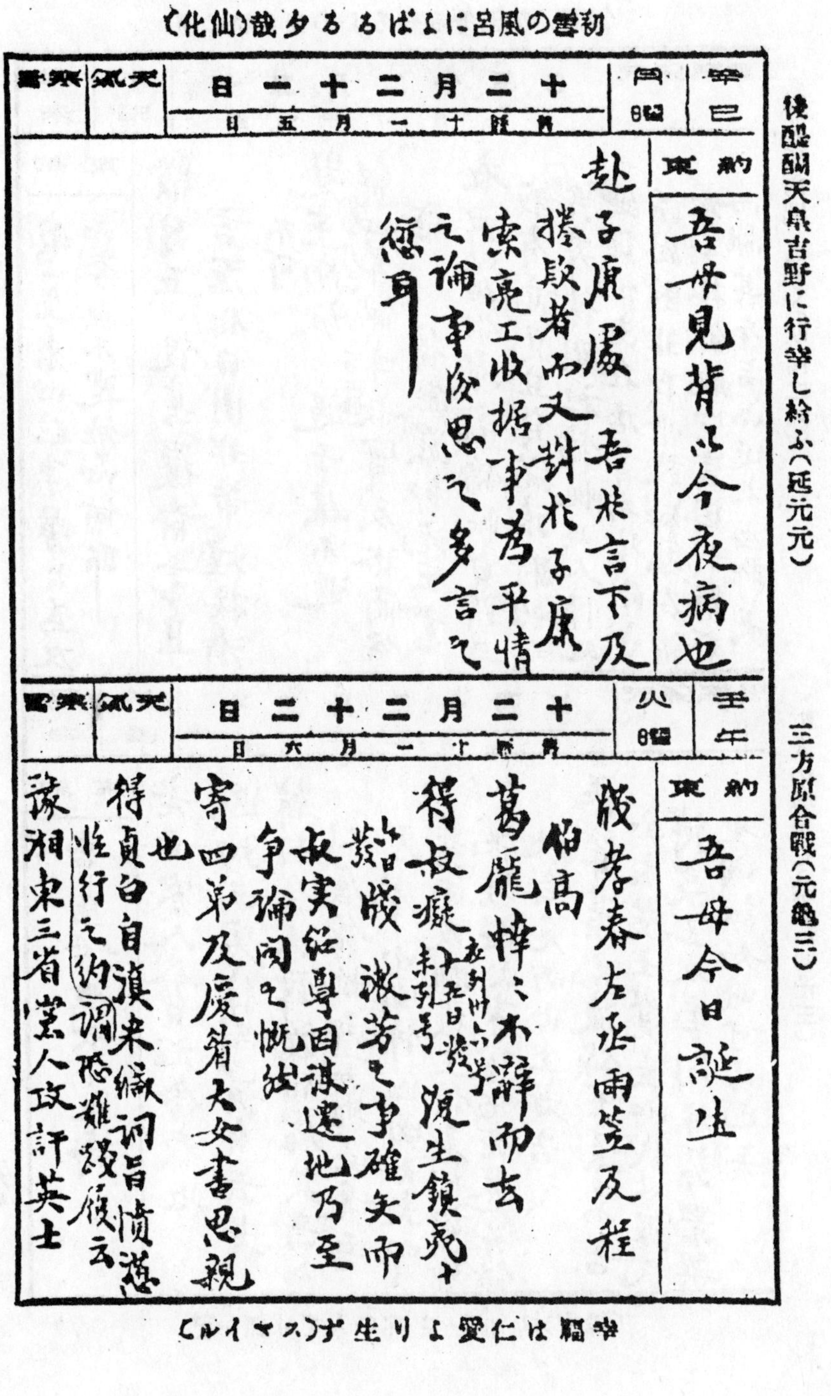

初雪の風呂によばるる夕哉（仙化）

辛巳	日曜	十二月二十一日 旧暦十一月五日	天気	寒暑

後醍醐天皇吉野に行幸し給ふ（延元元）

約束：吾母見背以今夜病也

赴子原處 吾於言下及
搽敗若而又對於子原
索亮工收據事為平情
之論事後思之多言之
德身

壬午	火曜	十二月二十二日 旧暦十一月六日	天気	寒暑

三方原合戦（元亀三）

約束：吾母今日誕生

綬孝春左丞雨笠及程
伯高
葛龐樟之來辭而去
得叔癡 十月廿六號 十一月五日發 未到號 復生鎮夷十
蕭巖 激若之事確矢而
叔實紹尊因謀遷地乃至
爭論聞之慨然
寄四弟及處甥大女書思親
也
得貞白自滇來緘詞旨憤懣
性行之約調恐難發復云
詆湘東三省黨人攻訐英士

一九四

幸福は仁愛より生ず（スマイルス）

昼のひる夜のよる知る冬至哉（乙州）

天氣	寒暖	十二月二十三日	水曜	癸未
		陰暦十一月七日		

約束

我一生衷心臨事勞於為友
而卒無不遭嫉忌何耶

戢列五促其覆前書且
言滬伯日用非常煌接濟
赴臺南坡過子康不遇 不可
得四弟佩丰叔賓及裕商公（三日書）
緘 得熊羅柳光亞書
夜譚滬伯屬函錦帆自謂與
我有意見且自滿請時始嘻
異矣律剛袒錦帆此人情也 出
錦帆志在居首而律剛亦謂
謂然則非我所敢知鳳石謂
松本樓錦帆宜言因我辭釋
而離其本旨亦近於無聊矣

始めて内閣を置く（明治一八）

天氣	寒暖	十二月二十四日	木曜	甲申
		陰暦十一月八日		

約束

吾生母六十上壽

老母家人今日尤念我也
過灼三審律剛實有意著
辯利生來譚滬伯屬其意亦
似屬錦帆而言則異是吾
歷崖小園作此國大夫實
葉園及推復生代表之故錦
帆嫉忌之事（通緘滬復）并錦
帆意見所由生者告之
張羣基以後錢之未告
必去英士覺生而代以漢民
溥泉且及季陶梓琴景梁
也內訌如此可以已矣

町人の帯刀を禁ず（明治三）

一九五

己を抓りて人の痛さを知れ（古諺）

京濱間の電線落成(明治三)

續古今和歌集成る(文永二)

炭賣の横丁さがす吹雪哉(夕湖)

乙酉 金曜 十二月二十五日 舊曆十一月九日 天氣 寒暑

約束

本生父見背十五週年 陰曆

吾本生父[illegible]見背 忌日 當年
啜粥飲泣之情吾子孫不
可忘也
夜過灼三不遇
湖南改選支部長大映長此不
易則不可挽矣
介館來 談熊羅柳光亞
過亮工處留飯子康必欲得
債撫也故倩滬伯蘊南往
商亮工如遂允之
過吳錫三非申仍過滙於詞
而為漱芳傷也

丙戌 土曜 十二月二十六日 舊曆十一月十日 天氣 寒暑

約束

得叔凝發十九日 老作廿七号 三十六号 傷漱芳
之不能出而喜錫卿之行 廿五日
得錫卿自神戶來緘
得仲執緘 十一月三十日 已赴滬
住統捐局事而腳麻滯脹
脹則病後未復元也
得子春發十九日
赴靈南坂
吾父見背三年矣陽曆不
能如禮罪之大也殆親死
親也

一九六

己に克つものは眞の勝利者なり(ヒースイル)

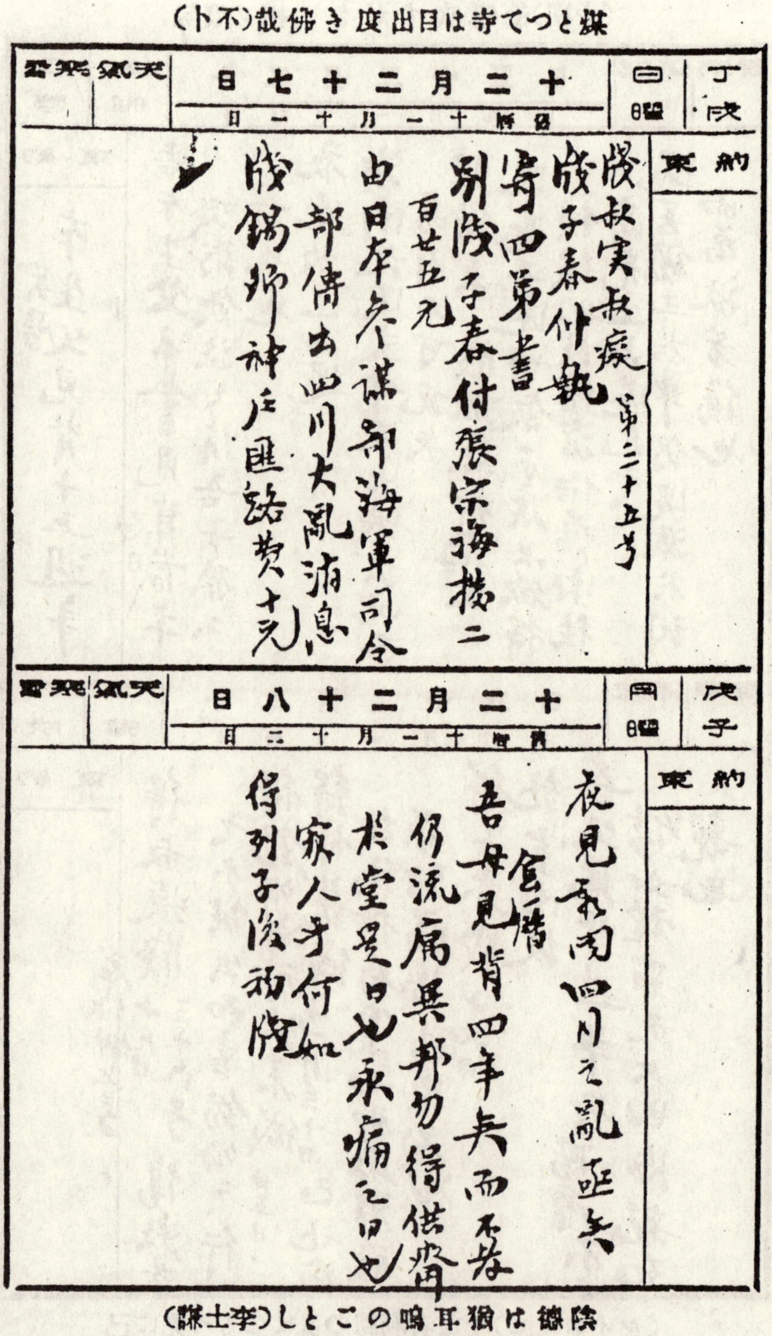

謀とつて寺は日出度き佛哉(不卜)

丁戌	日曜	十二月二十七日 舊曆十一月十一日	天氣	寒暑

約束

发叔实叔疾 第二十五号
发子春仲執
寄四弟書
别发子春付張宗海按二百廿五元
由日本参谋部海軍司令部借出四川大乱消息
发锡卿神庄匯路费十元

戊子	月曜	十二月二十八日 舊曆十一月十二日	天氣	寒暑

約束

夜见东闻四川之乱亟矣
吾母[illegible]见背四年矣而不孝
仍流屠异邦勿得供齊
於堂是日也永痛之日也
家人其何如
得列子发初发

一九七

陰徳は猶耳鳴のごとし(李士謙)

松平信綱天草の賊を討つ(寛永一四)

幕府志士の大獄を起す(安政五)

孝明天皇崩御（慶應三）

日佛日獨追加條約公布（明治三一）

喧嘩する暇はありけり歳の市（立志）

十二月二十九日　陰暦十一月十三日　火曜　己丑　天氣　寒暑

約束

晚錫卿以叫事既実而胡
景伊陳造（人将）被誅宜旨
錦帆輩速計議也
再偕錫卿促来東京
遇凌子璜
夜赴霊南坂
得周悠君偕袖査趙世弟
醫業学校也

十二月三十日　陰暦十一月十四日　水曜　庚寅　天氣　寒暑

約束

赴霊南坂
晚留美士及霊南坂同
志兵以李厳而公家又
寄旅钱

一九八

忠な弋となし義な背となせ（古語）

古さとや臍の緒になく歳の暮（芭蕉）

辛卯	木曜	十二月三十一日（舊暦十一月十五日）	天氣	寒暑

約束

匯英士共得款二千三百元
而仰給者六千元以外其
間又有一筆不能緩者遂
以三分之一分配使足而
同志若不勝其苦矣未
異不能不憤恨捲款自
肥之徒
晩十一時始歸十二時寢嗟
夫又度歳異郷矣

臘八を逃竄したる副司赦　鼠骨
炭賣ののぞいて去きぬ冬構　露石
煤掃いて樓に上れば川炬し　子規
雪礫や下にならべし俳莚　瀘子
掛擧や酒の後悔就中　碧梧桐
大年の我が顔惜む鏡かな　旬佛
紅顔の兒孫相倚る炬燵かな　四方太
出勤にしばし間のある炬燵哉　鳴雪
藥竹賣生計何ぞ極らん　青々
月四に大火下火となりにけり　碧童

一九九

我軍松樹山を占領す（明治三七）

國民日記
民國四年

中華民國四年

國民日記

上海商務印書館印行

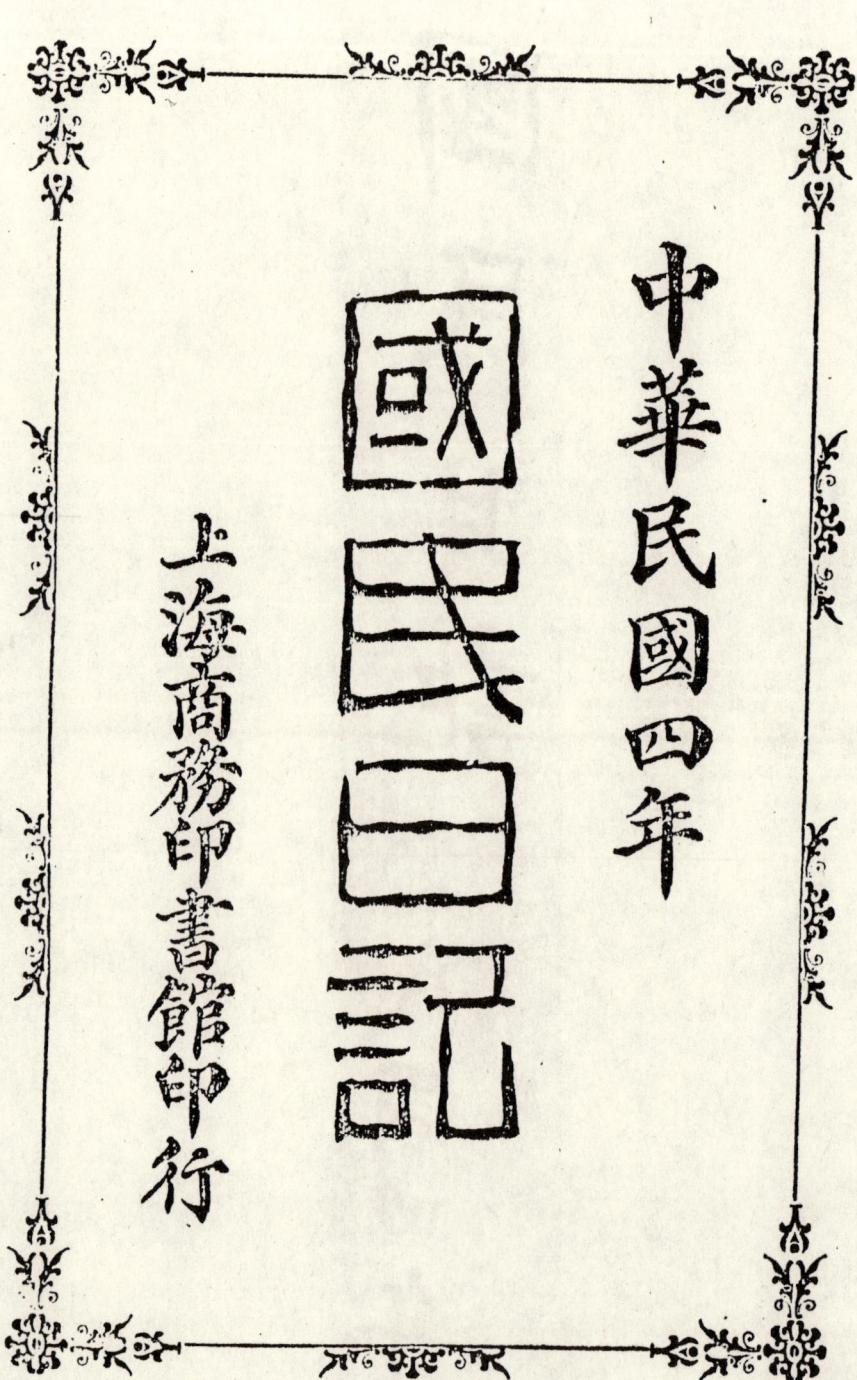

民主國之元氣在道德　孟德斯鳩

一月一日（甲寅年十一月十六日壬辰）　金曜日（即星期五）

提要

（交際）

倏忽者又一年，學既不修，志復不達，行年四十而三十九年者皆非也。國是日亟，袁氏嘗僭位殘賊勿誅，昨予之章，親老缺養，罪尤大焉。

元旦第一快心之事，蓋徵之大阪每日新聞、東京朝日新聞，胡景伊、陳廷傑被殺似已確實也。偕滄伯赴靈南坂，而孫先生仍未停筆也。遂邀英士及覺生游日比谷公園飲酒，林蔚、陸步月觀活動寫真於葵館，凡川師既動，前途頗有希冀也。

（通信）

（氣候）	（溫度）
晴、明月	華氏二下時　四六、一四

一月二日(甲寅年十一月十七日癸巳) 土曜日(卽星期六)

提要	
(交際)	
(通信)	得貞白牋 十二月十一日漢城
(氣候)	午前陰 午后晴
(溫度)	四十四度八

朝起理去年未盡債事 略悉後就商山 得律明錫卿自神戶緘示疑川事之本 雖今日報知 彰閱謂川電云無其事也

大飲滄伯家 過泥工鐵樵子玉斧斯

夜夢人以針刺吾右掌 納藥吾口中 而其言則曰餽吾繡馬 而吾橫卧於床 負痛而吐其藥 醒時猶若有餘痛 蹲起而吐苦不止也 稍靜始恍然爲夢中事焉

閔崇埈龔維周來商事

晩由杜昊廷轉來貞白牋 方山趙送省囑以四十元濟昊廷

有志求精學一技藝然後可以立身治家　陳辰赤

一月三日（甲寅年十一月十八日甲午）日曜日（即星期日）

提要

（交際）

（通信）

得叔癡說十二月廿六日第卅八號
得鎮充子春說十二月廿五日

（氣候）（溫度）

劉俊三述滬上以吳虎頭被捕其妻子出爲籌贈給之計心悽愴也

子春說張歐挪用頗巨今吾戲與鎮一亦云云也　癡公書教之以大計與疑爲命

吾去年除夕前各函皆未署第五街木箸號遞到否　附來渝緘舊十月廿五日爲十二月十二日大有可爲也

銳卿午后一時由神戶抵東京形容稍稍癯瘦略譚滬上及川事及錦帆諸人情形

遂偕赴雲南坂詳述川狀　漱芳已辭赴北京頒得不死其見頗謬其不負友又可悲也　少戲閣已出獄今日始知少戲既與公諸發電營救

瀛海而人又以民黨機關中之大安得不被捕幸不及難遠人稍慰耳

夜深劉俊三來傷心吳虎頭之獄而又計其妻之不能自存吳君可悲劉君則可敬也

一生之道路在發軔時方向既定可決其將來　斯賓塞

一月四日（甲寅年十一月十九日乙未）月曜日（即星期一）

提要	
（交際）	送黃二還國
（通信）	得叔賓啟 十二月廿六日與 於陰曆三十六號
（氣候）	陰
（溫度）	四六九六

叔賓復謝川函三事頗可為也　少年再造黨竟以黨員選叔辦事者之不淸晰可見　灼三來說偕詣於滬伯虜律剛以誠待遇人眞足欽也而以寄滬伯緘之無端道及旅囊罄如者徵之灼三固見其六百元之存票也 四明銀行 詐虞交之賊也

送董長有之上海　東京驛費二百七十萬元今日觀之頗足稱也

死堅南坂洪進行大計而四川外實未嘗與一言蓋財少而分多吾以為非勝算也　以吾所理想裁兵之辦法告中山而中山並舉財政之易為如鐵道收入鑛稅地價水電經營市政諸端以為見著手固不易也中山又謂國之才可資外人以日本暹羅為例而吾則兢兢焉蓋用外人者往往反為人用吾國是矣　錢楙屬救濟還家費

傳名於不朽在非業不在子孫英識

一月五日（甲寅年十一月二十日丙申）　火曜日（即星期二）

提要	
（交際）	訪史古香遇賀理清
（通信）	得復生俠廿九日
（氣候）	食
（溫度）	四五、四九、六

錫卿昨夜未歸　訪灼三始知赴亮工處也　譚伯玉寓　遇楊虎而大江南北之同志皆在寒暄數語而退

史古香自粵來其妻粵人也此次及於難

北少年再造黨之名介館先在其黨乃改選進行之計別圖之也

北林蔚陸河南余君被偵者偵之幸得脫宋品三索欵濟之而情迫促

復生俠上海亦報揭胡景伊被誅也

鄉人以新年聚樂飲於神田

一月六日（甲寅年十一月二十一日丁酉 小寒 酉初）水曜日（即星期三）

提要（交際）

（通信）
符叔蘧函 二十九日 三十九號

（氣候）	（溫度）
陰雪	四三、三四

得叔蘧函內附曾張州（十七）滇（十八）湘各函。

晚東信濃町余祥輝昆仲陳抱一劉賡唐夏明儒馮少東諸人召飲也飲醉

滬伯得從生函（六日）。

滇人任宮羊城者不幸而敗來東京相見也

余聞揭雲南變亂四川而無應者尚敗雲南庶幾確乎

赴朱子康處計事　庚工奇窮而我亦將與衣如何如何月露之下相語窮

況耳。

限制自由卽保護自由　赫胥黎

一月七日（甲寅年十一月二十二日戊戌）木曜日（卽星期四）

提要（交際）

早起過介循處遇李國柱石琴一事未言而他客至別之　訪蕭人龍載錫

九雨雪紛紛矣

癡儂所論甚大上海蜀人頗呈呈川事也附張海寓書情形尚可

風雪還館求涅足便晚七時又半矣

儂叔癡（三十六號）子春今年第一書也（次日付郵）

通信

得叔癡儂二日（四十號）

儂叔癡（三十六號改作一號）子春

氣候　風雪

溫度　三三、八〇

精神不用則廢廢則疲疲則不足用則振振則生生則足 羅介山

一月八日（甲寅年十一月二十三日己亥）金曜日（即星期五）

提要（交際）	（通信）	（氣候）	（溫度）
		雪	三八、四八

早赴介僧非山李石琴萬天保約也談至十一時別歸石琴留俄還國

劉德澤自香港來其相遇之情較前熱懇

錫卿今夜將歸南對事之進行而錫卿勇於任矣

雪終日天寒而路滑碌碌於外無一可紀殊足歎也

卜

法律無終食之間可離者也人之文野以法律之有無爲差　孟德斯鳩

一月九日（甲寅年十二月二十四日庚子）土曜日（即星期六）

提要（交際）	通信	氣候	温度
	得田兄稟及張瑞書啟 十二月二日發	侌	四三、一六

晚望南坡　省英士病

今日有言者曰加藤外相對於吾國交涉將以武力解決聞之感術遂通函陸宗輿使白於政府實爲之備更又慮其以啟自我發難疑爲革命黨之別因非是不署名以無名信寄之

得田兄稟（十二月二日發）内附瑞書啟（直接寄日本）純持吳玉章李澀章兩君接濟之也其校地靜而從惟欲習之人不皆應兵役也

兄須愛其弟弟必敬其兄勿以纖毫利傷此骨肉情　方正學

一月十日（甲寅年十一月二十五日辛丑）日曜日（即星期日）

（氣候）陰 夜雨

（溫度）四四、四○

（通信）
得叔癡叔實牋第二號
得四弟書

（交際）提要

偕錫鄉過幼田見真君如自美國寄來像片

得四弟書 去年舊十月十九日 舊十二月六日發 衢累散百金矣故鄉盜賊猖獗也

得叔癡一牋叔實二牋 以五六之三日嵡第四十一號作為本年第二號

廣積不如教子　避禍不如省非　李邦獻

一月十一日（甲寅年十一月二十六日壬寅）月曜日（即星期一）

提要（交際）

朝雨未出门　午后過子康处霊南坂遇英士

牋蔣南樵述張維新来日本王统一相遇英士家所說我共也

只纯来詳且詢其補費事　鐵樵亟欲還居而請款於我之安从得之

（通信）

得朱亮東牋報之　牋余紹琴

（氣候）午前雨

（溫度）三五、二四

一月十二日（甲寅年十一月二十七日癸卯）火曜日（即星期二）

提要

（交際）

（通信）

得列五六日　孝春四日　午嵐
鎮夷八日發

（氣候）晴

（溫度）四〇、一八

午前十一時寂方自介僧處歸雲樓遂至報四報知氣阅擬上海電
轉載列五已被逮於天津指為首領遂同黨十餘人解赴北
京嗚乎袁賊肆意誣人橫暴已極竟至是耶吾又念汗青
矣先是昨日見報天津被捕廿餘人吾心悸然而動深慮列
五或陷於中旋度其不至是以吾謂列五實未與也今列五
如此汗青能倖免耶嗟夫蒼天曾不畀有生命之虞也
得列五六日發　與竟特為最後一般耶尚欲覓地山林作事牧畜與滬伯
後生及余比屋而居為促膝譚心偕極退休之所依依故人忽遺文綱
念之惘悵官僚民黨水炭切如矣　得孝春六日發言之甚長似亦
有不可以已者　鎮夷八日　午嵐八日未發午嵐寒可念也

眞實萬事之根本爲一切才力最大之要素　加黎

一月十三日（甲寅年十一月二十八日甲辰）水曜日（即星期三）

提要

[redacted]

昨夜爲辛亥年在蜀軍政府得鄒仲執儆報吾父病篤之夕也嗚乎

（通信）

得鎮寰儆六日

得瑞書像片

（氣候）陰

（温度）四〇、四六

昨夜夢吾父鼓掌而拊小子兩肩曰汝病我爲汝拍肩汝行能矣其時蓋立騎龍岡前居之庭前石級恍惚如田兄侍左側指而當前大土有人以機器煤炭汽而轉之初盤平旋見小車機器轉往還兩車間心頗異之驚覺而睢色張矣久不見吾父今兹入夢不可謂無意也

趙雲南坂覺生以事与我爭頗氣動也

鎮寰儆言上海窘狀

瑞書之像片睨我今日始到孰知乃翁已被逮鄒百感交集也

無論如何困難不可求人哀憐蓋哀憐中已含輕蔑之意　柏拉圖

一月十四日（甲寅年十一月二十九日乙巳）木曜日（即星期四）

提要

（交際）

（通信）
啟叔癡（未列名）後生佩年
生君子春鎮一

（氣候）晴

（溫度）三六、七分

午前作啟　晚過高野前議頗變更也
吾父見背於今三年矣　不孝僕僕若忘亡親之罪彌天地矣
不孝學行皆退歲又加長惟志不渝耳然終無以報吾親
還國何日掃墓之期且遙遙無定也悲夫
夜詣伯錫卿切商一切
覺生似有餘恨而於事微之

知行二字偏重不得空行與冥行其失均也 張楊園

一月十五日（甲寅年十二月初一日丙午） 金曜日（即星期五）

提要（交際）

偕滄伯過英士有所商遂赴亮工處尋錫卿不遇 晚再過英士偕往為哲謀

子春牋張宗海擬於九日返東京云川事上海寂然而自日本海軍

司令部中人言則永川又上電綫不通也

（通信）

得子春牋八日

（氣候）

晴

（溫度）

四四〇六

一月十六日（甲寅年十二月初二日丁未）　土曜日（即星期六）

提要（交際） 覺生來譚修好然否　一意自勵之意

（信通） 得叔凝函九日第三號　得浚初日晦年除荔丹合函　得雨芝左丞函

（氣候） 晴　**（溫度）** 四二、〇八

老雲南旋　昱子之行決而所謀不可謂如志也　再遇英士
安健淩霄明起伯棁　偕余叙究來譚
錫卿以背細戒叙拜琴謂我不宜過於下細覺生之察察為非此外
有以不濶大規模狹小為戒者然吾自覺旣度量不宏見識凡
近較之疇昔實退而無進皆不讀書無以養氣度之過也
荔丹促較鐵崖尊議　浚初函以郵者誤投筒外漬於雨雪今日
楊伯母始拾得之　浚初詢悉所以過生活者　鄭張函似非由中者
叔凝言上海消息　戲傳胡景伊陸建章死北兵入川邊者轉而入黔又
言風石售械得十三萬金而南游海外
滄伯余計錫卿用人之法軍事頗難人也譚至深夜十二時還寓

惟精勤而後有熱望有熱望而後所得者多　乙克斯列

一月十七日（甲寅年十二月初三日戊申）　日曜日（即星期日）

提要（交際）

（通信）

（氣候）（溫度）五二、三四

未明遂起　錫子出门据當他事余待楊益謙十時遂赴芝
區於所期地待錫子偕遇靈南坂　中山以游勇部署語錫
游勇之長四彈不虛發也健行路也能飢餓也人自為戰不回
頭目被創而退也故宜選派若干拔熟敏强者韓四周而練之
為横行圍內之備其法多行實彈射習教以地形暸擇伏行
跳行時時近走備乾糧遇敵則靜以持之即不支以至夜而後退
也然其說甚長行已迫矣　午后三時十五分送錫卿於東京驛
晚遇英士　子康以電來告而以资属我

無財非貧無業爲貧　孟德斯鳩

一月十八日（甲寅年十二月初四日己酉）　月曜日（即星期一）

提要

（交際）

（通信）

（氣候）晴

（温度）四四〇六

劉道衡宋折三來宋言滇事竟半日也

過子康　滇粵之張訣

一月十九日（甲寅年十二月初五日庚戌）火曜日（即星期二）

怠惰恣肆身之災也　明仁孝文皇后

提要

殷叔癡告以近所謀計欲今夜開英士言又變更也

遇子康、蘊南檢上新聞報十二日記事出示列五被捕確也當推求其嫌疑之故其陳從[illegible]江之姪所謀者牽連及之乎

往者黎萼以黨人之鬻子者告今日周哲謀以黨人之粥女於烟花家者告悲夫

（交際）

（通信）

殷叔癡第三件　子春

（氣候）

晴

（溫度）

四八、〇二

一月二十日（甲寅年十二月初六日乙亥）水曜日（即星期三）

提要（交際）	
俊生啟僑購片遊赴日本橋、本町小西寫真器械館	
叔癡啟以陝電承電見寄，本不解，又以滇函繳見寄，此為已送番號足	
微滇之情狀。田智亮失敗後逃上海，然未言川事何耶。余康成就捕	
而癡若復皆累於列子之風禍也。癡屬將日寄書	
提電南坂言蘇子　送張治臣（肇基）返奉	
為其維周購船票往返，已逾九時，后而維周臨已啟，至一日本式啟	
悵然異不敢加於行李口雖堅不能用也，遂止之。不遠又赴神田	
區之十二圓日幣在今日則甚覺也，故不欲棄之，亟開退船票，而心	
則大不快，勞心勞力也	

（通信）
得叔癡啟（四月十五日）
得俊生函啟（十二月十五日）

（氣候）晴
（溫度）五一、〇八

能治生則能無求於人無求於人則廉恥可立禮義可行 張楊園

一月二十一日（甲寅年十二月初七日壬子午初大寒）木曜日（即星期四）

提要（交際）	通信	氣候	溫度
	得叔凝膜十六日第五冊	姓	五一、二六

赴神田投船衆歸邀占豫人宋諸兩君評談 伯玉賢佐来 崇楷偕席正銘

来席言近誇而論川事亟謀陳步三為淑鄰一俊也

畢理氏照譚人尚明白

三田君名歆汝為哲謀季陶中學覺生叙光皆執之汝為季陶醉

藥叢者警察而同中山先生之門之諸若也最若以帖屬書今日乃至

吾屬索印點城渠乃知吾託名之居也

叔凝膜專言鳳石欵意指汪緩卿輩受賄與漁利其間爭而尤甚付吾

人者萬金以外可藉以有為也

一月二十二日（甲寅年十二月初八日癸丑）　金曜日（即星期五）

士當先天下之憂而憂後天下之樂而樂　范希文

提要	
（交際）	
（通信）	
（氣候）	陰
（溫度）	四四〇七

宋排三來訪　過溶伯　林仰先德資譯械事及聯絡同志籌款之法

過英士而方能非適已至也　亮工夜來

調和怒裏氣謙慎寡中言閒酌醉後酒愛惜有時錢　王合錄

一月二十三日（甲寅年十二月初九日甲寅）　土曜日（即星期六）

氣候	溫度
陰雪雨	四〇七

提要（交際）

葛麗來　過靈南坂　飲嚴李兩家

（通信）

得叔癡叔寶片十九日第六號
得通一片　得錫卿片廿一日長崎
得俊生片

叔癡詳言列五避禍始末巴縣人王奎元造偽証誣之指為自成團云王樸山盧伯琅暨汗青同時逮去而上海皆捄百端蜀之商人若蜀商公益會若同鄉會若錦綸絲廠若李觀峰皆漠然至一毫亦不能出人情如此殆以吾黨無成功之望耳　通一亦詐叛而感慨之且以自危易倩澤囊自施還北京限列五不假一錢而去年食盡十月有既消樸山汗青鐵業股本之事則此獄不能無疑

食通量乃至腰痛　風石佳械雖鄭汝成亦欲行其敵詐事之雖也無可疑也而錦帆猶曰無之可歎

俊生排以風石來分給亡命

一月二十四日（甲寅年十二月初十日乙卯）　日曜日（即星期日）

一著失機著著皆失　康德

提要	
（交際）	
（通信）	
（氣候）	晴
（溫度）	三六、〇三

湘人豫人来談，遂過商山叔問列五之獄

相事務所新宅　遇英士豫了洪也

自是者其行專　自矜者其行危　自欺者其行驕以污　明仁孝文皇后

一月二十五日（甲寅年十二月十一日丙辰）　月曜日（即星期一）

提要（交際）

通信：俊俊生、予春、鎮逸、藕舟俊功伯、常竹軒、上香草師長弁、俊生君、幼田未俊

氣候：陰　小雪

温度：三六〇三

俊生往者以董二事頗有責言昨則悔之今予俊白余無介之且將俊片乾板付郵　藕舟俊功叔俊來今處之耳　牙粉若能暢銷頗足自活故与子春諸人言之且詢其商業之進退

俊香草師寥寥數語說到五事必吾師却當排之術也

孫人來所商大定　劉俊三來從席正銘之行也

滬伯以前田交來之圖付我果能依著收效固宏如創商也

因蘇中事而念及提挈天下奔走群雄之道遂為俊蓀之能難予其言之入盡心耳矣

有過能悔者不失爲君子知過遂非者小人耳　李邦獻

一月二十六日（甲寅年十二月十二日丁巳）　火曜日（即星期二）

提要（交際）

以列五被逮告田兒戒其及時勸學
是日事務所還麻布匯　還英士
錫卿電促歸　俊生談四川名義關係以金錢之故發若干人之福
之也者其不任之咎決矣而滬伯頗悞惱

（通信）

發叔嶽四號白
寄田兒書
得俊生書及錫卿電

（氣候）

（溫度）

四四、四二

家庭之間一言一動常思爲父子兄弟足法　張楊園

一月二十七日（甲寅年十二月十三日戊午）　水曜日（即星期三）

提要（交際）

赴靈南坂　委任之權限頗使作事者無見不補今見田桐居正之故閙詐不狀而歸結於總者使我奔走至夜半雖然足懼矣

士中山之夢也

發倩亞以學之者愧之處其設法自到五之枉也

通信

發易倩愚　發幼田

氣候

溫度　五三.六〇

一月二十八日（甲寅年十二月十四日己未） 木曜日（即星期四）

提要

赴醫院 目腹之病皆輕 進藥而善餓也

過英士 赴靈南坂

（交際）

（通信）

（氣候） 風雨

（溫度） 五五、九四

君子以合道為朋 小人以合己為朋 呂新吾

一月二十九日（甲寅年十二月十五日庚申） 金曜日（即星期五）

提要	（交際）	（通信）	（氣候）	（溫度）
俊三以我閩四川大有可為排集商西南大計 葛龐朝來亦此意也 豫人未具狀		啟叔處 五弟	晴	五〇〇七

一月三十日（甲寅年十二月十六日辛酉） 土曜日（即星期六）

健全之精神必寓於健全之肉體 陸克

（提要）

（交際）

過蔡士 赴靈南坂

列五事 其次蒼一 皆赴京營救錫鄉 以廿三日抵上海

我窮人皆以為有餘 從餘裕無厭之請 且敢侵若貴負者幽贖可羨也 假其實不知我為厚顏 請於人者尚有可說 甚矣人之不諒也

（通信）

得叔擬第七号 廿四日 子春信 廿三日

得侯生信 廿三日

得昆子信 廿三日

（氣候） 陰

（溫度） 四一〇五

父兄不可常恃人當自求之身　黃道周

一月三十一日（甲寅年十二月十七日壬戌）　日曜日（即星期日）

提要（交際）

檢日記久不得家書而我亦久不寄書念飛兒已試一寄之以卜道路之通否也

叔癡謂上海傳說袁賊以火鐵烙列五足掌求供而汗青已致館殺凍殺其說不一暗無天日如此不滅之焉可哉

子春復謂前田飛機之說後出無是物也

（通信）

得四弟書

得叔癡第八號

子春復廿五日

（氣候）陰夜雨

（溫度）四一、〇〇

處處要樹立一界限事事要斟酌一方寸　陸稼書

二月二日（甲寅年十二月十八日癸亥）　月曜日（即星期一）

提要	
（交際）	過英士　赴靈南坂　晚過介然
（通信）	
（氣候）雨	（溫度）三六〇三

介僧以貞白養日婦告我已生子矣而渠則十二月初旬到香港然來牋為署自滇發何必如此耶一事不誠則事事偽矣惟介僧有意見之言當察之耳

英士以管款之事為我言曰中山先生以款屬我我自信款事平時祇有虧吾私不能益吾私也然欲我一錢不錯我則不能我此後復納妾已生子矣第二次失敗我使自謀告之曰有錢將以濟同志圖再舉去年秋末始知其不給故適他人吾家強留其孩而養之　又曰吾自信破壞時尚能有用建設則非我所能以我無根柢但略有天事耳然中山能見其大必能建設故凡怨皆以我當之蓋成而後可無憾我不可無中山也斯言而信可以感矣

君子不以其所能者病人不以人之所不能者愧人　禮記

二月二日（甲寅年十二月十九日甲子）火曜日（即星期二）

提要（交際）

啟叔癡匯日幣若干也未言事
鐵橋來謂到五沂青實易昌捐為之得斗寅書點竄此意云烏乎人心
若此耶
鈍霆南奴得匯票如約　有許覃理明者辯於中山辯而不勝遂悻
悻然有為脫黨者
曾季陽來觀其舉止頗不沉著
檢拾行李　蕭賢佐以書來內附柳光丑及譚君忠州人三之外甥吴錫與其
弟織以每月生活託我亡安有此力

（通信）

啟叔癡不列郵

（氣候）陰

（溫度）四四、〇九

二月三日（甲寅年十二月二十日乙丑） 水曜日（即星期三）

（提要）

（交際）

居蓬萊町野村和歌家十閱月今日遷居麻布區市兵衛町別特
不能無感其一家送我於門外
赴雲南坂 過英士 季陽進謁中山
朝過源伯告以吾所寓地見復生書後生進矣言和而氣平其栽培
谷報中最痛心者雲南之獄共捕者九十餘人已槍斃四人而蔡輯
五則斬頭也嗚乎虐矣去年十二月廿九日事輯五可謂盡瘁者矣
晚偕曾季陽赴雲南坂甚容恭其進取之心切
雲樓以吾新遷未諳最久以處人接物規我也

（通信）

（氣候）	（溫度）
陰	四六〇四

一羣之利益即個人最大之利益　優士連

二月四日（甲寅年十二月二十一日丙寅）木曜日（即星期四）

氣候	溫度
雨	四二〇〇

通信

得真如吉甫啟十二月廿八日
啟幼田

提要（交際）

幼田將吉甫真如啟函論事頗有是處
陳中孚來詢寄宿舍事也　迎英士
覃理氏到事務所詳談湘事

明日小子之母難日也而非常年往者吾母六十上壽而不孝遠離念兒已極今又小子三十九歲之日其命小子也不知如何悽然萬感滄伯漫說在侍不得事吾母其事吾友之說流啟滄伯訂明日具饌春揚兆伯兆伯母而并約蒙樓陪食然寫啟時淚盈眶睫間也今日之感為去年所無今日念吾女弟及吾妻吾三女像倍甚憂吾妹吾婦之有他蓋恐因亂而受驚也夜雨霽明月疏星坐之而動鄉思也

二月五日（甲寅年十二月二十二日丁卯 卯初立春）金曜日（即星期五）

提要	
（交際）	杜亥生來告見白孟香港 侄雲南之行飯
（通信）	介僧來啟 寄叔𢖍啟 弟六弟白
（氣候）	陰 會
（溫度）	三七 四四

余生三十有九年矣，少之時碌碌，嘗以抵牾有司，重親憂慮。及從事革命，丁未出亡，而親以凍餒。庚戌，吾母見背，不孝遠客秦中。辛亥民國紀元，以為自今可以享太平養吾親矣，而吾父又遽棄養，不孝亦客渝州舊[redacted]辛亥正月，從父伯兄及其子先後負殁，吾伯父之祀斬。小子痛之。今方際世昌明，而父不我待，烏乎已矣。然以為尚可朝夕侍吾左生母之側也。孰意袁氏當政，國是日非，壯志不酬，避居海外，老母思兒，不知今日落於何涯也，惟祝成功之速而已。　朱華往不近人情，余既心有所感，而華往又亟慨余僕僕風沙寒氣中，感生病也，而腦因以不寧。　夜侍楊老伯飲，甚歡。滄伯傾吐所懷，而又起而規我，不謂吾亦犯後生之病，躁急而易淡於外也。又謂吾當持久，甚毅力耐勞，雲樓亦慮我因大計不成而思退

不能服從規則不能自由　加來附

二月六日（甲寅年十二月二十三日戊辰）土曜日（即星期六）

（氣候）晴

（溫度）三九〇七

提要

（交際）

（通信）寄雪壁書　發子春寬生

未起而雲樓至湄終夜不眠朱華任真莫名其妙者也

三月不得雪壁書今之遂發緘一探消息

過英士　子康來商歸慶事而垂於列五今權之敗我乃損昨日之不快於內

中華依子康有難堪者且恐其挾列五以要我遂欲此不顧而撤雲樓

已未詢得子康內力事誹釋而我頗怒急不可遏年來乃有此境人亦察

則亦從其斯之謂歟非是耶遁伯昨夜語蘊南之言請遁伯往告蘊南

列五今權之敗我亦任籌措之責蓋朱華從前一搗亂則列五不能生

矣烏乎同志烏乎黨人　季陽以書求欺俄詫異之細故稱兩山

未所經歷之事實無不至有意外之詐也其少年不切實與關係非細

自此不放心矣　林伯仙赴部辭事

二月七日（甲寅年十二月二十四日己巳）　日曜日（即星期日）

提要	
（交際）	餘食膳廿六日誤書於此
（通信）	得叔癡牋（三十日九號）復（生一日）　子春（一日）復函（三十一日）牋
（氣候）	晴
（溫度）	四二、八〇

吾妻今日四十歲矣，以其性情境遇，則望夫恩子之切，必有不可以言喻者，吾頗念之。

朝浴，便道過事務所，雲樓不在，必在子康處調處也。

菖麗來，微露不平。

雲庚來，潞伯承老人意台小子飲酒，及往，不撤錦帆相遇，彼此皆若漠然，而我以生悵惘也。無何，童頰漢亦隨諸人之後而至，且相視無言，以予性情涼薄，固不足責，然不如不見之爲愈也。

雲庚規我曰，當如渥伯言，真氣須內斂也。

陳策自長崎來，特訪我，出其素心大家歸重米行之一字，將現象也。

上海四股皆痛心，列五汗青之獄而易昌楫可赦矣。

七姑今年七十壽矣。

遭必不能免之禍當泰然自若不可擾亂其心　佛闌克介

二月八日(甲寅年十二月二十五日庚午)月曜日(即星期一)

提要	
(交際)	過英士
(通信)	得叔癡牋(二日誤作九日) 叔實牋 錫卿牋 錫樵牋
(氣候)	晴
(溫度)	四四、四六

過英士　錫卿以午嵐動北浮誠屬我與溜伯寄書維繫之　叔實伯兄以
食曆十一月五日死慮四勿之過毀僞名未來京勸解之　叔癡謂錫卿已
出而預汪漫卿董雲韶事頗足慮也列五居獄中能通牋言乃獄卒
及錄供者[illegible]懷賄否則將增減供詞汗青最險偵探陷以僞證而害大
燒背去上海力措錢往矣　斗寅思東來然苦貧允為籌之
過溜伯灼三先在子康糊塗既食其還錢之語又不揭收據而錦帆實主
持之可以觀人矣子康且曰既不留芳亦當遺臭吾料其非其既也
然其心可誅而吾之責已重
聞有欲集會對政府宣言者心果為國耶抑欲為外交後援而乃集會
鄰呼於敵國京城之內其啼積尚足道乎　味腴亦奔走中也

二月九日（甲寅年十二月二十六日辛未）火曜日（即星期二）

提要
（交際）
（通信）收一函
（氣候）陰微雨
（溫度）四五、六四

以其父喪告四弟作書時悵觸吾懷遂至大哭

過竹生道腴未言事也　見集會之傳單以熱而無識奈何國家之政非一會議一電文所能了也

晚過英士為竹內寫帖

失意事來治之以忍快心事來處之以淡　陳辰亦

二月十日（甲寅年十二月二十七日壬申）水曜日（即星期三）

提要（交際）	（通信）	（氣候）	（溫度）
	得周太夫人訃 得德堪兩函 法第二號第三號 一月十日及十一日		四七一二

赴靈南坡　滄伯以周太師母訃予，於月之一日與安長辭，當前年小子北京入獄，周太夫人聞之大哭，縣念不置。小子居異邦二年，而先人長往矣。烏乎

田兒來，錢言學課及決計不歸，前寄百法郎已收到也

蔭南遭母喪，偕雲處過唁之，不遇。德先還國，伊表已赴車站矣

無自由則國家不能存無德行則自由不能存　盧騷

二月十二日（甲寅年十二月二十八日癸酉）木曜日（即星期四）

提要（交際）

周道腴謝介僧來譚飲之酒

四勿黎明至百端慰之大約還國之思可以止也

倩恩來緘謂列五諸人人並援渠亦極力營救足緘當為彼存之

曾廣焯來別戒其慎也

通信（信）

得易昌楫緘六日

氣候（候）

微雨及雪

溫度（度）

三九、五六

禮義廉恥國之四維　王集敬妻劉氏

二月十二日（甲寅年十二月二十九日甲戌）金曜日（即星期五）

提要（交際）

晚過滄伯始聞吾對朱華經之事童顯洪反詈我也且謂吾革命而子得游學西歐渠革命而止噫乎彼誠至此不值一噱矣

夜夢蓓南負我而趨

滌叔凝其中最重者二事錫之計畫與行止及錫之出與汪緩卿否也

（通信）

寄叔凝滌 第七號白

（氣候）

（溫度）

四九、〇二

二月十三日（甲寅年十二月三十日乙亥）　土曜日（即星期六）

提要（交際）	通信	溫度	氣候
	兩寄曾季陽書 得叔癡戩晉第十一號	四六．四	

赴靈南坂　遇英士　赴正金銀行寄曾季陽書

人情叵測　淺識竟以去年感情作用而別有所謀　吾頗念將來之禍矣　陸惠生論第二次亡而歸獄於黃興　並及滇民　又謂使吾國有德意志之皇帝者　不患不一日千里　如總統則鮮不蹈法蘭西之弊而美亦非可強也　又謂第三次革命必有帝制出見　成功必在他人　是皆有味之言也

存唁蘊南

叔癡戩謂律剛語人曰　雖克強不能合之　故以在日本中則謝慧生在上海則盧錫卿已自成一團體　嗟乎　挑剔之憎々不讓錦帆矣

晝之所為夜必思之有善則樂有過則懼　李邦獻

二月十四日(乙卯年正月初一日丙子)春節　日曜日(即星期日)

提要	
舊曆之元旦也寫影以紀念	
(交際)	
(通信)	葛龐來
(氣候)	陰
(溫度)	四九八二

臨事讓人一步自有餘地　臨財放寬一分自有餘味　高景逸

二月十五日（乙卯年正月初二日丁丑）　月曜日（即星期一）

提要（交際）	（通信）	（氣候）	（溫度）
		晴	四二　四四

朝赴事務所理事半日　赴雲南坂許汝爲來謁不能飲而走梯上之族患處溺鬼也　緘金山埠洪門總公會羅日宣三德　以渠來緘述美僑攻馮自由之事　晚紉秋景渠來牋皆滑稽事

忠信篤敬是一生做人根本　張楊園

二月十六日（乙卯年正月初三日戊寅）　火曜日（即星期二）

提要

（交際）

致叔癡並告以子康訴訟之事

致後生勸其相機處理不行則退然就叔癡

未幾則其事已成矣

琳癡致道汪侯事外煩雜鄭汝成出兹大打叔公去二萬金胡景伊又恐誅指可

惜已極樹通一及叙亦致列五猶能讀英文而訐青乃寂然無聞者何也

其已物化耶叙亦以李培之所得探者姓名及所述事實述致叔癡

識之

贈溶伯　致鄭品純

（通信）

致叔癡 第八號　子春　後生

得叔癡致九日弟十二號　內附通一函　絨叙師一件

得貴三致一月十七日雲南發

（氣候） 晴

（溫度） 四六、二六

人心放他自由不得　高鼎逸

二月十七日（乙卯年正月初四日己卯）　水曜日（即星期三）

提要（交際）	（通信）	（氣候）	（溫度）
	錢叔處（告列第八 應列第九）	陰	四一、七二

周太師母之喪小子遠在異國不能執紼思撰文哀輓苦不達意以情請滌伯代撰
今日承滌伯撰定其文曰當今數家以母儀王範以遂叛有爲山徽瀓末也有
子爲經人師表平壬而後不堪老淚苦諸生又輓鐵厓之太夫人文云國
未破身先亡亂世多中鋤靡乃爾生無養死不葬英雄有母沈痛
若斯

蔬南夜來謂將偕錦帆赴南洋云吾欲留之而未知統一所經營者頗難於辭

購地圖八十六張日本陸地測量部所製惟屬吾國及鄰地相接壤者因爲百萬之一
云惟大本國地圖而求之耳也

爲人謀事必如爲己謀事而後慮之也審　史搢臣

二月十八日（乙卯年正月初五日庚辰）　木曜日（卽星期四）

（交際）提要

以蘊南行事徵滬伯意見午后得霞書當彌誠留也　南於英士向以統一未歸始以一星期為率待王統一也晚過倪雲橋往晤蘊南

鐵崖太夫人之喪定於今日治為致寄立丹持達

叔癡來致述可亭得諸浙人某某之言列五燒背三次許青尤慘云

與英士計熱河東南及宣化之進行英士但主踈通聲氣我主切實着手爭論不決而張醒和緩其辭謂再與中山言之此次對湘人之法對我所謂其誠不足若非是見之雲樓因戒我大局爭小事之爭也

湘人方漢如來竟以機詐遇我

（通信）

致滬伯

致立丹復函鐵崖

得滬伯覆函及叔癡書 十三日 十三日寸

（氣候）[illegible]陰

（溫度）四二．八〇

二月十九日（乙卯年正月初六日辛巳）金曜日（即星期五）

提要（交際）	通信	氣候	溫度
	致叔庭十号 復蕉甫	雪雨	三七、七六

作詩　午后得任鉨天壽祺書其詞哀而自下令叙悽絶

又請雲樓往見蕉南綫之以詩

復鉨天書寬之使易養然其病終難癒也

夜八時按摩者至遂綫星而睡達翌晨始醒然夢多大半遇死者

吾先君子吾伯母弟從父二兄及張德圃表弟云大妹則移座与不有譚

審議相仿之事而先君子至論食事不許小子嘱家人做豆腐 先君

素愛 小子從之不許論食品者大妹聰達識字教以家庭規矩律人而

入夢一与生時相反然不夢大妹二兄者數十年矣晨起惘然 人以宴

飲油吾為運之置諸廢甕壁穴鄰多来觀者亦夢中為也

奢侈者衰弱國民之大原因也　巴克車

二月二十日（乙卯年正月初七日壬午 初七 廿 雨水）土曜日（即星期六）

提要（交際）	赴雪南坂　滄伯來
通信	得叔凝牋 十五日 不列郵　十日 允牋　復生子春
氣候	晴
温度	五〇三六

周應時將還而議收容萬一失敗者以不得英士確答遂言非我據理與辦法言之洵不易之道惟革命黨之事都財力大半皆謀進行且不足也然察其意非有責任者不可推諉諸英士於大作上許之未審所見之無異否也

叔凝鍼已與復生議定名義一切仍舊當設法迎其親以安孝子之心也

復生氣尤和可謂得滄伯言而解者　紙秀五妹今年當考入巴黎大學果尔亦佳事也　子春來吾往為慎出之證也

英士過訪一言藴南棠支去數百金而與諆議今欲去祇得酷之詞若甚不滿者吾聞之頗難處以友誼鄉誼及患難關係與夫吾黨藴南之心義當斬然止之而加以責備而勢不可非見商之雲樓探其奧旨若有所失遂姑寬止之

二月二十一日（乙卯年正月初八日癸未）日曜日（即星期日）

一息不戒災害攸萃　明仁孝文皇后

提要

（交際）

取所攝影片稍欠明晰而像之兒則豐態亦舒適

任壽祺宜入病院調治商於英士晚又過英士

（通信）

（氣候）	（溫度）
晴	五四、三二

道吾過者是吾師諂吾好者是吾賊　白秋齋

提要	
（交際）	久不得家書且陰曆新年家庭百事待理今催成四弟出其詳報我也　田兒接昔日書必懸懸來列五之擬今告以去陰并勵其注重切要之學吾婦居鄉里所見不廣必鬱鬱亦屬此子解其母也　成佩年致哀悼非周　太師母之靈　亮工來　秋士來　夜過英士紉秋景梁一晤言覺生子璜之定心真令人驚駭遲回者革命云乎哉失敗期中以海外餘生謀拯國家之急在我祇知有責任而見成事之難也橫生意見尚猶不可而況有挾權植黨藉為勝利之具者乎以國則悲觀非人則可笑也　欲過滄伯未果
（通信）	寄四叔及田兒書　成佩年
（氣候）	晴
（溫度）	五一、六二

二月二十二日（乙卯年正月初九日甲申）　月曜日（即星期一）

二月二十三日（乙卯年正月初十日乙酉）　火曜日（即星期二）

提要（交際）	通信	氣候	溫度
	得叔癡書（十六日十四號） 復涵伯以真如書示我	食 午后雨	四六、二四

朝過涵伯出真如書蓋省節學費而匯寄美金十鎊備涵伯及吾弟一之用云得日幣百元四十七錢相愛深矣亦可感也

叔癡詳述通一緘中多語則列五沂青固未易脫險而芾煌已到北京後生則不固守其成見

待小人宜寬防小人宜嚴　史搢臣

二月二十四日（乙卯年正月十一日丙戌）· 水曜日（即星期三）

提要

赴銀行　赴雲南坂　過英士

介偕織屬譚世屏持假款於英士處者言之

黃天評以事屬求款謝之

朱華任寄雲樓織券在宗列五款也

（交際）

（通信）

介偕來緘

覆黃天評

（氣候）

晴　夜大風

（溫度）

五六、三〇

二月二十五日（乙卯年正月十二日丁亥）　木曜日（即星期四）

提要（交際）

游先公園　亮工樊卿來　晚周左時來

思雪壁四月三來書病中柳伯坡兄遂作啟寄之

丁景梁以居覺生之調停歸忱於我者向則非日不知覺生言於中山滬

伯如何而滬來書未提及也

（通信）

啟雪壁　啟布傳

滬伯來啟

（氣候）晴風

（溫度）四五、六八

待人要豐　自奉要約　呂近溪

二月二十六日（乙卯年正月十三日戊子）　金曜日（即星期五）

提要（交際）

林德宣周应时来谭最久

朝赴覺生處観兒戲也

英士以覺生言告我覺生言曰雖克武出而任四川軍事但盧錫卿之一部分不反對則迎刃而解矣不然則出任黨事亦可為楊滄伯謝慧生兩人能贊成則克武即出矣云云異哉斯言識之以觀其後

大事之欵有多頗可慮也

（通信）

致叔癡　為列号　黃列士

（氣候）大雪

（溫度）四一、〇〇

二月二十七日（乙卯年正月十四日己丑）　土曜日（即星期六）

提要	
（交際）	
（通信）	得曾廣烨牋 廿日上海發
（氣候）	陰雨
（溫度）	四〇二八

赴靈南坂議事

蕭賢佐夜來決歸計也

飽食足衣亂說閒耍終日昏昏不如牛馬　呂近溪

二月二十八日（乙卯年正月十五日庚寅）　日曜日（即星期日）

提要（交際）

朝謁滬伯　晤英士　赴靈南坂
舊曆十五日元宵佳節雲樓景梁烹茶共話
林德宣来　宋拊三求增款述曾廣焯通款不還請展期至限五
六月畢事皆異非昔所云者也擬牋敦請之
敏師來牋計趙世楨來渡事久不得書如拱璧也

（通信）

得宋拊三牋
得敏師牋

（氣候）	（溫度）
会　夜明月	四九、二八

三月一日（乙卯年正月十六日辛卯）　月曜日（即星期一）

人之天分有不同論學則不必論天分　王心齋

（交際）提要	（通信）	（氣候）	（溫度）
午前作牋　復英士 劉廷漢來 牋叔凝詳述居覺生提議錦帆之事又(敘)復生支部長開除也 雲麐以錦帆牋交我係牋吾與滄伯而告以今日赴南洋者其牋中有云 「覺生所論之事祇要能共同一致即(可)無不可為」又「怒剛錫卿皆可商計大局」 非思以答覺生告英士景梁之言再証諸錦帆過我輩之事 實及此緘介紹錫卿謂大端人之無識至此極矣	牋宋捃三及竹生 牋叔凝　十二號 収	晴	四四、六〇

道德所以增進樂利者也關於一羣是謂公德關於個人是謂私德　邊沁

三月二日（乙卯年正月十七日壬辰）　火曜日（即星期二）

提要（交際）	過宋淵源　過介館不遇 過溶伯借其夫人金釧以還 叔癡牋錫卿似不免沓泄也而錦帆子錫卿函略及(子)周旋而念客居上海為 叔癡懷慮即喜其進步誠欣君子之易欺以其方也 席正銘來 任叔文自美洲匯寄美金十圓贈溶伯及我溶謂叔文寒士餽璧謝之託鄧 只純郵寄叔文家也叔文与我無傾蓋之素然聞其行嘉其為人而今 念我之困光此吾慨之然使人媿屬矣
（通信）	得叔癡牋　廿三日　十五号
（氣候）	晴
（溫度）	五一〇八

三月三日（乙卯年正月十八日癸巳）　水曜日（即星期三）

提要（交際）	訪雲南坂
（通信）	發後生子春
（氣候）	晴
（溫度）	五三、六

午后葉夏聲偕陳策來，葉告我曰：張智偉氏在香港謂蔡輯五諸人在滇之大獄，實貞白暗中爲之，及露於渠，貞白遂欲酖殺渠，賴其鄉人某維持之，始得免云云。語終，葉復曰：張智亦不可信，然此言當供謝先生參攷，吾疑之，然輩張智之惡以告之也。雖然，貞白与中山之禍自是構矣。

輕浮二字是百惡之根　張楊園

三月四日（乙卯年正月十九日甲午）　木曜日（即星期四）

提要	
（交際）	
（通信）	殷叔癡 十三號
（氣候）	（溫度）五六、一二

此次殷叔癡諷人規錫卿頗切直瑞錦忱亦詳　大事當前遂不能默

吾友錫子當能納也　隨佐來謂其兄責三將由滇還上海

過英士日本竟干涉吾黨之進行與英士論最晰　景梁欽光皆

主中山先生之去日本正與吾同欲吾黨進行之費不繼可浩歎

也

余祥輝以寒泉自香港來殷示我在英士處　內述滇獄之作緣蔡輯五

之居停主人羅文琴以缺坐告窮而所以致此者因財力不給一再

致期而後陷於此也則張智之說甚誣也必矣

猶豫事之賊也年過一年遂至片刻無餘　耶古

三月五日（乙卯年正月二十日乙未）　金曜日（即星期五）

提要（交際）

朝過滄伯得叔嶷叔寅書云安有可圖也
留英士又言吾黨之去日本於國家及吾黨名譽吾黨進行皆有
百利而無害於此次吾國與日本交涉或能得較好之影響柳
其意似略疑吾言者乃告我以他事關係吾須思而后言於啟思
之仍以去此爲得
通假林德宣三百金貽叔嶷於上海備借
戴錫九來告自首者三十餘人蔣士立作之赴北京矣

（通信）
得叔嶷叔寅書廿四廿六號
寄叔嶷（杭州）及陶拙謀書

（氣候）特暖晚雨
（溫度）五八、二八

積財千萬不如一藝隨身　顔之推

三月六日（乙卯年正月二十一日丙申 夜子数起）土曜日（即星期六）

提要（交際）

（通信）
得周哲謀書
寄哲謀牋

（氣候）晴朧
（溫度）五八八二

覓劉平不遇　視祁暎家病
訪雷南坂　又中山宜離日本之說告仲愷漢民
英士來事務所而聞詒時與日吾人孰宜任駐日公使者吾與以亂以族詭之
論乃又曰君是內地特來最重要之一人吾遂不敢聞其語矣此何時耶
徒伙聞者笑也
又抄其事告哲謀

三月七日（乙卯年正月二十二日丁酉）　日曜日（即星期日）

提要（交際）	通信	氣候	溫度
	殷真如　叔永	陰　夜雨	五一、○八

過吳士一事未談　遂赴商山

以吳所告之滄伯所謂外交互相通知彼国人当以須此之急計其目光所注似足

事且在海陸之上也

過野村和歌家舊居停主也款我牛乳雞卵在省田之户而若以其情可親於

是過謝　評張先卯何海鳴黃申湘雷洪投公使館始末頗詳

夜偕雲樵游錦輝館思使渠心別有寄託

卑理明非事徹極不入理近於皮厚汪齋詳而足以見之

殷真如謝其贈金　并与滄伯同署名由滄伯作牋謝之

浮躁最害事輕佻亦然怠惰亦然　胡敬齋

三月八日（乙卯年正月二十三日戊戌）　月曜日（即星期一）

提要（交際）

德軒偕李錫疇夜來

與英士略商渠以前所告我者啟我之答曰未見全文不敢贊一詞也

見露西亞所揭之條文計十二事（日本欲持戲之以）果然[illegible]主權矣

（通信）

得子春箋二日

（氣候） 陰

（溫度） 五八二八

三月九日（乙卯年正月二十四日己亥）火曜日（即星期二）

提要（交際）

赴靈南坂言兩事一林德宣無干足了湘事之語有誤傳者而中山以為報所言昨日既質諸英士今日白中山也一吾意中山以游美國表示決絕日本為宜內可祛國人之疑樹吾黨之信外可戢日本野心而促其求與和平之念且吾黨居是邦其政府為利用之資其國民不能舉臂助之實中山離此一呼二三十萬金不難立至而吾黨與義旂舉矣中山曰日本尚加干涉則吾黨斷無成當思抵抗之策與美國不能

李錫疇唐君勉來訪　雖忽發寒先是薙髮而庖人誤傷吾下頦疵因是而作遂寢

（通信）以條片寄田兒

（氣候）（溫度）五五、二二

自由以法律整理積極力也　個人自由則爲無限制消極力也　士遜夫

三月十日（乙卯年正月二十五日庚子）　水曜日（即星期三）

提要

（交際）

劉德澤来　赴雲南坂今日不議

叔實牋詳言呂天民電促還滇乙可張午嵐竟食前言非三千金不能前進且電

袁世凱亦喜出風頭而進取則暮氣也可歎鄂人善謠又造吾黨得日本借電

款四千萬而指使日本提出條件廿一條殘灰心革命此語係出自長崎以賀公

俠自長崎返上海也人之無常識至此寧不可笑

田兄牋陳四川行政公署寄六千元爲法分給川之學者

（通信）

得叔實牋二日

得田兄書　二月七日法字四號

（氣候）晴　稍寒

（溫度）五四、六八

三月十一日（乙卯年正月二十六日辛丑）　木曜日（即星期四）

提要（交際）

通信

得田兄兩函（去年十一月五日、今年一月二日（滬一號））
得叔凝牋（六日十七號）
得孝春牋（三日北京）

氣候	溫度
晴	五七、九二

朝批雲南坂譚次及中日交涉為一袁政府屈於日本要求締約宣布則國家主權土地喪失殆盡國人必如夢初醒信袁氏之不足為吾黨於此當如何準備因人心而用之中山默然遂言及吾國之強期以十年日本海軍當屬一力求擴張其國勢於南洋以其國發展海軍頗易發展陸軍則難故欲倚中國為大陸之守而取攻勢於南洋苟欲成中國者陸軍之力不足以守之財力尤虞不給成中國者不啻自成也　孝春來牋所譚無関鴻旨特故人通訊耳　滄伯遷居夜偕雲樓往新宅譚事

田兄兩牋由上海轉到吾向者未檢其歸故此二書中斷而不知也田兄好吟詠無敬之者奈何　叔凝牋錫卿取將歷而事不擇可歎大共和權摘列五汗青遇害之說至可悼也

體欲正　厚　色　欲　溫　和　品　新　吾

三月十二日（乙卯年正月二十七日壬寅）　金曜日（即星期五）

提要（交際）

（通信）寄四弟書并致東瑋
寄板癡書十四号
得曾廣焯書十日發比覆之
致佩年及子春諧子

（氣候）陰　夜雨

（溫度）五三、二六

竟踰六十日不得家書計必有異又致四弟及東瑋妹倩探之書特由自號井轉非所謂家書當不達耶

一禮拜未覆上海致長書道之張午嵐有三事自非二千金不辦進曰否則將南洋回電袁世凱為黨人洗刷三者皆與入內地實行之旨背馳也

將裝叔擬致鐵樵函半宙自北京書適至列五汗青竟飲彈而死天乎悲哉其僕即日具稟將於叢塚中收骨棺而殮之計適一必弄汗料理之也速致滬伯言狀近晚滬伯來函詭工已存告之且將聚友而哭也遂致佩嚴子春諸子死者身後當為之計自念列五汗青雖為易昌楫所陷而列五固不受賄疑者亦不少也烏乎

袁世凱胡景伊陳廷傑易昌楫雷飈春侯某番汛員雖磔叔不足平此恨

曾廣焯終以醫寶來致索二千元安所得之

能制己者最強 細黎加

三月十三日（乙卯年正月二十八日癸卯） 土曜日（即星期六）

提要（交際）	通（信）	氣候	溫度
	啟幼田	大雪竟日	三二、六二

見上海新聞報揭北京五日專電昨張培爵鄒漢青陳樵村魏榮權鎗斃則列五汗青遇害其四日事耶樵村芷江先生之姪也自芷江殉國於走馬嶺樵村遂北之燕都思有所作為竟齎志而歿惜哉

赴雲南坂　檢輿圖初以為精仍不密也輿圖終當自製

晚幼田告列五漢青之喪良友中至是而殉國者三矣瀛海歸來列五汗青其姑婿於外待大事之定乎作啟時又哭

汗青四川圓陽殷後漢揚人也與余牧牛羊秦隴間共朝夕者年餘與吾弟仲冼共朝夕者又年餘爭路事起始偕促之遂治軍有聲及知夔府事而事治謝任家居旋赴北京遂罹禍民黨不易為也悲夫

服從與獨立名相反實相成　烏阿通阿

三月十四日（乙卯年正月二十九日甲辰）

日曜日（即星期日）

提要（交際）

殷五章告列五之函阅请其照料瑞書伯儒也

吳工殷商追悼列五汗青事滬伯来書且念及遺孤也復生亦取此消息

告谷斯以其屬乃兄照料汗青家族也

夜過英士渠述荊池之言加藤外交官若有意若無意也

（通信）

殷五章　殷谷斯

殷柳光世曾復炸

吳工路伯来殷

得復生殷皆

（氣候）半陰

（温度）四四、九六

三月十五日（乙卯年正月三十日乙巳） 月曜日（即星期一）

提要（交際）

昨夜思吾父暨孫兒女寫字而小子引牛牧之一如生時執意吾父已棄小子三年也又見吾妻極愛醒猶有餘喜殆兩月不得家書所結而夢歟

偕雲慶過滄伯遊過亮工鐵樵亮工欲開會追悼列五汗青吾意集諸友及鄉人為位而哭可矣議遂定

（通信）

上般師書

致叔擬 不列号

（氣候）（溫度）

儒者立心便以四海九州爲量其功夫則自克勤小物做來　張楊園

三月十六日（乙卯年二月初一日丙午）　火曜日（即星期二）

提要（交際）	（通信）	（氣候）	（溫度）
朝過英士又過俊三　代英士作一書寄周哲謀 宋拚三來備大誣曾廣焯之無行且恐其作偵探見利而趨鮮不敗者其我之 謂歟	得宋拚三兩啟　九日發		四八、三八

對失意人不談得意事　處得意日莫忘失意時　史搢臣

三月十七日（乙卯年二月初二日丁未）　水曜日（即星期三）

提要

（交際）

赴霊南坂渡伯来以叔癡諸画付我

（通信）

得叔癡函 陰廿四 十八号
得黄天矸函 十一日 十九号 十五日京都
得俊生函 十日 得俊初函

（氣候）（溫度）

自由自由天下古今多少罪恶假汝之名以行　羅蘭夫人

三月十八日（乙卯年二月初三日戊申）　木曜日（即星期四）

提要

（交際）

訪邦畎宸　醒塵陳蕙棠　晴軒

晚林繩軒來

（通信）

遇英士

（氣候）　晴

（溫度）　五一四四

自反二字是省事發氣最上法門　魏冰叔

三月十九日(乙卯年二月初四日己酉)　金曜日(即星期五)

提要	
(交際)	寄周夢祖書 致叔璇 未列号
(通信)	得佩年一月十三日發 得四弟兩啟一　十二月十九日及十二月廿四日七妹詩 九日及康弟　一月一日及仲執一月卅日仲 言一月八日、一月九日諸啟　紹許汝為啟
(氣候)	
(溫度)	

趙世棣自上海來名士尚字善述弟名士昌字叔圭初昨日自神戶電報電文既訛為郵而
又十年不見已不相識矣九時卻到東京驛迎之待至車到九時四十分來不得返寓而善述
世弟隨至矣寒暄后畢吾家散織界敘而又得　香帅飯师近狀
致叔璇中言午嵐諸人之事為市者可謝絶之託付湘歐　致哲棋寄丁明欽劉本事也
四弟書言　先母無病在城內消閒小子不務故喜吾姊之耳病未瘳命之　仲執以織議吾兒
吾女婚姻事　敬男佰兄之女淑琴(四兄)李玉之三子祖沅字念存(夫女)　足安可以父母武斷者　仲言以其仲妹埘玨於
祠堂及循名之義來啟是義也非可以吾意答者也佩嚴書重託善述世弟
事善述既付以上數織余於佩年啟乃二月廿六日發之而善述遲半月始行故
遲之也
汝為舟過長崎訪同志見大阪打聽所指中山先生談話凡過目者皆不平特告我為之計也

三月二十日（乙卯年二月初五日庚戌）　土曜日（即星期六）

提要

（交際）

（通信）

得叔凝叔實十二日廿二日函瑚若一
得貴三函及滇函（正月十九日發，離滇之前一日也）
得佩年函十三日

（氣候）

（溫度）

五一、六二

送善述到神田寓　赴南坂　滬伯遊交付上海諸函

叔賓亟主張粵黨而南佩年則發表傷心之語謂世界大同祇宜向政治之美惡不必

向種族之異同而莫如中日攜手但當條件撤出之誠意云云其實不可行也

叔凝則詳復前書耳　蒼一北京繳到五之死血續三尺有餘而收尸尚需時日由其姪

其僕往之通一不敢露面死者之刻時有偵者而易昌捐財因敲詐通一錢也

貞三將離滇還上海詞情淒已極

晚又過善述料理應需諸物也

今日以大阪每日新聞所揭敝中山則新聞記者未見有之語則無也但語以黃興

氣餒而依日本耳若對於袁氏純敵人也近傳買收離間者策也

生人無論所處何地皆有當然之義務　亞只遜

三月二十一日（乙卯年二月初六日辛亥）　日曜日（即星期日）

提要	
（交際）	
（通信）	
（氣候）	晴
（溫度）	五二一六

過英士　遂赴惠工家聚哭列五汗青兩友暨魏君榮泉陳君樵村滄伯為文與祭者四十人也四君皆冤死聞者莫不哀之滄伯擬紀其事書之使世人知之嗟乎專制之禍烈矣各國不幸獨未有究極如吾國者

灼三雲慶與余同車還寓譚往思來意無窮也

桀約越義而生不如死　楚昭王夫人貞姜

三月二十二日（乙卯年二月初七日壬子 子正春分）月曜日（即星期一）

提要（交際）	通信	氣候	温度
	啟叔帳十五号	陰	五三、七八

中孚來大唱世人心之壞　英士來議論之際謂果能歸者當盡捧爲之不幸而敗實無面目再亡外國絕命將以書貽同志激厲其心又謂克强諸人皆不知己以爲陳其美亦因苟活怕死者云云又謂黨人莫不口言爲國其實九十五人皆爲己也吾固有慨於此故并識之

黨中財力益難將不支矣非速圖戰功恐無以善後

事方進行而攻擊四起尤甚者視爲利祿之途用心不可說也

既與人同樂亦不得不與人同憂　世說新語

三月二十三日（乙卯年二月初八日癸丑）　火曜日（即星期二）

提要（交際）

晚過英士其行志益決當將諸緘待中山先生了者交我
介儕來吾告以本黨力爭沿海及京漢津浦兩路放棄沈舟傾全力以圖之凡民黨
而實行者皆出相助介儕慨然曰視力所能至

（通信）

得哲謀書

（氣候） 陰

（溫度） 攝〇八、四　華四七、一二

自立自重不可隨人脚跟學人言語　陸九淵

三月二十四日（乙卯年二月初九日甲寅）　水曜日（即星期三）

提要

（交際）

檢查英士昨夜所交各緘　滄伯來遂偕過英士滄伯誠懇為英士言毋徒死也

兩王統過至巡捕　晚復過英士送之登車可敬而決死之志尤可感也

叔癡二十日牋直交我處故先得內言午嵐已定行而叔癡則未改其所以行直道者故於事不能無礙　滄伯午間相見始以十六日牋付來　午嵐牋謂須鉅款

（通信）

得叔擬叔實牋廿三號（廿二號之誤）廿日

得叔癡牋舍二月十六日廿一號

得午嵐書十七日

曾廣焯來電

（氣候） 晴　晚風

（溫度） 四九七　四九四六

三月二十五日（乙卯年二月初十日乙卯）　木曜日（即星期四）

提要（交際）

（通信）
寄周哲謀書
曾廣焯來電
復曾廣焯電

（氣候）陰 午后微雪
（溫度）二五八〇 二四四

戰術謀詳言丁明清金家武事

鄭仲元鍛何曉柳來告洪兆麟實被捕而龍俠夫即偵探也變幻至此人情真險狠哉則往者上海所謂徐某必史古香之變名矣

余祥輝還國　待介館不至

曾廣焯又來電索二千元得則揮霍不得則以為口實而塞責耳殊可恨也然不能不復電以羈之

日本今日行總選舉投票其影響於吾國及吾黨者何如胥於此卜之

祥輝行我以英士應注意者錄而付之其中有云握大綱勿問細事勿泛接各頭領務使此心常靜以察事機又面屬祥輝當調護英士在破壞時代英士實不可少之才又能以民黨精神任事不幸而敗當圖再舉毋徒死也苟敗而止者其事實其居心不與辛亥之役南京諸人同則固不可一概論也

人既知愛生命則勿浪費時日時日者造生命之原料也　佛蘭克令

三月二十六日（乙卯年二月十一日丙辰）　金曜日（即星期五）

（提要）（交際）

介館朝來謂今日必行尚得達大坂希望者必與李裕增從速還東京 李裕湘人由美回還

又英士晚間告叔凝并介紹謝介僧君叔實

午后腦頗不適

夕刊新聞日本總選舉市部今日開票政府黨得絕對多數政府大臣自大隈重信以下四方奔走而地方官吏警察亦如狂之干涉安得不使政府黨占多數耶 此之謂洪諸欺國民之公意歐美憲政其不若是乎

晚歸腦益作異動不敢讀書遂按摩而睡

（通信）

復曾廣焯電

發叔凝附寄午嵐

（氣候）

（溫度）

三月二十七日（乙卯年二月十二日丁巳）　土曜日（即星期六）

提要	
（交際）	丁景梁還國送之會計事未結束也 過游伯不遇訪吳鐵樵子玉又遇蕭人龍（鵬程）謁虎工 虎工語我曰門人言各省黨員不滿於我者漸衆凡索錢於中山英士者中山英士皆偏與我商而我拒而不予云云又述方潛濤之言方潛濤偏渠進告於中山一派毋對於他人還於攻訐而革命事業須共同一致即不能亦以目的同而須不相妨也云云綜上兩事可以知人情不恕凡事之事實不易明也 徐蘇中言衆事無非小人而以氣臨之須自覺不當宜努力養氣二字事至順應處安之道須應由當臨事之時既身當為事之衝值叢怨之府而人情險惡能不戒慎耶雲慶規我曰不必太認真斯言可味認真可也太則不可也 景梁今以還國將銀錢出入付我而渠所登記當分別截清遂費功夫半日
（通信）	英士來函（昨日自神戶發）
（氣候）	陰
（溫度）	〇七〇一 四三、七八

凡作事將成功時其困難最甚　機炎的

三月二十八日（乙卯年二月十三日戊午）　西曆日（即星期日）

提要（交際）	（通信）	（氣候）	（溫度）
		小炷	二〇　五·六八

託卡務所經事完日
月杪免並一錢付機關應用而仰給若有加難才其為總矣

三月二十九日（乙卯年二月十四日己未）　月曜日（即星期一）

提要

（令　際）

（通　信）

得叔癡叔宵函　廿三日　弟廿四號

（氣候）晴

（溫度）攝一九、八〇　華五二、二四

過滄伯竟半日談心蕭鵬程適來

叔癡謂列五之子宜還國吾省有路費者可以支持數月矣中學深淺列為一事滄伯亦恐如此而列五宜殯不宜盾史不宜扶柩還里慮其夫人一慟而生意外也

蕭鵬程人龍晚間如約而至縱談將來兹難以明日還國將有所作為

林德軒來

每日僕僕此心總無放出尤慮人接物多鮮當者不讀書無以養氣也

阿諛從人可羞　剛愎自用可惡　姚舜牧

三月三十日（乙卯年二月十五日庚申）　火曜日（即星期二）

提要（交際）

赴神田過善述兄弟
晤英士哲謀言事有遺著後晤之
以英士哲謀王敬祥晤封寄熱海
昨夜夢遺精神困憊九時返寢
夢返未醒而覓家至旁近處始悟吾家已遷當訪求新宅遍詢路人路人自言李
姓而不知有謝姓為我代探之路旁居人一中年男子出而指道甚悍大撲
我驚而醒乃夢也

（通信）

寄英士哲謀晤
又寄哲謀晤
得熊亞晤　舊二月八日

（氣候）晴　明月

（溫度）二、四〇　五三、五二

遠邪佞是富家教子第一義　遠恥辱是貧家教子第一義　溫寶忠時

三月三十一日（乙卯年二月十六日辛酉）　水曜日（即星期三）

提要

（交際）

作啟半日　列五之喪殯於北方爲宜

復佩年以昕主張陷激民黨不敢出也又言聞利之歎啻由寒友經子厲諸列五之事身

復百朋

（通信）

收叔鹿十七號　復生子春

復劭佩年四号

（氣候）

（溫度）

一四四〇

五七九二

勤以得之儉以守之勤而不儉無異左手拾而右手撒也　贈附致

提要（交際）

游芝公園觀梅

昨夜夢返家途中落右下牙一枚無血也悉之

治事九時始返宿

（通信）

函課未發

（氣候）晴

（溫度）一六、六〇　六一、八

四月一日（乙卯年二月十七日壬戌）　木曜日（即星期四）

四月二日（乙卯年二月十八日癸亥）　金曜日（即星期五）

提要（交際）
（通信）
致英士哲謀
致仲執
得幼田致
（氣候） 陰
（溫度） 一〇四〇　五八七二

朝赴事務所治事　赴靈南坂中山謂吾黨秘事袁氏大概知之必黨員中有偵諜屬

我注意觀人

午后作致英士哲謀書八時赴菊富士ホテル視邴醒廬病狀

覆仲執鍾吳兩姓兒女婚姻之議宜各詢其子不宜依据舊習專由父母訂之未

審仲執及敘敷如何

幼田致迎培甫諸友之言列五之子宜留法不歸　其所需學資當設法以應

人皆狎我必我無惜人皆畏我必我無豢 中涵光

四月三日（乙卯年二月十九日甲子） 土曜日（即星期六）

提要

交際

通信

子春來啟 廿七日
寄四弟書
啟哲謀樹寄委任狀
將叔凝廿六日 叔賓廿七日 木村亨 錦一廿七日 利生廿六 啟

氣候：雨

溫度：一一、〇〇 五一、八〇

夜見列五弦知其為己被害者吾心頗自危思所避若無路資適有運制錢入庫者又為巳死中表王治安之物難於啓口方躊躇間而捕者至矣數人魁紅纓帽入门指我而言曰是否谢某吾自分死矣驚而寤臘猶有餘震張目自撫始恍然尚罶身三島也未朝飯而子春書至反復中言奸人可畏慮吾与後生灾其餌也子春論列五汗青之死云雖有見汗青家庭乃至有其見迫出前妻之事而汗青又如此悲夫

昨夜不安寝 赴雲南坟

四月四日（乙卯年二月二十日乙丑）　日曜日（即星期日）

提要（交際）

通信

見復生寄滄伯書
錦帆之伯兄來書
与滄伯託屠復辦科生書

氣候：陰 小雨

溫度：一九、五〇　六七、一〇

夜不安寐已兩夕矣身不適耶別有故耶何夢多而不寐如此

待吳禮卿十時遂過滄伯又過鐵橋子玉

錦帆抵新加坡閒列五沂青函託寄書其兄極爲太息其兄摘其書中數語轉告滄伯

復生及我有人事存者也然發乎誠意固感之矣

夜過屠居余崇矣以安舜卿緘見示

天下無論何事但人所能爲者則我自無不能之理 淵古

四月五日（乙卯年二月二十一日丙寅）月曜日（卽星期一）

提要

（交際）

赴雲南坂

陳家鼐寓寵未頃歷其察話

（通信）

致英士指謀

（氣候） 小陰

（溫度） 一七、〇〇 六二、六〇

四月六日（乙卯年二月二十二日丁卯　卯初清明）火曜日（即星期二）

提要（交際）	夜訪紉田不遇　晤輝美述庭
（通信）	得英士（廿日）啟及錫卿電（五日）　啟吳玉章　寄田兄書來一觔　得叔賓啟（二十日、初八）　宋楷三啟（廿九日）　啟英士
（氣候）	陰
（溫度）	一六、二〇　六一、一六

英士以三十日到上海平安且無覺者幸也　錫卿電索六千圓滬伯[illegible]函告遂見中山無錢將若何　晚又得叔賓啟成都頗可為也

以列子之子及女婿再託於玉章沮其歸也

勵田兄留學毋課歸又告以仲執言鍾氏議婚事而欲其急去何遂仍循舊俗以父母之命訂之慮釀家庭之不和也　田兄年弱冠矣將不再來也

宋楷三還滬據其報告已失根倉而曾廣焯則全盡云

啟英士以柳稚農啟請丁士杰左右有密偵防之

中山略言吾黨收束辦法不幸江浙又敗則吾黨非再待三年不能圖再舉而財力後竭難久支持計惟先散不能自活之黨員繼將機關解散留三數人居日本餘皆他行而問我之所向則上海與南洋耳中山則美國也

不侵他人之權力而爲己所欲爲者是謂自由　法革命宣言書

四月七日（乙卯年二月二十三日戊辰）水曜日（即星期三）

（提要）

锡卿详函所经过及计画颇好需费用约四万金此安得是则事将若何
彭而强执军理明证明书来欲有所求耳
英士寄中山书仍主铁策进行也其计画则将以铁路为发动之本云

（交際）

（通信）

得锡卿详函（三月二十日发）
得英士鐵（二十四日发第一號）

（氣候）

（温度）